AF236490

SCHÖN KURZ

Detlef Brettschneider

Schön kurz

Der Kurzgeschichten fünfter Teil

Auch das schlechteste Buch hat seine
gute Seite: Die letzte.

*John James Osborne (12.12.1929 – 24.12.1994),
englischer Dramatiker, Drehbuchautor und
Schauspieler*

Saalfeld, 25.12.2020

Bibliografische Information der Deutschen Nationalbibliothek:

Die Deutsche Nationalbibliothek verzeichnet diese Publikation
In der Deutschen Nationalbibliografie; detaillierte bibliografische
Daten sind im Internet über http://dnb.dnb.de abrufbar.

© Brettschneider, Detlef 2020
19481024

Herstellung und Verlag:
BoD – Books on Demand, Norderstedt

ISBN 9783752638882

Contents

Einleitung

Eigentlich wollte ich diesem Buch gar kein Vorwort voranstellen. Dann fiel mir jedoch auf, dass ich in meinen bisherigen Büchern zwar die Worte „Prolog" beziehungsweise „Vorwort" verwendet habe, aber noch nie den Begriff „Einleitung". Das wollte ich ändern. Daraufhin habe ich mich dann aber gefragt, was dieses Wort eigentlich bedeutet. Deshalb hier ein kleiner Auszug aus dem Internetlexikon „Wikipedia":

- einführendes Kapitel eines Textes
- Beginn einer Rede
- Einbringung von flüssigen oder festen Stoffen in ein Gewässer
- das erste Stadium der Narkose
- Geburtseinleitung, also die künstliche Herbeiführung einer Geburt

Dementsprechend leite ich nun hiermit die Geburt meines neuen Buches ein. Und wie bei allen anderen vorangegangenen wünsche ich mir, dass Ihnen, werter Leser, werte Leserin, zumindest eine meiner Kurzgeschichten besonders gut gefallen möge!

P.S.
Das ist nun schon das zweite Buch, das ich während der Corona-Pandemie geschrieben habe, um in der unfreiwilligen Freizeit wenigstens etwas Produktives fabriziert zu haben. Man möge mir verzeihen!

Ein echtes Wunder

Nun, ich bin schon etwas älter. Das erkennt man unter anderem auch deswegen, weil ich zu den wenigen Leuten gehöre, die sich bei bestimmten Fernsehserien noch darüber aufregen können, dass die Schauspieler keine Gage, sondern Finderlohn für die richtige Betonung bekommen. Ein weiteres Indiz für mein Alter ist die Tatsache, dass ich bei dem Wort „Weltwunder" nicht an die Wunder der Neuzeit denke, sondern ausschließlich an die „Sieben Weltwunder der Antike". Ich bin mir fast sicher, Sie haben auch schon etwas von diesen vermeintlich wundersamen Dingen gehört, denn während meiner Schulzeit waren diese sieben Wunder beispielsweise ein Thema im Geschichtsunterricht.

Betrachten wir doch mal als erstes die Pyramiden von Gizeh. Die größte unter ihnen, die Cheops-Pyramide, ist mutmaßlich das Grabmal von Pharao Cheops. Man hat in ihr drei Grabkammern gefunden: Die Königinnenkammer, die Königskammer und die Kellerkammer. Aber alle drei Kammern … Trommelwirbel … sind leer. Das ist dasselbe, als wenn Sie sich eine Flasche Limonade kaufen und nach dem Öffnen feststellen: Nix drin! Ich persönlich halte das nicht unbedingt für ein Wunder.

Oder nehmen wir die Zeus-Statue des Phidias. Sie bestand laut Überlieferung aus Elfenbein, Ebenholz und Gold, war mindestens zwölf Meter hoch und wurde vor weit mehr als zweitausend Jahren in der griechischen Stadt Olympia aufgestellt. Hat schon mal jemand diese Statue gesehen? Nein, denn angeblich ist sie verbrannt. Dass es sie tatsächlich gegeben haben soll, wissen wir nur deshalb, weil seit knapp dreißig Generationen immer der jeweilige Vater seinen damaligen Kindern von dem Ding erzählte. Und wer schon jemals „Stille Post" gespielt hat, der kann sicher den Wahrheitsgehalt dieser Information erahnen.

Als nächstes werfen wir mal einen Blick auf die Hängenden Gärten der Semiramis von Babylon. Die Existenz dieser Gärten wird selbst von Historikern immer wieder in Frage gestellt. Da bisher keinerlei Beweis dafür gefunden wurde, behaupten manche Leute, es hätte sie zwar gegeben, aber nicht in Babylon, sondern an einer ganz anderen, unbekannten Stelle. Mal ehrlich, wenn einer zu Ihnen sagen würde, er besäße ein riesiges Vermögen, wisse aber nicht, wo es sich befände, dem würden Sie bestimmt auch nicht unbedingt glauben wollen.

Wenden wir uns nun dem Leuchtturm von Pharos vor Alexandria zu. Forscher haben herausgefunden, dass zu antiken Zeiten in der Nacht niemals Schiffe gefahren sind. Wozu dann einen Leuchtturm bauen? Außerdem war damals Brennmaterial sehr rar. Womit also hat man den Turm befeuert? Nun, zum Glück braucht man diese Fragen nicht mehr zu beantworten, denn praktischerweise wurde der Turm von mehreren Erdbeben vernichtet. Sagt man.

Damit kommen wir nun zum Mausoleum in Halikarnassos. Maussolos der Zweite, ein mächtiger Statthalter aus Halikarnassos, hat das Monument als seine letzte Ruhestätte errichten lassen. Es soll eine riesige Säulenhalle gewesen sein. Natürlich wurde auch dieses Gebäude bei einem Erdbeben vernichtet. Wen wunderts. Als Beweis dient heute lediglich eine viereckige Baugrube.

Womit wir bei dem Artemis-Tempel in Ephesos angelangt wären. Von dem steht nur noch eine einzige Säule. Dieser klägliche Pfeiler ist angeblich der Beleg für die ehemalige Existenz des größten Tempels der Welt mit rund achttausend Quadratmetern Grundfläche. Nun ja, wenn mir einer einen Knopf auf den Tisch legt und behauptet, das wäre der unwiderlegbare Beweis dafür, dass er eine Textilfabrik besitzen würde, dann wäre ich zumindest ein kleines Stück weit skeptisch.

Schauen wir zum Schluss noch auf den Koloss von Rhodos. Nach einer langwierigen Belagerung der griechischen Stadt Rhodos, welche für die Bewohner gut ausgegangen war, wollte man dem Sonnengott Helios danken und baute ihm zu Ehren über zwölf Jahre hinweg eine dreißig Meter hohe Bronze-Statue. Auch dieses Standbild wurde, oh Wunder, von einem Erdbeben zerstört. Dass anschließend die Bronzeteile geplündert wurden, ist noch das Glaubhafteste an dieser Geschichte.

Nun könnte man ja sagen, ich sei ein unverbesserlicher Skeptiker, der nicht an Wunder glaubt. Dem wäre auch so, wenn mir nicht selbst vor Kurzem ein kleines Wunder untergekommen wäre. Ich glaube erwähnt zu haben, dass ich schon etwas älter bin. Logischerweise habe ich auch bereits einige Geburtstage über mich ergehen lassen müssen. Das wiederum hat viele Bekannte und Freunde vor ein Problem gestellt. Nämlich: Was schenkt man einem, dem man doch im Laufe seines Lebens schon alles geschenkt hat? Und so kam es, dass ich an meinem vergangenen Geburtstag eine elektronische Gabel geschenkt bekam. Man höre und staune, eine digitale Besteckgabel! Dieses lustige Gerät beherbergt in seinem etwas dickeren

Handgriff einige Sensoren, sowie irgendwelche andere elektrische Bauteile, die tatsächlich überwachen, ob man zu schnell isst. Wenn man sich richtig schön träge die Nahrung zum Munde gabelt, dann leuchtet am Griffende ein kleines, grünes Lämpchen. Das wird aber sofort rot, falls man die Schlagzahl leicht erhöht. Außerdem meldet sich das hinterhältige Ding auch noch währenddessen mit einem nervigen Summton. Aber jetzt kommts! Man kann die kleine Leiterplatte mit der kompletten Elektronik hinten aus dem Griff herausziehen. Nachdem ich dann den ganzen digitalen Mist weggeworfen hatte, konnte ich dieses Hightech-Gerät wie eine völlig normale Gabel verwenden. Und das, ja genau das, war für mich wirklich ein echtes Wunder.

Der Kakadu

Es gibt Leute, die ihren Körper hervorragend beherrschen. Menschen, die wegen ihrer außergewöhnlichen Geschicklichkeit bewundert werden. Ich gehöre zu den anderen. Wenn ich etwas in die Hand nehme, geht es leider bisweilen kaputt. Oder wie ich es als Kind damals ausdrückte: Manchmal fast immer. Ich kann allein durch normales Anheben einer Kaffeekanne deren Henkel abbrechen. Das bringt sonst kein anderer fertig. Trotzdem bewundert mich niemand deswegen. Dazu kommt auch noch, dass ich beim Essen hervorragend kleckern kann. Außerdem hebe ich mich von allen anderen Menschen dadurch ab, dass ich in der Küche einen Teppich auf dem

Fußboden zu liegen habe. Einen geschenkten Flokati. Nur geistig Umnachtete legen sich einen Flokati in die Küche. Wenn ich Ihnen nun noch erzähle, dass ich gern Bourbon trinke, dann kennen Sie fast meine vollständige Lebensgeschichte. Ich sage „fast", weil ich noch nichts über meinen Beruf erwähnt habe. Da ich wegen meiner Ungeschicklichkeit von Arbeitgebern nicht besonders gern gesehen werde, musste ich mich zwangsläufig selbständig machen. Als Privatdetektiv. Und ich gehe gern barfuß. Mehr brauchen Sie nun wirklich nicht über mich zu wissen.

Es war Mittwoch. Der Mittwoch, an dem ich eine unangenehme Sache regeln wollte. Eine Frau hatte mich beauftragt ihren Ehegatten zu beschatten, weil dieser angeblich fremd gehen würde. Nach acht Tagen und einer Unzahl von Fotos, teilte mir die Dame dann aber mit, dass auf den Bildern der Mann immer nur in der Umarmung mit ihr selbst zu sehen sei. Diese durchgeknallte Tante hatte bloß ihr Sexualleben durch den Umstand aufpeppen wollen, dass sie ein Fremder bei der Sache beobachtet. Weil ich aber somit angeblich keinerlei Beweise geliefert hätte, dass ihr Mann eine außereheliche Beziehung unterhalten würde, wollte mich das Miststück nicht bezahlen. Ich beabsichtigte daher an diesem speziellen Mittwoch, ihr ein letztes Mal ins Gewissen zu reden. Ansonsten würde ich die Angelegenheit einem Richter übergeben. Auch wenn ich in der Vergangenheit schon einige komplizierte Fälle gelöst habe, so muss ich doch zugeben, derartige Probleme mag ich überhaupt nicht. Und hätte ich gewusst, was dabei auf mich zukommt, dann wäre ich schon mal gar nicht zu der Lady gepilgert.

„So, so", sagte der Anzugträger vor mir, „Sie geben also vor, Privatdetektiv zu sein". Er war von auffallend kleiner Statur und es schmeckte mir nicht, dass er an meiner Berufung Zweifel äußerte. Um ihn zu provozieren, entgegnete ich: „Und Sie geben also vor, Polizist zu sein. Ich dachte, bei der Polizei muss man eine bestimmte Körpergröße haben". Er überlegte nicht lange und antwortete: „Und ich dachte, als Privatdetektiv besitzt man etwas Intelligenz und eine Spur von geistiger Reife. Wir haben uns vielleicht beide getäuscht". Touché! Der Kerl war gar nicht so blöd wie ich aussehe. Er lächelte überlegen und lehnte sich genüsslich zurück: „Vielleicht täuschen Sie sich ja ebenfalls, was die Tat angeht". Der Mensch grinste wie das sprichwörtliche Honigkuchenpferd. Leicht angepisst entgegnete ich: „War das jetzt eine Frage, oder halten Sie Selbstgespräche?" Seine gute Laune schien einfach nicht zu verfliegen. Lächelnd meinte er: „Sie hatten die Möglichkeit, die entsprechende Waffe und ein triftiges Motiv. Schließlich hat Ihnen die Frau Geld geschuldet!" Langsam wurde ich ernsthaft ärgerlich: „Was soll denn das nun wieder bedeuten? Sie selbst hätten doch auch die Möglichkeit, jemanden zu erschießen. Behaupte ich vielleicht deswegen, dass Sie ein Mörder sind? Und was das Motiv betrifft, dürfte selbst Ihnen klar sein, dass kein Mensch einer Frau wegen knapp zweitausend Mäusen zwölf Kugeln in den Bauch jagt. Glauben Sie mir, das war ein Verbrechen aus Leidenschaft, und nichts anderes!" Er begann noch breiter zu grinsen: „Vielleicht haben genau Sie, und nur Sie, diese Frau leidenschaftlich geliebt? Weiß man's? Außerdem können Sie nicht bestreiten, dass man Sie am Tatort mit blutigen Händen vorgefunden hat". Ich unterbrach ihn gereizt: „Um erste Hilfe zu leisten, Mensch!" Er fuhr unbeirrt fort: „Und wie, wenn ich fragen darf, sind Sie in die Wohnung gelangt?" Ich versuchte meinem Gesicht einen spöttischen Ausdruck zu verleihen und beugte mich zu ihm vor: „Ich bin durch die Wasserleitung gekrochen. Oder wie kommt man sonst in eine Wohnung?" Er beugte sich mir ebenfalls entgegen: „Ich würde durch die Tür gehen". „Sehen Sie, genau das habe ich gemacht". Ich lehnte mich triumphierend zurück: „Die Tür war nämlich nicht abgeschlossen und hatte eine Klinke. Da drückt man drauf, die Tür geht auf, und man kann hineingehen". Mein Widersacher kratzte sich am Kinn: „Mit anderen Worten, die Tür war zu. Gehen Sie gewöhnlich ungebeten in jede Wohnung, wenn deren Tür eine Klinke hat? Oder nur, wenn Ihnen jemand Geld schuldet?" Ich riss mich zusammen, um ihm nicht eine zu knallen: „Ich habe Schreie gehört. Und zwar sehr seltsame Schreie". Der Zwerg spielte den Naiven: „Oh, ich wusste bisher gar nicht, dass eine Leiche mit zwölf Kugeln im Körper noch seltsam schreien kann". Meine Zähne knirschten, ohne dass ich es eigentlich wollte, und meine Stimme wurde noch etwas lauter: „Hat die Leiche auch nicht. Es war der Kakadu. So ein großer, weißer Kakadu. Der hat in seinem Käfig randaliert und wie am Spieß geschrien. Ich denke mal, Ihre Kollegen werden das Vieh ins Tierheim gebracht haben. Das sollten Sie eigentlich wissen, oder interessieren Sie sich nicht für

Einzelheiten?" Der Typ ließ sich einfach nicht aus der Hütte locken: „Des Weiteren hat man bei Ihnen eine P2000 sichergestellt, und die verschießt nun mal 9 mm Luger, wie man sie im Körper des Opfers gefunden hat". Mir platzte der Kragen: „Wenn Sie meinen Waffenschein richtig durchgelesen hätten, dann wäre Ihnen vielleicht aufgefallen, dass ich eine HK P2000 SK besitze. Das SK steht für Subkompakt. Nicht nur, dass die Waffe 10 mm kürzer als die normale P2000 ist, für diesen Typ gibt es auch ausschließlich nur Magazine mit maximal zehn Schuss. Glauben Sie vielleicht, ich habe die Waffe erst leer geschossen und dann nochmal nachgeladen, um weitere zwei Kugeln abzufeuern, anstatt zu verschwinden? Und noch eins, bevor Sie hier hirnrissige Beschuldigungen aussprechen, sollten Sie vielleicht erstmal den Bericht der Ballistik abwarten! Oder übersteigt das Ihre Intelligenz?" Der Mensch schien beleidigungsresistent zu sein, denn er grinste unaufhörlich weiter: „Den Bericht habe ich längst. Ihre Waffe ist sauber. Aber man kann's ja mal versuchen!" Soviel Chuzpe verschlug mir dann doch die Sprache. Er lächelte wie Buddha persönlich und stand auf: „Ihre Pistole wurde längere Zeit nicht abgefeuert und das Rillenprofil an den Geschossen passt auch nicht zum Lauf Ihrer Waffe. Außerdem waren an Ihren Händen keine Schmauchspuren zu finden. Sie können gehen!" Wütend sprang ich auf. Der Kerl hatte mich die ganze Zeit nur verarscht. An der Tür drehte ich mich noch einmal ruckartig um: „Sie sollten mir ab jetzt lieber nicht im Dunklen begegnen!" Er schmunzelte. Mir kam der Gedanke, selbst wenn ich ihm jetzt mit voller Wucht ins Gesicht schlagen würde, wäre er bestimmt weiterhin am Grinsen. Gelassen nestelte mein lächelnder Freund eine Visitenkarte aus seiner Anzugtasche und hielt sie mir hin: „Hier! Falls Ihnen noch etwas Sachdienliches einfallen sollte".

Auch wenn ich es nicht besonders gern zugebe, aber es gibt Tage, an denen bin ich einfach ungenießbar. Wenn ich an so einem Tag auch noch über eine Frauenleiche stolpere und mir vielleicht ein zu kurz geratener Beamter dumme Fragen stellt, katapultiert das meine Laune nicht unbedingt nach oben. Dann gibt es nur eine einzige Sache, die mich vor einer spontanen Selbstentzündung bewahrt. Nämlich, wenn ich zusammen mit meiner Bourbon-Flasche eine Selbsthilfegruppe gründe. Also saß ich am Abend auf meiner Couch und wurde mit jedem Schluck fröhlicher. Irgendwann lächelte ich dann beseelt meine Flasche an. Das Schlimme war nur, dass die Pulle zurücklächelte. Das sicherste Zeichen dafür, dass ich mindestens ein Glas zu viel intus hatte. Da nun der Weg bis zu meinem Schlafzimmer viel zu weit und beschwerlich gewesen wäre, kippte ich einfach seitlich um, und lobte den Erfinder, welcher dereinst auf die Idee gekommen war, der Menschheit die Sofadecke zu bescheren.

Am nächsten Morgen wachte ich zerknittert auf. Gleichermaßen an Kleidung und Gesicht. Irgendwie hatte ich ein seltsames Gefühl. Nein, keinen Kater, sondern das mulmige Gefühl etwas übersehen oder vergessen zu haben. Sosehr ich aber meinen durchtränkten Kopf anstrengte, ich kam einfach nicht darauf, was es sein könnte. Irgendein wichtiger Gedanke hatte sich in den Weiten meines Hirns versteckt, und war einfach nicht zu überreden, sich fassen zu lassen. Na gut, dann eben nicht! Ich hatte sowieso andere Sorgen. Erst einmal die durchgeschwitzten Sachen vom Leib zu kriegen und danach ausgiebig zu duschen. Beim anschließenden Frühstück war ich völlig geistesabwesend und bemerkte gar nicht, dass ich diesmal ausnahmsweise nicht gekleckert hatte. Die Gedanken in meinem Kopf hörten nicht auf zu kreisen. Aber alles, was im Endeffekt dabei herauskam, war die seltsame Feststellung, dass es politisch unkorrekt ist, in der Geometrie von einem rechten Winkel zu sprechen. Schließlich gibt es ja auch keinen linken Winkel. Auweia, das hatte mir garantiert der Bourbon vom Vorabend eingeflüstert. Ich beschloss, erst einmal die Klamotten von gestern in die Waschmaschine zu stopfen, dann nicht mehr nachzudenken, und einfach nur ins Büro zu fahren. Auf dem Weg dahin, lief mir plötzlich ein kleiner Hund vor das Auto. Er sah aus, wie ein ausrangierter Handfeger auf Beinen. Ich glaube, man nennt die Rasse ‚Bologna Zwetna‘. Mein Fuß trat mit aller Kraft auf die Bremse und meine Reifen quietschten derart, dass es bestimmt noch zehn Blocks weiter zu hören gewesen sein musste. Ein recht bunt gekleideter Herr sprang auf die Straße, hob den Hund auf, und redete erregt auf das Tier ein. Er sagte etwas von ‚bösen Männern‘ mit ‚brutalen Maschinen‘. Normalerweise hätte ich den Menschen vollgenölt, dass er besser auf seine Bestie aufzupassen hätte, aber mein Unterbewusstsein war wohl immer noch damit beschäftigt, intensiv nach einem bestimmten Gedanken zu fahnden. Also fuhr ich wortlos weiter. Vor meinem Büro angekommen, klang mir immer noch das unbändige Quietschen meiner gequälten Reifen in den Ohren. Und da machte es plötzlich klick! Der schreiende Kakadu! Irgendetwas an seinem Anblick hatte mich gestört. Und jetzt wusste ich endlich, was es war! Kleine rote Punkte. Vielleicht würde mir ein gutsortierter Ornithologe widersprechen, aber meiner Meinung nach gab es keinen Kakadu, der von Natur aus kleine rote Punkte auf seinem weißen Federkleid spazieren trägt. Ich rannte wie blöd die Treppe zu meinem Büro hoch, klappte den Laptop auf und suchte nach allem, was ich seit meinem Biologieunterricht über Vögel vergessen hatte. Irgendwann war mir mal der Begriff ‚Blutfeder' untergekommen. Wie ich jedoch lesen konnte, sind das nur Federn, die einem Vogel neu wachsen und deshalb viel Blut benötigen. Aufgrund der Blutversorgung erscheint der Schaft einer solchen Feder viel dunkler als der einer älteren. Aber kleine rote Punkte gibt es da nicht. Mein Kakadu hatte also Blutspritzer abbekommen. Verdammt, das ließ den Mord in einem völlig anderen Licht erscheinen. Ich kämpfte eine Weile mit mir, ob ich der Polizei meine Erkenntnis mitteilen sollte, oder vielleicht lieber alles zu versuchen, um den Fall allein zu lösen. Da ich dafür nun aber sehr wahrscheinlich kein Geld bekommen würde, entschied ich mich, meinen Dauergrinser anzurufen. Also suchte ich in allen verfügbaren Taschen meiner Kleidung nach der Visitenkarte. Verflixt! Das Hemd von gestern steckte ja in der Waschmaschine. Zum Glück hatte ich sie nicht eingeschaltet, weil die Trommel noch halb leer war. Aber jetzt bei der Polizei anzurufen und nach einem zu klein geratenen Beamten zu fragen, war mir dann doch zu blöd. Was blieb also übrig? Ich stolperte die Treppe hinunter, schwang mich in mein kleines Auto und brauste nach Hause, um selbstlos der Polizei mittels eines Anrufs zu helfen. Eine ganz bestimmte Art den Ordnungshütern Hilfe angedeihen zu lassen, erledigte ich allerdings schon auf dem Weg. Meine Geschwindigkeit ermutigte einen Blitzer, mich zu fotografieren. Wieder einmal! Wahrscheinlich würden sich die Bullen demnächst von meinen Strafzetteln einen neuen Streifenwagen leisten können.

„Hören Sie, ich habe es überhaupt nicht gerne, wenn irgendwelche Privatschnüffler ihre Nase in meinen Fall stecken!" Mir wäre beinahe das Handy aus der Hand gefallen. Was bildete sich dieser Kerl eigentlich ein? Vergnatzt sagte ich trotzdem: „Der Kakadu hatte Blutspritzer auf den Federn. Das wäre beim Erschießen nicht möglich gewesen. Die Kugeln sind viel zu schnell und erzeugen nur kleine Löcher. Wenn man allerdings ein Messer in einen Menschen sticht und gleich wieder herauszieht, dann spritzt etwas Blut durch die Gegend. Die Schüsse wurden also nur gesetzt, um die Einstiche zu überdecken und die Ermittlung in eine falsche Richtung zu lenken. Sie sollten vielleicht vorrangig nach einem Messer suchen!"

Als es klingelte, dachte ich an nichts Böses. Nach dem Öffnen meiner Wohnungstür war ich dann aber doch ziemlich überrascht. Da stand ein kleiner Mann mit einer Flasche Bourbon in der Hand und grinste breit über das ganze Gesicht: „Ich habe mich über Sie erkundigt.

Angeblich trinken Sie gern dieses Zeug hier. Soll einen kleinen Dank für Ihre Hilfe darstellen. Manchmal ist man eben betriebsblind. Da kann eine Anregung von außen schon mal ganz gut sein. Wir haben das Messer gefunden. In der Wohnung. Mit Fingerabdrücken vom Ehemann. Das wars schon! Wiedersehen!" Er ging davon, ohne sich noch einmal umzudrehen. Brauchte er auch gar nicht. Ich wusste auch so, dass er unaufhörlich feixte. Also trollte ich mich mit seiner Flasche in Richtung meiner Couch. Irgendwie beschlich mich dabei der Verdacht, dass ich heute wieder einmal die Sofadecke benutzen würde.

Das Märchen

„Weißt du, mein Mädchen, dein Opa ist eben schon alt. Ich halte nicht viel von diesem neumodernen Zeug. Und einen netten Inder kenne ich auch nicht".

„Internet, Opa, das heißt Internet und hat nichts mit einem netten Inder zu tun".

„Wie auch immer, Liebes. Jedenfalls habe ich in meiner Jugend kein Telefon streicheln müssen".

„Das nennt man wischen, Opa, und nicht streicheln. Es ist kein einfaches Telefon mehr, so wie früher. Man kann sich da beispielsweise Bilder anschauen. Oder Nachrichten verschicken".

„Ach was? Die Nachrichten vom Fernsehen hast du dahin geschickt? Darf man das mit elf Jahren schon? Schickst du auch die Filme ans Fernsehen?"

„Nein, Opa, das ist ganz anders gemeint. Aber Filme kann ich auf meinem Smartphon auch ansehen. Sogar Bücher lesen".

„Ich hab in meiner Jugend nicht viel gelesen. Hatte nicht viel Zeit. Wir mussten immer auf unserem Feld arbeiten. Oder im Stall. Aber Sonntagabend hat mir meine Großmutter immer Märchen erzählt. Mein Lieblingsmärchen war … das war … das hab ich glaube vergessen. Weißt du, Schätzchen, dein Opa ist eben schon alt".

„Mir hat noch niemand ein Märchen erzählt. Aber Mutti hat mich immer Kinderfilme im Fernsehen anschauen lassen. Das war schön".

„Nun ja, Engelchen, es ist aber viel schöner, wenn man Märchen erzählt bekommt. Das regt die Fantasie an. Da kann man sich die Landschaft und die Personen im Geiste selbst ausmalen, und bekommt nicht alles fertig vorgesetzt. Das macht viel mehr Spaß".

„Dann erzähl mir doch bitte so ein Märchen!"

„Weißt du, mein Schatz, Opas Gedächtnis ist nicht mehr das beste".

„Versuchs doch einfach! Bitte Opi!"

„Also gut. Es war einmal ein Mädchen. Nein, Moment, es waren zwei. Oder drei? Nein, jetzt erinnere ich mich, es waren genau zwei. Ihre Namen habe ich vergessen. Irgendwas mit ‚weiße Rose'. Halt, es waren zwei Rosenbäumchen! Eins mit weißen und eins mit roten Rosen. Und das eine Bäumchen war still und half der Mutter, und das andere Bäumchen sprang immer in der Gegend herum und pflückte Blumen".

„Aber Opi, Bäumchen können doch keine Blumen pflücken".

„Also waren es doch Mädchen. Habe ich ja von Anfang an gesagt. Und bei Bäumen hätte es auch keinen Sinn gemacht, dass ihnen an Winterabenden die Mutter immer Geschichten vorgelesen hat. Und eines Abends hat es dabei geklopft. Also an der Tür. Herein kam ein dicker schwarzer Bär. Und der Bär fing an zu sprechen …"

„Aber Opa, Bären können doch nicht sprechen".

„Sei nicht so vorlaut, Kind! Schließlich ist es ein Märchen. Da können sogar Wölfe eine Großmutter im Ganzen verschlucken. Also, wo war ich? Ach so. Der Bär sprach: ‚Fürchtet euch nicht, ich tue euch nichts zuleid, ich bin halb erfroren und will mich nur ein wenig bei euch wärmen'. Und dann …"

„Mensch, Opi. Bären haben von Natur aus ein dickes Fell. Die frieren nicht. Das weiß doch jeder".

„Wirst du wohl still sein, du neunmalkluges Gör? Im Märchen ist alles möglich".

„Ist ja gut, Opa. Vielleicht hatte der Bär ja eine Krankheit und ein ganz dünnes Fell. Erzähl bitte weiter!"

„Also, wo war ich? Aja, der Bär kam täglich und sprach davon, eines der Mädchen zu freien".

„Was wollte der? Feiern? Oder frieren? Oder was?"

„Nein, freien. Das bedeutet heiraten".

„Ja klar! Ein Bär heiratet ein Mädchen. Guck doch nicht so böse, Opa! Ich bin ja schon still".

„Im Sommer verschwand der Bär aber wieder in den Wäldern. Dafür fanden die Mädchen einen kleinen, alten Zwerg mit einem langen, weißen Bart. Das Ende des Bartes war in eine Spalte von einem Baum eingeklemmt, und das Männchen wusste nicht, wie es sich helfen sollte. Da holte eines der Mädchen ihre Schere hervor und schnitt den Bart einfach ab".

„Warte mal Opi! Haben denn früher die Mädchen immer eine Schere mit sich herumgetragen?"

„Wenn du jetzt nicht still bist, klebe ich dir eine. Wer soll denn da in Ruhe ein Märchen erzählen. Undankbares Kind!"

„Entschuldige! Ich sag ja schon gar nichts mehr".

„Jedenfalls war der Alte, anstatt für die Hilfe dankbar zu sein, stinksauer, weil ihm ein Stück von seinem geliebten Bart fehlte. Und dann kam auch noch ein Adler, der den Zwerg packte und mit ihm wegfliegen wollte. Die Mädchen zerrten jedoch das Männchen aus den Klauen des Vogels, und dieser musste ohne Beute davonfliegen. Aber denkst du, der Alte war diesmal dankbar? Nein, er schrie: ‚Ihr unbeholfenes und läppisches Gesindel, ihr habt so an meiner Jacke gezerrt, dass sie überall zerfetzt und durchlöchert ist'. Da kam plötzlich der Bär um die Ecke und knallte dem Kleinen mit seiner großen Tatze eine solche Ohrfeige, dass der Zwerg auf der Stelle tot war".

„Opa, das ist brutal. Bist du sicher, dass Märchen so bestialisch erzählt werden müssen?"

„Jetzt reichts aber! Musst du mich denn dauernd unterbrechen? Kein Respekt vor dem Alter! Du kriegst von mir auch gleich so eine Ohrfeige!"

„Ach Opa, sei doch nicht so! War doch nicht so gemeint. Erzähl bitte weiter!"

„Na jedenfalls fiel plötzlich die Bärenhaut ab, und es stand ein wunderschöner Prinz …"

„Warte mal, Opi! Das Handy hat geklingelt. Es ist Andrea, meine Freundin. Moment, du kannst gleich weitererzählen!"

„Weißt du was, du undankbares Balg? Du brauchst ab sofort nicht mehr zu mir zukommen! Dir Arschmade erzähle ich nie wieder was!"

„Hallo Andrea, was steht an? Nein, ich bin bei meinem Opa. Der erzählt gerade ein Märchen. Was? Naja, am Anfang ist es stinklangweilig, aber zum Schluss macht es wenigstens höllisch aggressiv!"

Die Akte Lloyd

Der graue, kantige Drucker hatte die erste DIN-A4-Seite bis ungefähr zur Hälfte herausgeschoben. Eine dickliche Hand, die unbestreitbar zu Kommissar Riemer gehörte, wollte soeben das Papier entgegennehmen, aber das Gerät zog das dünne Blatt sofort wieder ein, um auch noch die Rückseite zu bedrucken. Riemer murmelte etwas von „Scheißtechnik" und „seltsamer Drucker". Dann wartete er nervös, bis der Printer alle Blätter der Akte „Aaron Lloyd" ausgespuckt hatte. Eigentlich war es nicht erlaubt, Dokumente auszudrucken. Um Papier zu sparen, sollten alle Fälle lediglich im Computer bearbeitet werden, aber Riemer hatte nun mal die Angewohnheit, Akten mit nach Hause zu nehmen. Auf dem Sofa sitzend, mit einem Glas Wein in der Hand, kamen ihm immer noch die besten Ideen. Er durchwühlte seinen Schreibtisch nach einem Umschlag, in welchem er die losen Blätter verstauen konnte. Als er auf seiner Suche die linke Schublade öffnete, wurde es ihm etwas wehmütig ums Herz. Früher hatten hier Bonbons, Schokoriegel und andere Süßigkeiten auf ihn gewartet. Seitdem er sich aber vorgenommen hatte, sein Körpergewicht ein wenig zu reduzieren, war die Lade bis auf ein paar Stifte leer. Was tut ein Mann nicht alles einer Frau zuliebe. Schließlich fand er einen unbenutzten Schnellhefter. Also lochte er die Blätter und heftete sie akribisch ein. Bevor er sich aber auf den Heimweg machte, führte ihn sein Weg noch in die Kantine. Er hatte Lust auf eine Tasse Kaffee, auch wenn das braune Getränk dort nicht gerade den ersten Preis in Sachen Geschmack gewinnen würde. Schließlich konnte ja keiner ahnen, dass dort, wo er sich hinsetzen wollte, ein Vorgänger mit seinem Essen gekleckert hatte. Das wurde dem Kommissar erst schmerzlich bewusst, als sein linker Fuß wegrutschte. Dass er dabei seinen Kaffee über den Schnellhefter entleerte, setzte dem ganzen Vorgang sprichwörtlich die Krone auf. Ein Kantinenmitarbeiter half dem laut Fluchenden auf, und trocknete hilfsbereit mit einem Wischtuch jede einzelne Seite in Riemers Hefter. Zwar waren die meisten Blätter jetzt bräunlich eingefärbt, aber man konnte noch alles ohne Probleme lesen. Der Kommissar bedankte sich kurz angebunden bei seinem Helfer, wünschte ihm noch ein schönes Wochenende und trollte sich, leise vor sich hin schimpfend, in Richtung Ausgang.

Es war ein schöner, warmer Sonntagmorgen. Kommissar Riemer hatte die Nacht bei Frauke Wiegand verbracht. Jetzt saß er mit ihr und ihrer Tochter Carla am gemeinsamen Frühstückstisch. Seine linke Hand wollte gerade die Hälfte eines Käsebrötchens zum Mund führen, als sein Blick auf die Augen der Frau traf. Die Hand blieb unverrichteter Dinge mitten in der Luft hängen: „Was? Was ist los?" Frauke Wiegand blickte nach unten: „Ich habe nichts gesagt". Riemer ließ das Brötchen wieder zurück auf den Teller sinken: „Du hast aber sehr deutlich nichts gesagt. Also raus mit der Sprache! Was ist los?" Die Frau blickte auf: „So kann das nicht weitergehen!" Tochter Carla sah förmlich dicke Wolken über den Köpfen der Erwachsenen heraufziehen und sprang von ihrem Stuhl hoch: „Ich muss noch packen. Wenn mich nachher Irene und ihr Vater ins Internat fahren wollen, dann muss ich ja schließlich damit fertig sein". Sie verschwand mit schnellen Schritten in ihrem Zimmer. Riemer schob seinen Frühstücksteller zur Seite: „Du hast eine kluge Tochter. Und sie ist auch noch sensibler als meine eigene. Aber hör zu! Ich war schon einmal verheiratet, und ein gebranntes Kind scheut nun mal das Feuer. Schau, wir sehen uns doch regelmäßig auf der Dienststelle! Manchmal lösen wir sogar einen Fall gemeinsam. Du bist oft bei mir zu Hause und ich bin mindestens dreimal die Woche hier bei dir. Müssen wir denn wirklich heiraten?" Die Augen der Frau begannen gefährlich zu funkeln: „Du Holzklotz! Du … du blöder Heini! Ich hab nicht mal mit dem kleinen Finger ans Heiraten gedacht. Mir geht es um etwas völlig anderes!" Werner Riemer zog bestürzt die Mundwinkel nach unten: „Autsch! Da stehe ich ja jetzt wohl bis zum Bauchnabel in einem Fettnäpfchen!" Seine Kollegin schüttelte energisch den Kopf: „Nein, du stehst eher im Moment bis zum Hals in einer Fritteuse!" Der Gescholtene zog die Stirn kraus: „Nun sag schon worum es geht! Was hab ich Trottel wieder mal falsch gemacht?" „Du schnarchst. Und zwar derart laut, dass beinahe die Bilder von der Wand fallen! Und ich kann nicht schlafen. Entweder musst du noch viel mehr abnehmen oder unbedingt mal zum Pneumologen!" Riemer angelte sich die Käsescheibe vom Brötchen und stand auf: „Heute Abend schlafe ich wieder bei mir zu Hause. Da brauchst du dann mein Schnarchen nicht mehr zu hören". Worauf Frauke das Gespräch genervt mit dem kurzen Kommentar beendete: „Männer!"

Es war etwa gegen drei Uhr dreißig morgens, als das Diensthandy den Kommissar aus seinem wohlverdienten Schlummer riss. Verschlafen tappten seine dicken Finger auf dem Nachttisch umher, bis sie endlich des Störenfriedes habhaft wurden. Noch mit geschlossenen Augen drückte Riemer das Smartphon ans linke Ohr: „Wehe es ist nicht wichtig! Ich bin Besitzer einer Dienstpistole und auch gewillt, diese zu benutzen!" Eine Stimme sagte aufgeregt: „Hier ist die Zentrale. Sie müssen sofort in die Dienststelle kommen! Ihre Kollegen sind auch bereits alarmiert worden". Riemer richtete sich im Bett auf: „Was ist denn los?" Aber die Gegenseite hatte bereits aufgelegt. Der Kommissar wälzte sich unbeholfen von seiner Lagerstatt herunter. Wenn man nicht nur ihn, sondern auch die anderen Kollegen mobilisiert hatte, dann war bestimmt ein ganz dicker Hund am Start. Er eilte augenwischend ins Bad und spülte sich, mit einem traurigen Blick auf die ungenutzte Dusche, wenigstens die Zähne mit einem Schluck Mundwasser durch. Beim Anziehen verzichtete er auf die Unterhose, damit es schneller ging. Da die Straßen um diese Zeit noch verhältnismäßig leer waren, trat er das Gaspedal seines Autos fast bis zum Anschlag durch.

Die Dienststelle war seltsamerweise stockdunkel, nur der Wachhabende schaute ihn aus seinem Kabuff verdutzt an: „Geht Ihre Uhr falsch, oder haben Sie eine feuchte Wohnung?" Riemer steckte sich den Zeigefinger in den Hemdkragen und kratzte sich nervös am Hals: „Ist denn noch keiner da? Die Zentrale hat mich her geklingelt. Oder ist eventuell heute der erste April?" Sein Gegenüber schmunzelte: „Es ist zwar schon August, aber da hat sich trotzdem einer einen schlechten Scherz mit Ihnen erlaubt. Wenn wirklich etwas los wäre, dann wüsste ich das als Erster". Riemer machte ärgerlich auf dem Absatz kehrt und stieg in sein Auto: „Das kriege ich raus. Diese Pfeifen knöpfe ich mir vor. Und nicht zu knapp!"

Volker Hartwig runzelte die Stirn: „Mal langsam und von vorn! Was genau willst du von mir?" Kommissar Riemer faltete die Hände, als wolle er beten: „Du sollst als mein Freund und Kollege meine Wohnung unter die Lupe nehmen. Und zwar inoffiziell. So mit Sicherstellen von Fingerabdrücken, untersuchen des Eingangsschlosses und so weiter, und so fort. Man hat mich in der Nacht weggelockt, und als ich wieder nach Hause kam, stand meine Tür auf, das Licht brannte und ein Schnellhefter war verschwunden". Hartwig blickte nicht gerade freundlich: „Heißt das, du hast eine Akte mit nach Hause genommen? Jetzt ist sie weg und keiner soll das erfahren?" Riemer nickte: „So in etwa!"

Hauptkommissar Hohlbach zielte mit seinem spitzen Zeigefinger genau auf Riemers Nase: „Glauben Sie vielleicht, die EDV-Abteilung hat mich aus lauter Jux und Tollerei angerufen? Jemand hat gestern mehrfach vergeblich versucht die Akte ‚Lloyd' aus dem Computer zu löschen. Und deshalb frage ich Sie nun, waren Sie das?" Riemer wurde ärgerlich: „So ein Quatsch! Das ist doch eine meiner ureigensten Akten, und somit habe ich die volle Berechtigung auf die entsprechende Datei. Hätte ich sie tatsächlich löschen wollen, dann wäre das wohl kaum vergeblich gewesen. Das sollte selbst Ihnen einleuchten". Hohlbach knirschte mit den Zähnen: „Riemer, Riemer! Sie vergreifen sich wieder einmal im Ton. Und jetzt erzählen Sie mal, was an dieser Akte derart ungewöhnlich ist, dass Außenstehende ein Interesse daran haben könnten!" Kommissar Riemer lehnte sich achselzuckend zurück: „Keine Ahnung. Aaron Lloyd war ein gebürtiger US-Amerikaner, der eine Hiesige geheiratet und die deutsche Staatsbürgerschaft angenommen hat. Vor drei Tagen lag er reglos in seinem Zimmer mit einer handvoll Schlaftabletten und einer halben Flasche Whisky im Magen. Ein Freund wollte ihn besuchen, hat ihn aber nur noch tot aufgefunden. Nach intensivem Sondieren entdeckte man dann auch im Kühlschrank das fast leere Röhrchen von den Tabletten und daneben die Flasche mit dem restlichen Scotch. Also hat es unsere

Gerichtsmedizinerin als Selbstmord eingestuft". Hohlbachs Blick verfinsterte sich: „Und warum graben Sie dann immer noch in dem Fall herum? Schließen Sie ihn ab und schieben sie die Akte ins Archiv!" Riemer hob abwehrend seine Hände und ließ sie einige Zeit in der Luft hängen: „Erstens hatte ich da so ein seltsames Bauchgefühl, und zweitens würde wohl niemand die Akte löschen wollen, wenn alles koscher wäre". Hohlbach runzelte die Stirn: „Falls ich das richtig sehe, dann entbehrt Ihr Bauchgefühl jeglicher Grundlage. Was ist im Übrigen mit seiner Ehefrau? Ich glaube, die hieß doch Lisa oder so". Riemer antwortete achselzuckend: „Die ist in Afrika. Seit vierzehn Tagen. Ärzte ohne Grenzen. Und sie heißt Linda".

Kommissar Riemer suchte seit zehn Minuten die angefangene Flasche Cabernet Sauvignon. Dann griff er missgelaunt zum Handy: „Hör mal, Schatz! Du warst doch gestern Abend hier. Hast du da gesehen, wohin ich den Wein gestellt habe?" Frauke Wiegand antwortete: „Ich hab gestern noch aufgeräumt, bevor ich gegangen bin. Dein Wein steht im Kühlschrank". Riemer schüttelte den Kopf samt Telefon: „Aber Schatz, Wein gehört doch nicht in den … Scheiße, ich hab den Fall gelöst!" Er unterbrach die Verbindung, um gleich danach seinen Kollegen Schimmler anzurufen: „Du, Schimmelchen, ich komme morgen früh ein oder zwei Momente später ins Büro. Muss erst noch eine kleine Verhaftung vornehmen. Tu mir einen Gefallen, und suche inzwischen die Flugverbindungen von vor drei Tagen von und nach Afrika heraus!" Schimmler grollte: „Hast du 'ne Ahnung, wie

viele das sind? Bin ich vielleicht neuerdings dein Lauf-
bursche? Und soll ich dir eventuell auch noch einen
Pflaumenkuchen backen?" Riemer griente: „Nö, aber einen Platz im Verhörraum für eine Pflaume freihalten!"

Der Kommissar rieb sich intensiv mit dem Daumennagel
über den Nasenrücken: „Jungchen, ich finde es ja ehren-
wert, dass Sie in Ihrer Freizeit eine Weiterbildung zum
Koch machen. Aber Sie hätten vielleicht besser einen
Computerkurs belegen sollen. Dann hätten Sie gewusst,
dass man eine geschützte Datei nicht so einfach löschen
kann. Oder Sie hätten auch Kriminologie studieren können. Dort hätte man Sie dann gelehrt, dass bei Woh-
nungseinbrüchen Handschuhe getragen werden sollten.
Wegen der Fingerabdrücke. Trotzdem muss ich Ihnen ein
Kompliment machen. Beim Wegwischen von Kaffeefle-
cken eine Akte durchzulesen, das schafft nicht jeder.
Wissen Sie, mein Fehler war die ganze Zeit, dass ich gedacht habe, eine Einzelperson hätte den Mord begangen.
Aber es waren zwei. Ein Liebespärchen. Sie und die Frau
des Toten. Draufgekommen bin ich wegen ein paar dummer Vorurteile. Nämlich, dass Frauen immer alles wegräumen müssen, und dass nie ein Mann eine Flasche
Scotch in den Kühlschrank stellen würde. Und weil diese
albernen Klischees in meinem Kopf kreisen, deshalb sitzen Sie jetzt hier. Außerdem denke ich, Ihre Geliebte
sitzt bald neben Ihnen". Der Verhaftete versuchte seinem
Gesicht einen überheblichen Ausdruck zu verleihen:
„Das glaube ich nun weniger. Linda ist schon längst wieder nach Afrika zurückgeflogen. Die kriegen Sie nie

wieder zu Gesicht!" Worauf Riemer gelassen antwortete: „Sie aber auch nicht".

Die Tochter des Königs

Was ich euch jetzt erzählen möchte, begab sich vor langer, langer Zeit, in einem weit, weit entfernten Land. Damals waren die Regentropfen noch vom feinsten Weine und der Schnee aus purem Gold. Aber niemand kann ständig nur Wein trinken, und wenn alle gleichermaßen viel an glänzendem Golde ihr Eigen nennen, so kann man dafür auch nichts kaufen.

Zu dieser Zeit regierte ein böswilliger König sein Reich mit eisenharter Hand. Das Volk stöhnte unter seiner Knute, denn während in den Nachbarländern die Bauern den zehnten Teil ihrer Ernte an den jeweiligen Herrscher abtreten mussten, so bestand unser König auf der Hälfte aller erworbenen Güter. Doch selbst dieses war dem Potentaten immer noch nicht genug. Wenn beispielsweise ein Bauer sein Korn zur Mühle brachte, dann musste der Müller auch noch die Hälfte des daraus gewonnenen Mehls dem König überlassen, dem geschröpften Bauern aber blieb somit am Ende nur noch ein Viertel seines Ertrages. Die Menschen darbten, und nicht wenige mussten ihr Leben aus lauter Hunger dem Sensenmann anheimstellen. Der König hingegen schlemmte nach Herzenslust. Während seine Untertanen nur einmal am Tag eine dünne Wassersuppe schlürfen konnten, stopfte er sich von morgens bis abends Gebratenes und Gesottenes in den Wanst. So kam es dann auch, dass er aufgrund seiner Körperfülle von den Dienern die schrägen Treppen im Schlosse hinaufgeschoben und auch wieder hinuntergetragen werden musste. Seine Gelehrten wurden angehalten, sich eine Vorrichtung zu erdenken, mit welcher man den Dickwanst auf sein armes, geschundenes Pferd hinaufhieven konnte.

Seine Frau, die Königin, sah sich indes von ihrem Gatten schändlich vernachlässigt, und so glich es wohl einem Wunder, dass sie eines warmen Sommertages ein kleines Mädchen zur Welt brachte. Als der König nun zum ersten Male des Säuglings ansichtig wurde, meinte er höhnisch, das Kind sei fürchterlich hässlich, und wenn es sein Hofzauberer nicht schöner hexen könne, so solle man es töten. Die königliche Mutter jedoch wollte von ihrem Kinde nicht lassen, und so wies sie in aller Heimlichkeit ihre Zofe an, das Mädchen ins nahegelegene Dorf zu tragen, um es daselbst mit einer hübscheren Neugeborenen zu tauschen. Und die Zofe, die den Zorn der Königin fürchtete, tat in der nächsten, mondlosen Nacht, so wie ihr geheißen. Daher kam es, dass die Tochter eines armen Bauern als reiche Prinzessin aufwuchs, während die leibliche Anverwandte des Königs ein bejammernd elendes Leben führen musste. Doch manchmal waltet auch Gerechtigkeit auf dieser Welt. Eine alte, aber im Herzen nicht niederträchtige Hexe, die des ruchlosen Tuns aus purem Zufalle gewahr wurde, belegte den König und seine Gemahlin mit einem schmählichen Fluch. Sie erschien eines Nachts der besagten Zofe in ihrem Schlafe, und ließ diese wissen, wenn bis zur achtzehnten Wiederkehr des Tages der Geburt beider Mädchen, dieselben nicht ihre Plätze zurückgetauscht hätten, dann würden der herzlose Herrscher und seine Frau an einer schlimmen Seuche erkranken und jämmerlich dahinscheiden, und das Königreich würde unvermeidlich dem Vergessen anheimfallen. Als am nächsten Tage die Zofe ihrer Herrin unter Tränen den Willen der Hexe kundtat, wusste sich die Königin keinen anderen Rat, als ihrem Gatten alles einzugestehen. Das füllte das Herz des Regenten dermaßen mit Zorn, dass er auf der Stelle seine Frau, deren Zofe sowohl auch das unschuldige Kind von seinem Henker in das Reich des Knochenmannes übersiedeln ließ. Dann schickte er seine Schergen aus, damit sie im ganzen Lande nach hässlichen Mädchen suchen sollten, um diese zu töten. So wollte er in seiner Rache sichergestellt wissen, dass sein eigen Fleisch und Blut ebenfalls aus dem Leben gebracht werden würde. Doch, wie jeder weiß, liegt die Schönheit als auch die Hässlichkeit im Auge des Betrachters. Und da die Handlanger des Königs einerseits unterschiedliche Auffassungen über hübsch oder garstig in sich trugen, sowie andererseits nicht den Zorn des Königs auf sich ziehen wollten - im Falle, dass sie eines der unschönen Mädchen übersahen - so töteten sie alle weiblichen Kinder des Reiches, und mithin nun schlussendlich auch die echte Tochter des Königs. Daher kam es also, dass nicht nur einige Eltern vor Gram und Trauer starben, nein, es konnten auch keine Kinder mehr das Licht der Welt erblicken, weil nun mal die Männer des Gebärens nicht mächtig waren. Wo aber keine Kinder vorhanden sind, da können auch keine Menschen heranwachsen, welche die Felder bestellen, die Mühlen in Gang halten, die Pferde beschlagen oder die Kühe melken. Allenthalben konnte somit auch keine Ernte mehr unter Dach und Fach gebracht werden. Und so erhielt der Herrscher auch nicht das kleinste Stücklein, von dem er sich hätte den Bauch vollschlagen können. Er verlor Teil um Teil seiner ehemaligen Fülle, und siechte langsam dahin. Schließlich an dem Tage, an welchem seine Tochter zu ihren Lebzeiten das achtzehnte Jahr hätte erreichen sollen, zerfraß eine schier unheilbare Krankheit seine vom Hunger geschwächten Eingeweide. Das einstmalen blühende Reich zerfiel, da auch seine Menschen, einer nach dem anderen, der unbarmherzigen Natur folgend, in ihren Alterstagen starben. Der Regen wurde, übermannt von Traurigkeit, zu wässrigen Tränen, und der Schnee erbleichte zu einem fahlen Weiß, dessen vereinzeltes Glitzern hier und da noch matt an seine goldene Vergangenheit erinnerte. Und kein Pilger hat jemals mehr das erloschene Königreich auf seinen Wanderungen erspäht.

Die Puppe

Ich hatte wieder einmal keinen Fall. Das Einzige, was ich zurzeit tun konnte, war, zwei aufgeregten Fliegen bei ihrem Liebesspiel an meiner Bürotür zuzuschauen. Ich entschloss mich, etwas zu lesen. Vor ein paar Tagen hatte ich auf dem Flohmarkt aus einer Bücherkiste das Buch „Erpresser schießen nicht" von meinem Lieblingsschriftsteller Raymond Chandler herausgeangelt. Aber bereits bei Seite 63 klappte ich den Wälzer wieder zu und legte ihn beiseite. Der Stil erschien mir irgendwie angestaubt, und die Romanfigur des von mir vergötterten Privatdetektivs Philip Marlowe, tauchte überhaupt nicht auf. Irgendwie verglich ich mich nämlich im Stillen mit diesem fiktiven Ermittler. Schließlich bin ich auch Privatdetektiv, und ich trinke ebenfalls gern Bourbon. Kurz vor Zwölf beschloss ich, in die Mittagspause zu gehen. In der Tür stieß ich mit einem kleinen Mädchen zusammen. Sie hatte einen angeschmutzten, pinkfarbenen Overall an, und unter ihrem braunen Wuschelkopf lugten zwei kullerrunde, braune Augen in die Welt. Sie war schätzungsweise an die sieben Jahre alt. In der linken Hand hielt sie ein rosafarbenes Sparschwein. Ich trat einen Schritt zurück: „Hoppla, was machst du denn hier?" Sie senkte ein wenig den Kopf: „Ich hab mich nicht reingetraut". Lächelnd schob ich sie zum Besucherstuhl: „Setzt dich doch! Und dann erzählst du mir, was du eigentlich bei mir willst!" Sie hielt mir das Schweinchen entgegen: „Da!" Ich nahm ihr das Plastiktier ab und stellte es auf die Schreibtischplatte: „Und was soll ich damit?" Sie faltete ihre kleinen Hände im Schoß: „Wenn einer für einen arbeitet, dann muss man ihn doch bezahlen. Da sind fast neun Euro drin. Mutti hat gesagt, das ist viel Geld". Ich musste lächeln: „Aha, ich soll also für dich arbeiten. Und weswegen?" Sie setzte eine ziemlich altkluge Miene auf: „Na, weil du doch ein Schnüffler bist. Und ich will Emelie wiederhaben". „Wer ist Emelie?" Sie verdrehte die Augen, als wollte sie sagen: ‚Mann, bist du doof'. Dann breitete sie mit einer ruckartigen Bewegung beide Hände aus: „Ich bin ein Mädchen. Und womit spielen Mädchen? Na? Mit Puppen! Aber ich habe nur Emelie. Das ist meine einzige Puppe. Eine Tante vom Roten Kreuz hat sie mir geschenkt. Und ich hab Emelie sooo lieb. Ich will sie wiederhaben, und du sollst sie finden!" Die Kleine war dabei dermaßen ernsthaft, dass sogar das Lächeln aus meinem Gesicht verschwand: „Wo hast du denn deine Emelie verloren?" Sie schüttelte energisch den Kopf: „Nicht verloren. Der Mann hat sie mir geklaut. Und Mutti glaubt mir nicht. Weil sie weiter hinten auf der Bank gesessen hat. Da hat sie es nicht gesehen". „Und wo genau war das?" Sie stemmte beide Hände in die Hüften: „Wo fährst du denn deinen Teddy spazieren? Natürlich im Park!" Ich resümierte: „Also ein Mann hat dir im Park die Puppe aus dem Puppenwagen genommen. Kannst du mir sagen, wie der Mann ausgesehen hat?" Sie nickte äußerst gewichtig: „So rote Haare und Sommersprossen. Und mit einem Ring. So einen Ring, wie ihn Mutti auch hatte, als Vati noch gelebt hat. So mit Rillen". Ihr kleiner Finger malte schräge Striche in die Luft. Dann sah sie mich erwartungsvoll an. Ich räusperte mich umständlich: „Weißt du, es gibt Gesetze, also solche Bestimmungen. Und die bestimmen, dass ich nicht für dich arbeiten darf, weil du noch zu klein bist. Aber wenn du zusammen mit deiner Mutti herkommst, dann geht das". Sie rutschte vom Stuhl herunter: „Da musst du aber auch auf uns warten! Mutti arbeitet bis um vier". Ich wollte ihr noch das Sparschwein in die Hand drücken, doch sie war schon wie ein Wirbelwind aus der Tür gestürmt. Nicht einmal nach ihrem Namen hatte ich gefragt.

Als ich von der Mittagspause zurückkam, wartete bereits ein älterer Herr vor meiner Bürotür. Er war in einen eleganten Nadelstreifenanzug gekleidet und drehte nervös einen dunkelblauen Filzhut in seinen Händen. Als er mich sah, kam er ein paar Schritte auf mich zu: „Sind Sie dieser Baer?" Ich nickte: „Levin Baer. Zu Ihren Diensten". Er tippte mir gegen die Brust: „Wir müssen reden!" Neugierig schloss ich mein Büro auf und bat ihn hinein. Er setzte sich auch gleich auf meinen Besucherstuhl, legte den Hut auf das linke Knie und begann: „Ich bin der Nachbar. Also der Nachbar von Tina. Das Mädel hat mir gerade erzählt, dass sie wegen ihrer Puppe bei Ihnen war. Ich war auch im Park. Als Rentner habe ich ja viel Zeit zum Spazierengehen. Und da habe ich es gesehen. Also, dass ein Rothaariger mit einer Puppe in der Hand durch den Park gerannt ist. Und ich glaube, ich kenne den Kerl. Eigentlich wollte ich erst zur Polizei gehen, aber ich dachte dann, die werden wegen einer kleinen Puppe keinen großen Aufstand machen. Dann hat mir Tina von Ihnen erzählt, und da bin ich eben hierher gekommen". Ich war hellwach: „Sie kennen den Kerl? Wie heißt er, wo wohnt er?" Sein Hut wechselte auf das rechte Knie: „Wie er heißt, weiß ich nicht. Aber ich hab schon mehrmals gesehen, wie er in das große Haus am Markt gegangen ist. In das mit den gelben Klinkersteinen. Immer, wenn ich auf dem Marktplatz die Tauben füttere. Er fiel mir halt auf, weil er so feuerrotes Haar hat. Und verhältnismäßig viele Sommersprossen. Ich hoffe so sehr für die Kleine, dass Sie die Puppe bei ihm finden!"

Es dauerte mehrere Stunden, in denen ich mehrmals den Marktplatz mit meinen Schritten ausgemessen hatte, dann kam der Rothaarige aus dem Haus. Ich stellte mich ihm großkotzig in den Weg: „Hören Sie, ich weiß nicht genau, ob Sie nur kleinen Mädchen Angst einjagen wollen, oder ein durchgeknallter Sammler sind. Auf jeden Fall werden Sie mir sofort die Puppe aushändigen, die Sie der kleinen Tina aus dem Puppenwagen geklaut haben!" Er schaute mich an, wie ein Eichhörnchen, wenn's donnert: „Wer, zum Teufel, bist du denn?" Ich grinste absichtlich etwas überheblich: „Einer, der sich auf die Fahne geschrieben hat, für Recht und Ordnung zu sorgen". Er lachte laut auf: „Du Pfeife bist doch nie und nimmer ein Bulle!" Angestrengt versuchte ich meinen Gesichtsausdruck beizubehalten und log: „Aber mit einem guten Draht zur Polizei. Ich bin Privatdetektiv. Und man hat mich engagiert, einem Mädchen ihre Puppe zurückzubringen. Wenn Sie mir dieselbe aushändigen, sehe ich von einer Strafverfolgung ab!" Er runzelte die Stirn: „Heißt das, du Klapsnase, dass du mich in Ruhe lässt, wenn ich dir das Püppchen gebe?" Ich nickte wortlos. Sein Zeigefinger berührte meine Brust: „Du wartest hier!" Dann verschwand er im Haus und kam nach drei Minuten mit der Puppe in der Hand zurück: „Da! Und nun kratz die Kurve!" Aber dazu kam ich nicht mehr. Wir waren urplötzlich von Polizisten umringt. So schnell, als wären die Kerle geisterhaft vom Himmel getropft. Alles spielte sich derartig rasant ab, dass ich gar nicht mehr reagieren konnte. Handschellen klickten, die Türen mehrerer Streifenwagen klappten, und schlussendlich saß ich in einem Verhörzimmer. Als sich die Tür zum Raum öffnete, glaubte ich zu träumen. Mein nadelgestreifter Rentner schritt leichtfüßig über die Schwelle. Breit grinsend ließ er sich mir gegenüber nieder: „Ich danke Ihnen. Sie haben uns sehr geholfen. Das mit der Verhaftung tut mir leid. Das war ein Missverständnis". Mir entgleisten sämtliche Gesichtszüge: „Was ist hier los? Hab ich was verschlafen?" Leutselig antwortete er: „Sie haben den Kerl dazu gebracht, die Puppe aus dem Versteck zu holen und zu entleeren". Ich verstand immer noch nicht ganz: „Was entleeren? Wie entleeren? Was war denn da drin?" Er kratzte sich kurz an der Nase: „Nun ja! Rauschgift. Genauer gesagt Diacetylmorphin. Wir haben schon lange vermutet, dass der Inhaber des Spielzeuggeschäftes in der Heinstraße ein Hehler ist. Jede Woche wurden immer freitags einige von diesen ominösen Puppen geliefert. Dummerweise war er vorige Woche krank. Und da hat seine Frau bei einer Sammelaktion des Roten Kreuzes eine dieser Puppen gespendet. Sie wusste nichts von den Machenschaften ihres Mannes. Und wir wussten nicht, wie wir den Rothaarigen dazu bringen könnten, den Aufenthaltsort dieser Puppe preiszugeben. Und ohne irgendwelche Beweise … na ja, da habe ich Sie halt mittels einer kleinen Lüge eingespannt. Zu unserem Glück war ja die kleine Tina schnurstracks zu Ihnen spaziert. Das ist alles. Sie können gehen. Die Puppe wird man Ihnen draußen aushändigen".

Die Frau vor meinem Schreibtisch sah wie die Großmutter von Tina aus. Sie hob die Kleine auf ihren Schoß: „Sie können sich Ihren Blick ruhig sparen. Ich kenne mein Aussehen. Auch im Kindergarten hielt man mich immer für Tinas Oma. Wir haben zwanzig Jahre lang versucht ein Kind zu bekommen. Aber dann, als wir endgültig aufgegeben hatten, hat es glücklicherweise doch geklappt.

Nun zur Sache! Bedauerlicherweise kann ich Sie nicht mit der Suche nach der Puppe beauftragen. Ich habe nicht das Geld, um Sie zu bezahlen. Leider bekomme ich nur Mindestlohn. Und mein Mann ist vor zwei Jahren gestorben. Er hat eine Reihe von Schulden hinterlassen". Triumphierend lehnte ich mich zurück: „Und was, wenn ich nun die Puppe schon habe?" Tinas Gesicht hellte sich schlagartig auf, aber ihre Mutter schüttelte den Kopf: „Auch dann kann ich Sie nicht bezahlen". Die Kleine streckte die Arme aus: „Gibst du mir Emelie? Bitte, bitte!" Bevor ihre Mutter etwas dagegen sagen konnte, holte ich das Püppchen aus dem Schreibtisch: „Ich arbeite auch manchmal pro Bono". Die Frau sah mich fragend an: „Und was heißt das?" Während Tina ihre heißgeliebte Puppe an die Brust drückte, erklärte ich: „Das bedeutet, dass ich auch für wenig Geld arbeite. Neulich habe ich erst einem Obdachlosen für ganze dreißig Euro geholfen". Tinas Mutter hob die Schultern: „Ich habe nicht einmal die dreißig Euro". Aber ich beruhigte sie: „Pro Bono kann auch bedeuten, dass ich völlig ohne Bezahlung ermittle. Und um das zu beweisen, gebe ich Ihnen auch Tinas Sparschwein wieder zurück". Nachdem zwei glückliche Gesichter aus meinem Büro verschwunden waren, wurde mir schmerzlich bewusst, wie absolut beschissen doch der Spruch ist, welcher da lautet: „Es ist ja nur Geld!"

Verschwörungstheorie

Natürlich kann ich nicht wissen, wann und ob überhaupt die folgenden Worte vor Ihre Augen gelangen. Formuliert wurde der Text während der Corona-Pandemie. Vielleicht ist ja zu dem Zeitpunkt, an dem Sie sich das Geschreibsel zu Gemüte führen, die Pandemie bereits besiegt. Oder Sie sind eventuell immun gegen den Erreger. Es wäre auch denkbar, dass Sie diese hinterhältige Krankheit bereits auskuriert haben. Oder eine sogenannte weitere Welle erfordert, dass man jetzt auch zu Hause einen Mund-Nasen-Schutz tragen muss. Oder der größte Teil der Menschheit ist bereits ausgestorben, und Sie gehören zu den wenigen Überlebenden. Oder, oder, oder.

Wieso ich das schreibe? Nun, ich habe im Supermarkt einen alten Bekannten getroffen, den ich lange nicht zu Gesicht bekommen hatte. Im Markt war aber zu diesem Zeitpunkt das Tragen eines Mund-Nasen-Schutzes, genannt Maske, zur Vorschrift erhoben worden. Der Kerl trug aber keine dieser Masken. Als ich ihn darauf ansprach meinte er, das mit dem Virus sei alles lediglich Lug und Trug. Der Microsoft-Gründer Bill Gates hätte nur das Virus mit den Chinesen zusammen entwickelt, um uns alle impfen zu können und dabei einen klitzekleinen Chip in unseren Körper einzuspritzen. Mittels diesem würden dann von allen bei einer geeigneten Gelegenheit die Gedanken gelesen werden können. Meine spöttische Bemerkung, ob er noch an weitere von diesen klugen Theorien glaubt, nahm er als völlig ernst auf. So teilte er mir mit, dass John F. Kennedy im Jahr 1963 das Attentat auf sich, wahrscheinlich selbst inszeniert hätte.

Da er unter ständigen Rückenschmerzen litt, und deshalb auch ein Korsett tragen musste, wollte er aus dem Leben scheiden, um keine weiteren Schmerzen erleiden zu müssen. Also beauftragte er einen Killer mit seiner Ermordung. Die Ernsthaftigkeit, mit welcher mein Bekannter das Ganze vortrug, ließ mich ihm spontan erklären, dass ich nun wirklich keine Zeit mehr hätte, und schleunigst nach Hause müsse. Mal ehrlich, kein normaler Mensch glaubt doch an solche Verschwörungstheorien.

Zwei Tage später hatte ich bei meiner Hausärztin den Termin für eine Impfung gegen Borreliose. Nun habe ich leider ein ganz, ganz klein wenig Angst vor Spritzen. Während mir die Ärztin erbarmungslos die Nadel in den Arm bohren wollte, fragte ich sie, sozusagen um mich selbst abzulenken - damit ich diesmal nicht wieder ohnmächtig werden würde - ob sie mit der Spritze jetzt auch gleichzeitig so einen kleinen Chip in meine Vene implantieren möchte. Völlig ernsthaft, meinen ironischen Unterton überhörend, bestätigte die Gute meine Frage mit einem absolut überzeugendem Nicken. Ich glaube, dass mein Lächeln danach etwas schief ausfiel.

Das erste Mal stutzig wurde ich bei einer Verkehrskontrolle. Der Polizist an meinem Autofenster sprach mich sofort mit meinem Familiennamen an. Kannte der mich von früher? Mir jedenfalls kam sein Gesicht völlig unbekannt vor. Oder hatte er anhand meines polizeilichen Kennzeichens blitzartig den Halter des Fahrzeugs ermitteln können? Wie auch immer, ich hätte die Sache garantiert vergessen, wenn ich nicht kurz danach beschlossen hätte, in einem Geschäft einer großen Sandwiches-Kette etwas zu essen. Kaum hatte ich den Raum betreten, nannte mich der Verkäufer ebenfalls beim Namen. Ich hatte meinen Mund noch gar nicht zwecks einer Bestellung geöffnet, da legte mir der Kerl schon ein ‚Chicken Fajita' vor die Nase. Woher kannte der meinen Geschmack? In den folgenden Tagen passierte mir immer wieder Ähnliches. Der Geldautomat begrüßte mich sogar mit meinem Vornamen, als ich noch zwei Schritte von ihm entfernt war. Das Autoradio schaltete ohne mein geringstes Zutun vom eingestellten Sender automatisch zu einem anderen um, auf welchem Blues gespielt wurde. Wie kann ein Radio wissen, dass ich gern Blues höre? Als ich mir beim Bäcker eine Zimtschnecke kaufen wollte, rief mir der Mensch schon an der Tür zu, dass mein Lieblingsgebäck heute bereits ausverkauft sei. Richtig unheimlich wurde es aber, als ich mich entschlossen hatte, dieses Jahr einmal nicht im Sommer, sondern im Winter Urlaub zu machen. Keine drei Minuten später rief mich ein Wintersport-Ausrüster an, um mir Langlaufski zu offerieren. Das alles nahm mich dermaßen mit, dass ich nachts nicht mehr schlafen konnte. Als dann gegen drei Uhr morgens mein Apotheker klingelte, um mir ein Schlafmittel vorbei zu bringen, war das endgültig zu viel für meine zerrütteten Nerven. Mir wurde schwarz vor den Augen, und ich klappte mit einem gedämpftem Seufzer nach hinten weg. Als ich dann langsam wieder zu mir kam, gewahrte ich über mir das sorgenvolle Gesicht meiner Ärztin. Wie durch Watte hörte ich sie sagen: „Sie sind ja schon wieder umgekippt. Am besten verschieben wir die Impfung auf morgen!"

Eine Leiche im Schlaflabor

Die Brille der Ärztin baumelte an einer goldfarbenen Kette vor ihrer Brust. Im Kopf von Kommissar Riemer manifestierte sich der Gedanke, dass die Natur doch ziemlich gemein und hinterhältig daherkommt. Wie sollte man einer Frau in die Augen blicken können, wenn sie doch gleichzeitig dieses wunderschöne Dekolleté zur Schau stellt. Eine Stimme riss ihn aus seinen Gedanken: „Haben Sie nicht zugehört?" Während sich Riemers Ohren vor Scham leicht rot färbten, stotterte er entschuldigend: „Sie werden verzeihen, aber ich arbeite zurzeit an einem sehr komplizierten Fall. Da war ich in Gedanken. Können Sie bitte das Ganze wiederholen?" Die Medizinerin griff kopfschüttelnd nach ihrer Brille und drückte sich die Sehhilfe wieder auf die Nase. Mit einem Blick auf ihren Computerbildschirm sagte sie erneut: „Also, nach Auswertung der Daten musste ich feststellen, dass Sie nachts Atemaussetzer haben. Das birgt die Gefahr in sich, einem Herzinfarkt oder Schlaganfall zu erliegen. Um die Schwere der Apnoe feststellen zu können, empfehle ich Ihnen dringend, sich für zwei Tage in ein Schlaflabor zu begeben. Draußen am Empfang können Sie sich Telefonnummern einschlägiger Einrichtungen aushändigen lassen. Vereinbaren Sie bitte in eigenem Interesse so schnell wie möglich einen entsprechenden Termin!"

Hauptkommissar Hohlbach setzte eine strenge Miene auf, rieb sich aber heimlich unter dem Schreibtisch die Hände. Zwei volle Tage würde er von diesem nervigen Riemer verschont werden. Scheinheilig sagte er: „So, so, zwei ganze Tage wollen Sie freibekommen. Nun, wenn Sie krankgeschrieben werden, kann ich ja kaum etwas dagegen machen. Also von mir aus! Ihren laufenden Fall müssen Sie aber abgeben. Am besten an Kommissar Hausknecht". Riemers Gesicht war eine einzige Frage: „Was für einen Fall? Ich habe doch den letzten gerade abgeschlossen und muss lediglich den Bericht noch schreiben. Und überhaupt, wie kommen Sie gerade auf Hausknecht?" Hohlbach sonnte sich förmlich in seiner Antwort: „Vielleicht, weil er auch so einen dicken Bauch hat wie Sie". Riemer drehte sich um und sagte auf dem Weg zur Tür: „Mich können ausschließlich nur Menschen beleidigen!"

Eine Mitarbeiterin des Schlaflabors war gerade dabei, dem Kommissar ein fürchterliches Gewirr von Drähten am Körper zu befestigen, als die Tür aufgerissen wurde. Ein aufgeregter Mann mit dicken Schweißperlen auf der Stirn stand im Türrahmen. Das Namensschild auf seiner Brust wies ihn ebenfalls als Angehörigen des Laborteams aus. Er fuchtelte unkontrolliert mit seinen Armen und rief atemlos: „Sie sind doch von der Polizei. Kommen Sie schnell! In einem Zimmer liegt ein Toter". Dann rannte er schnaufend wieder zurück in den Flur. Riemer folgte ihm so schnell er konnte. Die abstehenden Kabel an seinem Körper ließen es aussehen, als rolle ein zu dick gewordener Igel durch die Gänge. Hinter einer offenen Tür kniete ein Arzt neben einer Blutlache und beugte sich über einen leblosen Körper, dessen Kopf seitlich ein kleines, kreisrundes Einschussloch zierte. Der Kommissar brüllte: „Nichts anfassen, um Gottes willen! Mann, Sie verwischen ja alle Spuren!" Der Weißkittel blickte auf: „Was sind Sie denn für ein Kasper? Schon mal was von erster Hilfe gehört?" Sarkastisch entgegnete der Kommissar: „Können Sie auch Tote zum Leben erwecken? Wenn nicht, dann bringen Sie mich jetzt zu einem Telefon. Ich gehe nämlich davon aus, dass Sie vor lauter Hilfsbereitschaft vergessen haben, meine Kollegen von der Polizei zu benachrichtigen".

Rolf König blickte Riemer spöttisch an: „Mein Gott, du kannst wirklich hingehen, wohin du willst, immer stolperst du über eine Leiche". Der Kommissar erwiderte im gleichen Tonfall: „Und egal, wo ich auch hingehe, immer ist deine Person für die Spurensicherung verantwortlich. Ich könnte sogar wetten, dass auch Doktor Mertens die zuständige Gerichtsmedizinerin ist. Hab ich recht, oder hab ich recht?" Der Leiter der Spurensicherung nickte ironisch: „Kunststück. Wir sind doch hier im selben Landkreis. Vielleicht hättest du lieber etwas weiterweg fahren sollen, um dich einmal richtig auszuschlafen!" Riemer grinste: „Von wegen ausschlafen. Ich dachte, dass ich unter Umständen zwei Tage von solchen Verbrechen verschont bleiben würde. Aber Hohlbach hat mir gleich den Fall aufs Auge gedrückt, weil ich nun mal vor Ort war. Also, kannst du mir etwas zu dem ganzen Quatsch sagen?" Rolf König drohte dem Kommissar nicht ganz ernst mit dem Zeigefinger: „Du bist schon viel zu lange in dem Job. Sonst wäre ein Toter kein Quatsch für dich. Aber etwas einigermaßen Interessantes kann ich dir doch schon mitteilen. Die Tatwaffe war so eine süße, kleine Beretta 950 Jetfire. Wir haben sie seltsamerweise gleich neben der Leiche im Papierkorb gefunden. Und die Fingerabdrücke darauf waren von dem netten, hilfs-bereiten Arzt, den du bei der Leiche gesehen hast. Laut Recherche wurde die Waffe in Amerika verkauft. Die dortige Besitzerin ist aber vor Jahren schon verstorben. Wie das Ding, trotz strenger Grenzkontrollen, bei uns landen konnte, ist mir absolut schleierhaft. Ach so, wir haben außerdem noch geringe Rückstände eines Klebers gefunden, sowie einen kleinen Fleck einer eingetrockne-ten Flüssigkeit auf dem Lauf ausfindig machen können. Das Zeug wird gerade in unserem Kriminallabor unter-sucht".

Kommissar Riemer tat so, als wäre er allein im Verhör-raum. Er faltete bedächtig ein akkurat gebügeltes Herren-taschentuch auseinander und schnäuzte sich lautstark. Auch nachdem er das Tuch in seiner Hosentasche ver-staut hatte, blickte er den Gegenübersitzenden noch nicht an: „So, fürs Protokoll, Ihr Name ist Hannes Lindner, Sie sind Doktor der Medizin mit der Fachrichtung Pneumo-logie, und ich habe mir sagen lassen, dass Sie vor vier

Wochen in den USA waren". Der Arzt antwortete völlig ruhig: „Wer auch immer Ihnen das gesagt hat, der hat nicht gelogen". Riemer blätterte in der vor ihm liegenden Akte: „Und haben Sie da etwas gekauft? Vielleicht unter der Hand? Und haben sie dieses Etwas möglicherweise trotz Verbots nach Deutschland eingeführt?" Der Angesprochene stützte seinen Ellenbogen auf den Tisch, legte langsam sein Gesicht in den Handteller und blickte den Kommissar treuherzig an: „Glauben Sie wirklich, wenn ich so etwas gemacht hätte, dann würde ich Ihnen das tatsächlich auf die Nase binden?" Riemer klappte den Aktendeckel zu: „Und aus welchem Grund, wenn ich fragen darf, waren Sie dann in Übersee?" „Sie dürfen fragen. Ich habe meinen dort beheimateten Bruder besucht. Das können Sie gern nachprüfen!" Der Kommissar nickte: „Werde ich, werde ich. Oder ist eventuell noch eine andere Person mitgereist, die mir das bestätigen könnte?" Der Arzt bejahte: „Meine Frau. Die dürfen Sie ebenfalls gern befragen". Riemer wehrte ab: „Aussagen von Ehegatten sind in der Regel wertlos". Hannes Lindner lachte: „Meine Beste würde nie für mich lügen. Das Luder möchte mich nämlich äußerst gern loswerden. Aber eine Scheidung kommt für uns beide nicht in Frage. Sie müsste dann schmerzlich auf einen Teil ihres Luxuslebens verzichten, und ich hingegen gönne ihr den Ehegattenunterhalt einfach nicht. Und wenn jetzt nichts weiter anliegt, möchte ich liebend gern nach Hause gehen". Kommissar Riemer erwiderte mit gespielter Traurigkeit: „Tut mir sowas von leid! Aber bevor wir nicht wissen, wie Ihre Fingerabdrücke auf die Tatwaffe gekommen sind, dürfen Sie liebend gern unser Gast bleiben!" Der Festgenommene verlor augenblicklich seine bisherige Beherrschung. Er schlug mit der Faust auf den Tisch und schrie: „Ihr Bullen betrachtet uns anderen doch immer nur als Freiwild!"

Als Kommissar Riemer am Morgen in die Dienststelle kam, lagen zwei Briefe auf der angestaubten Platte seines Schreibtisches. Im ersten teilte ihm das Schlaflabor zwei Terminvorschläge mit, an welchen sein ausgefallener Test nachgeholt werden könnte. Der zweite Brief kam aus dem Kriminallabor. Bei dem kleinen Fleck auf der Beretta handelte es sich um weibliches Sekret. Riemer griff zum Telefon: „Sagt mal Leute, könnten die Fingerabdrücke auf der Waffe eventuell absichtlich platziert worden sein?" Und nach einer kurzen Pause: „Aha!" Dann ließ er den Arzt vorführen: „Doktorchen, Sie werden es nicht glauben, aber ich wildere Sie aus. Sie dürfen wieder in die freie Natur!"

Frauke Wiegand sah ihr ‚Riemerchen' fragend an: „He, Kommissario, seit wann zierst du dich derart? Oder magst du mich nicht mehr?" Riemer drehte sich auf den Rücken und starrte an die Zimmerdecke: „Weißt du, da war so eine Frau, die wollte unbedingt ihren Ehemann loswerden. Sie hat deshalb versucht, ihm einen Mord in die Schuhe zu schieben. Sie nimmt also mit Klebeband die Fingerabdrücke ihres Gatten von einem Glas ab, platziert diese auf einer Waffe und besucht danach ihren

Mann auf seiner Arbeitsstelle. In einem unbemerkten Moment hat das Weib kaltblütig einen völlig Unbeteiligten erschossen und dann die Pistole in einem Papierkorb neben der Leiche zurückgelassen. In der allgemeinen Aufregung hat sie sich dann klammheimlich vom Acker gemacht. Hätte die Dame nämlich ihren Mann direkt erschossen, wäre sie ja schließlich die Hauptverdächtige gewesen. Also wollte sie den gehassten Gatten wenigstens ins Gefängnis bringen". „Und was, bitte schön, hat das mit mir zu tun? Wir sind ja nicht einmal verheiratet!" Der Kommissar drehte sich zu seiner Bettnachbarin um: „Die Tante hat die Waffe aus den USA eingeschmuggelt. Und zwar an einer äußerst intimen Stelle. Und ich sinniere gerade darüber nach, ob du vielleicht auch so etwas machen würdest". Frauke Wiegand richtete sich kerzengerade in ihrem Bett auf: „Nimm deine Decke und verzieh dich! Du schläfst heute Nacht auf dem Sofa!"

Dinge mit Seele

Es gibt Leute, die einfach alles vermenschlichen. Damit sind nicht nur Kinder gemeint, die mit ihren Spielzeugen reden, oder Haustierbesitzer, die mit ihren Hunden sprechen, als wären diese Vierbeiner tatsächlich echte Menschen. Hendrick Freimann, ein streng gläubiger Katholik, redete zum Beispiel mit allen Dingen, da er glaubte, dass alles eine Seele besitzt. Bevor er in sein Auto stieg, begrüßte er das Fahrzeug mit einem enthusiastischen: „Guten Tag, meine Süße!" Und nach getaner Fahrt verabschiedete er sich mit: „Mach's gut, mein Schatz!" Wenn ihm einmal die Fernbedienung seines Fernsehgerätes aus der Hand fiel, entschuldigte er sich wortreich bei dem technischen Gerät: „Tut mir wirklich leid. Ich wollte das nicht. Kannst du mir noch einmal verzeihen?" Allerdings äußerte er diese Dinge nur, wenn er glaubte, dass kein anderer Mensch zuhörte. Mit der Zeit bemerkte es aber trotzdem der eine oder der andere von den Leuten, die ihn nun mal täglich umgaben. Es blieb nicht aus, dass er irgendwann als Sonderling galt. Seit dieser Zeit fand er keine Freunde mehr, von Frauen mal ganz abgesehen. Verzweifelt meldete er sich bei verschiedenen Dating-Plattformen an. Da er aber eine ehrliche Haut war, beschrieb er dabei ausführlich seinen Tick. Wohl auch in der Hoffnung, dass er eine Partnerin mit dem gleichen oder zumindest ähnlichen Spleen finden würde. Aber Pustekuchen! Nix! Keine wollte anbeißen. Seine Arbeitskollegen redeten auch nur mit ihm, wenn es unbedingt nötig war. Um wenigstens ein paar soziale Kontakte zu haben, ging er gelegentlich in eine Kneipe. Da konnte er sich hin und wieder mit einem Angetrunkenen unterhalten. Ansonsten besuchte er verhältnismäßig oft den nahegelegenen Ententeich, um den schnatternden Wasservögeln zerbröckeltes Toastbrot vor die Watschelfüße zu werfen. Inzwischen kannte er längst, im übertragenen Sinne, von jedem dieser Tiere den Vor- und Nachnamen. Einmal kam er bei seinen Fütterungsaktivitäten mit einer gleichaltrigen Frau ins Gespräch. Eine gepflegte Erscheinung, modern gekleidet und scheinbar ebenfalls einsam. Nachdem beide ihren Vorrat an Toastbrot aufgebraucht hatten, schlug die Frau vor, das Gespräch auf einer der

54

zahlreich vorhandenen Parkbänken fortzusetzen. Als jedoch Hendrik allen Ernstes die Bank freundlich um Entschuldigung bat, weil gleich zwei Personen auf ihr Platz nehmen wollten, lief die Dame schreiend davon.

Im Laufe der Jahre gewöhnte sich Hendrik an sein Single-Dasein. Irgendwann war er dann an einem Zeitpunkt angelangt, an dem er gar keine Partnerin mehr haben wollte. Falls er sich bisweilen legitimieren musste, zum Beispiel bei Verkehrskontrollen oder beim Einchecken in ein Hotel, so sagte er stets: „Mein Name ist Freimann. Ich war und bin ein freier Mann". Ansonsten streichelte er lieber sein Fernsehgerät, wenn ihm das Programm wieder einmal besonders gut gefallen hatte. Oder er reinigte mit einem Zahnstocher über Stunden hinweg akribisch jede Ritze seines alten Toasters, wobei er sich, zwar einseitig, aber trotzdem angeregt, mit dem Gerät unterhielt. Es konnte aber auch durchaus vorkommen, dass er sich mit einer minutenlangen Rede bei seinem Wohnzimmerschrank entschuldigte, weil er aus Versehen die falsche Möbelpolitur gekauft hatte. Als ihm eines Morgens die Kaffeetasse aus der Hand rutschte und auf dem Boden zerschellte, beerdigte er die Scherben unter Tränen in dem kleinen Vorgarten seines Hauses, wobei er mittels eines älteren Tonbandgerätes Trauermusik abspielte. Überhaupt verfügte sein Haushalt über eine Reihe alter, völlig unmoderner aber von ihm gut gepflegter Gegenstände. Die Nachbarn machten inzwischen aufgrund seiner Eskapaden meistens einen großen Bogen um sein Haus, und so konnte er völlig ungestört sein Hab und Gut liebevoll umsorgen und mit reichlich guten Worten verwöhnen. Doch irgendwann forderte dann das

Leben seinen Tribut von Hendrik. Da er aufgrund seiner Bejahrtheit nicht mehr in der Lage war für sich selbst zu sorgen, steckte man ihn, trotz seines hilflosen Protestes, in ein städtisches Altersheim. Der im Rathaus zuständige Sachbearbeiter konnte keine Nachkommen von Hendrik ermitteln, und so verfrachtete man dessen kompletten Hausrat in eine abgelegene Lagerhalle, um die Sachen nach Hendricks Tot eventuell versteigern zu können. Hendrik jedoch verkraftete die Trennung von seinen lieb-gewonnenen Gegenständen ganz und gar nicht. Er saß nur tagelang trübsinnig auf seinem ungemachten Bett, und verweigerte schlussendlich die Nahrung. Als er dann vor Gram gestorben war, verbrannte man ihn auf Ge-meindekosten, und bestattete seine Asche in einem Friedwald. Seine unsterbliche Seele jedoch, stieg frohge-mut gen Himmel.

Als Hendrik die weit geöffnete Himmelstür durchschritt, wunderte er sich gehörig, wie riesig doch die Pforte zur ewigen Glückseligkeit anmutete. Kurz hinter dem Tor gewahrte der Verblichene eine Art Empfangstresen. Da-hinter stand ein Mann mit einem krausen Bart und blät-terte aufmerksam in einem stattlichen Buch. Hendrick näherte sich vorsichtig: „Bist du der Apostel Petrus, der Verwalter des Schlüssels zum Reich der Himmel und auch der Herr über das Wetter?" Der Angesprochene blickte auf: „Mach dir bloß keinen Knoten in die Zunge! Hier oben haben wir das nicht so mit Titeln und Dienst-bezeichnungen. Vor Gott sind alle Seelen gleich. Und nun, geschätzter Himmelspilgerer, lass mich freundli-cherweise deinen Namen wissen!" „Mein Name ist Frei-mann. Ich war und bin ein freier Mann". Petrus blätterte angestrengt in dem dicken Folianten, schüttelte dann aber verwundert sein Haupt: „Ich kann deinen Namen hier nicht finden. Bist du wirklich tot? War 'n Scherz! Aber hast du vielleicht irgendwelche Verwandte, Bekannte oder Freunde, die bestätigen können, dass dein Name wirklich Freimann ist?" Da war sie wieder, Hendricks Einsamkeit. Nicht einmal der Himmel wollte etwas mit ihm zu tun haben. Mit gesenktem Kopf sagte er leise: „Ich habe niemanden. Selbst zu Lebzeiten war ich immer alleine". Petrus riss die Augen auf: „Wow! Ich glaub 's einfach nicht! Dann bist du der legendäre Hendrik, der immer mit allen Dingen geredet hat? Kein Wunder, dass du nicht in meinem Buch stehst. Mein Freund, du musst noch ein wenig höher steigen! Da drüben über die kleine, glänzende Himmelsleiter, bis hinauf in den Technikhimmel. Dort erwarten dich dann alle deine Freunde, von denen andere Menschen behaupten, dass sie keine Seele hätten. Also mach's gut! Vielleicht sehen wir uns ja irgendwann mal zufällig wieder".

Als Hendrik am Ende der Himmelsleiter angekommen war, traute er seinen Augen kaum. Da wuselten doch tatsächlich alle Gegenstände seiner ehemaligen Wohnung durcheinander. Als ihn sein Bett erkannte, kam es blitzschnell herangerollt und lud seinen Besitzer umgehend zum Ausruhen ein. Sein Toaster wusch ihm mit herrlich riechender Seife die Füße, während seine Gartenhandschuhe zärtlich seine Schultern massierten. Der Lieblingskamm brachte seine Frisur in Ordnung, und sein Fernseher sang ihm dabei ein leises Lied vor. Alle Dinge, mit denen er jemals geredet hatte, kümmerten sich tagtäglich aufopferungsvoll um sein Wohlergehen. Und das bis in alle Ewigkeit. Trotzdem ärgerte sich Hendrik über eine Sache maßlos. Nämlich, dass er sich damals nicht die teure Sexpuppe gekauft hatte.

Der Scheintote

Der Dezember nahm seinen Verlauf mit unbarmherziger Kälte. Hohlbach hatte sogar in seinem Büro noch die Jacke an, obwohl gut und gerne 20° Celsius im Raum herrschten. Wie üblich saß der Hauptkommissar stocksteif hinter seinem antiken Schreibtisch: „Hören Sie, Riemer, ich mag keine Liebesbeziehungen in meiner Dienststelle. Ich wünsche, dass das aufhört!" Kommissar Riemer erwiderte gelassen: „Und ich mag keine Werbeclips inmitten von Fernsehfilmen. Ich wünsche mir auch, dass das aufhört. Mal sehen, wessen Wunsch zuerst erfüllt wird". Hohlbach ging nicht auf die Provokation ein: „Ich verlange, dass Sie das abstellen!" Riemer hustete gekünstelt: „Abstellen? In eine Abstellkammer, oder wie?" Sein Chef klatschte wütend mit der flachen Hand auf die Schreibtischplatte: „Sie brauchen sich wirklich nicht zu wundern, dass Sie stets bei Beförderungen übergangen werden. Heiraten Sie endlich, und das Problem ist vom Tisch!" Riemer hielt argwöhnisch seinen Kopf etwas schief: „Mal abgesehen von der Tatsache, dass das immer noch meine individuelle Privatsache ist, wittere ich hinter Ihrem verbalen Angriff etwas weit Schlimmeres". Hohlbach antwortete schmallippig: „Wir haben da eine etwas diffizile Konstellation. Man verlangt von mir, dass der Fall von einem Mann und einer Frau zusammen bearbeitet wird. Von wegen Einfühlbarkeit und so. Eigentlich sollten das Kommissar Schimmler und die Wiegand zusammen machen. Nun, Sie wissen sicherlich, dass ihr Busenfreund Schimmler seit gestern krankgeschrieben ist. Straubinger hat Urlaub, Bohrmann steckt bis über beide Ohren in Arbeit und Hausknecht hat spezielle Ansichten, die diesem Fall nicht gerade zuträglich sind. Bleiben nur noch Sie übrig". Riemer wurde neugierig: „Was für spezielle Ansichten hat denn unser Kollege? Und was, zum Teufel, ist das Besondere an diesem Fall?" Hauptkommissar Hohlbach druckste ein wenig herum: „Nun ja, also, es ist so, äh, es geht um zwei Transgender oder auch Cisgender, ich kenne mich da nicht so genau aus. Ich glaube die Kollegen von der Streife haben von Transmännern gesprochen. Die beiden sollen angeblich Freunde gewesen sein und haben zusammen in einer Wohnung gehaust. Jetzt liegt einer von beiden mit eingeschlagenem Kopf im Krankenhaus, und zwar im Koma. Der andere hat sich auf der Flucht totgefahren, als er mit seinem Auto wegen der vereisten Fahrbahn einen Hydranten umgenietet hat. Für mich ist der Fall eigentlich klar, aber die Staatsanwaltschaft verlangt von uns den Beweis dafür, dass der Verunfallte wirklich seinem Mitbewohner auf die Rübe geklopft hat. Die Ärzte sagen nämlich, dass der Verletzte möglicherweise nicht mehr aus dem Koma aufwachen wird. Also wer weiß, ob sie jemals eine Befragung von diesem Trans…, ich meine von dem Geschädigten durchführen können. Aber sagen Sie, Sie haben doch nicht etwa auch solche Berührungsängste wie Hausknecht? Oder?" Riemer tippte sich unzweideutig an den Kopf: „Ein Mensch bleibt schließlich ein Mensch, den kann man nicht einfach in Schubladen stecken".

Kaum hatten Kommissar Riemer und Kommissarin Wiegand in ihrem Dienstwagen Platz genommen, als sich das Handy der Kommissarin lautstark bemerkbar machte. Nach einem Blick auf das Display wurde Frauke Wiegand sichtlich ärgerlich: „Nicht schon wieder! Seit heute früh ruft mich ständig eine alte Dame an, und verlangt eine gewisse Luisa zu sprechen. Ich habe ihr schon zehn oder elf Mal gesagt, dass sie sich verwählt hat. Aber sie kann sich dann einfach nicht mehr daran erinnern, dass wir bereits miteinander gesprochen haben. Die Ärmste ist wahrscheinlich völlig dement. Trotzdem nervt mich das tierisch. Ich schalte jetzt das blöde Ding hier einfach aus!" Kommissar Riemer protestierte: „Das würde ich an deiner Stelle lieber nicht tun, denn dann sind wir beiden Hübschen leider nicht mehr erreichbar. Mein Handy ruht sich nämlich bei mir zu Hause auf dem Küchentisch aus. Ich habe nach dem Frühstück mit meiner Tochter die Modalitäten für Weihnachten besprochen, und dann einfach vergessen, das Ding einzustecken". Frauke Wiegand nahm den Faden auf: „Apropos Weihnachten. Falls, ich meine falls, also gesetzt den Fall, du weißt nicht, was du mir zu Weihnachten schenken sollst, ich habe da in den Ohrläppchen zwei kleine Löcher, die sind schon seit geraumer Zeit arbeitslos". Riemer musste lachen: „Dann könntest du unter Umständen damit rechnen, dass ich dir ein Paar Ohrringe zu Weihnachten schenke". Die Kommissarin lächelte: „Ich liebe es, dass du immer so spontan bist. Ups! Jetzt sind wir ganz spontan am Ziel vorbeigefahren. Umdrehen!"

Hauptkommissar Hohlbach traute seinen Ohren nicht: „Was sagen Sie da? Aber Frau Doktor, wie ist denn so etwas überhaupt möglich?" Er lauschte eine geraume Weile ziemlich angespannt ins Telefon, dann fragte er erstaunt: „Was heißt, Sie erreichen niemanden? Gut, dann werde ich eben versuchen einen von den beiden ans Rohr zu kriegen. Also erstmal vielen Dank für die Info! Wie bitte? Ja, ja, natürlich glaube ich Ihnen, dass Sie sowas noch nie erlebt haben. Aber anderen Gerichtsmedizinern soll das auch schon passiert sein. Sorry, ich muss jetzt wirklich Schluss machen!"

Bereits im Hausflur kam ein aufgeregter, älterer Herr auf die beiden zugestürzt: „Die Kriminalpolizei! Sie sind doch von der Kriminalpolizei? Die Streifenpolizisten haben gesagt, dass ich lieber mit Ihnen sprechen soll. Sowas ist sozusagen hier im Haus noch nie passiert. Und das auch noch kurz vor Weihnachten. Schrecklich! Wo ich früher gewohnt habe, da haben nur Verrückte gelebt. Aber da ist nie was vorgekommen. Sie müssen wissen, ich bin schon neunundsiebzig. Aber die von der Streife hatten keine Achtung vorm Alter. Die haben mich einfach nicht ausreden lassen. Die Jugend will einfach nicht mehr zuhören. Früher war das anders. Dabei könnte ich so einiges erzählen. Ich habe schon so viel erlebt, aber einen Mord noch nicht". Riemer versuchte ihn verzweifelt zu unterbrechen: „Es war kein Mord. Jedenfalls noch nicht. Das Opfer lebt noch". Der Mann redete einfach weiter: „Ich hab gesehen, dass der Mensch völlig regungslos weggetragen wurde. Der war bestimmt tot. Ich kenne das doch aus dem Fernsehen. Um kein Aufsehen zu erregen, gibt die Polizei immer keine Informationen raus. Wir sollen doch alle immer nur dumm gehalten werden. Die Regierung macht das ganz genauso. Wozu gibt's denn sonst einen Geheimdienst? Wenn etwas legal ist, dann braucht man es doch nicht geheim zu halten, oder? Also, wenn Sie mich fragen …" Kommissar Riemer rief verzweifelt: „Schluss!", und Seine Kollegin zerrte den Mann, ebenfalls total genervt, an seinem Ärmel zu sich heran: „Bitte kommen Sie doch auf den Punkt! Was wollten Sie eigentlich sagen. Haben Sie etwas beobachtet?" Der derart Gezogene war sofort beleidigt: „Fassen Sie mich nicht an! Ich habe nichts getan. Ihr Bullen seid doch alle gleich. Keiner hört zu. Dann sage ich eben nichts mehr!" Worauf er sich umdrehte und schlurfend hinter einer Wohnungstür verschwand. Etwa im gleichen Moment kamen die Kollegen von der Spurensicherung die Treppe herunter. Einer berichtete bereitwillig: „Das Ganze hat nicht in der Wohnung stattgefunden. Das Opfer ist offensichtlich vor der Wohnungstür angegriffen und dann ein ganzes Stück über den Flur gezerrt worden". Frauke Wiegand bedankte sich bei ihm und eilte dienstbeflissen die Treppe nach oben. Riemer folgte ihr schnaufend.

„Bitte was?" Kommissar Riemer riss ungläubig die Augen auf: „Ich will doch nicht den ganzen Laden hier kaufen, sondern nur ein Paar Ohrringe. Tausend Euro für diese kleinen Dinger? Ich mache Sie darauf aufmerksam, dass ich bei der Polizei bin und gute Kontakte zum Betrugsdezernat habe!" Der Juwelier, ein schmal gewachsener Mann mit Glatze und randloser Brille, antwortete gelangweilt: „Dann teilen Sie denen doch bitte auch gleich mit, dass Sie gerade dabei sind, mich um meinen hart kalkulierten Arbeitslohn zu betrügen. Und außerdem kosten die Ohrstecker keine 1.000 Euro, sondern lediglich nur 990. Es ist schließlich 585er Gold in meisterlicher Verarbeitung. Und vergessen Sie bitte nicht, Sie erwerben hier handgefertigten und limitierten Qualitätsschmuck mit sage und schreibe 0,35 Karat.

Das Gesicht von Hauptkommissar Hohlbach lief krebsrot an: „Von meinem Freund Riemer bin ich ja solche Eskapaden gewöhnt. Aber von Ihnen? Einfach das Handy abzuschalten! Kein Wunder, dass Sie beide keine sachdienlichen Hinweise am Tatort gefunden haben. Bei so einer schlampigen Arbeitsauffassung! Und jetzt ab mit ihnen ins Krankenhaus! Dort will ein Patient seine Aussage machen". Kommissarin Wiegand fragte überrascht: „Ist das Opfer aus dem Koma aufgewacht?" Hohlbach grinste ziemlich überheblich: „Hätten Sie ihr Handy nicht ausgeschaltet, dann kämen Sie jetzt nicht aus dem Mustopf. Unsere Gerichtsmedizinerin, Frau Dr. Mertens, hat den Schreck ihres Lebens bekommen, als plötzlich ein Toter quicklebendig die Augen aufgeschlagen hat. Als nämlich der Kerl den Hydranten umrasselte, wobei er sich gefährlich seinen Kopf anschlug, da haben das Wasser und die Außentemperatur den Ohnmächtigen so stark heruntergekühlt, dass der eintreffende Notarzt keinen Puls mehr fühlen konnte. Und nun bin ich sehr gespannt, was der Scheintote zu sagen hat. Sie nicht?"

Riemer zeigte erregt nach vorn: „Vorsicht, da will einer über die Straße!" Frauke Wiegand rief erbost: „Halt endlich die Klappe! Jetzt fahre ich. Wenn du fährst, rede ich auch nicht immer dazwischen". „Verzeihung, Mylady, ich bin ja schon still. Aber du verscherzt dir gerade dein Weihnachtsgeschenk". Die Kommissarin lachte lauthals: „Das ist im Übrigen kein Problem. Ich habe nämlich für dich auch kein Geschenk. Da schenken wir uns doch einfach gegenseitig ein liebgemeintes Nichts".

Der Patient lag mit einem Kopfverband bei hochgestellter Rückenlehne in seinem Krankenbett. Er hatte einen schlanken Körper und leicht weibliche Züge. Die Gesichtsfarbe ähnelte einer weiß gestrichenen Wand. Seine Zunge schien noch Probleme mit der Artikulation zu haben, als er mit schwacher Stimme fragte: „Haben Sie den Kerl?" Frauke Wiegand stellte leise aber bestimmend die entscheidende Gegenfrage: „Woher wissen Sie, dass es ein Kerl war? Und vor allem, sind Sie ganz sicher, dass Sie es nicht selbst waren?" Der Befragte schien zu erschrecken: „Ich? Nein, dazu wäre ich nie und nimmer in der Lage. Mir wird schon schlecht, wenn ich nur daran denke, dass ich in der zweiten Reihe parken müsste. Nein, ich war es ganz bestimmt nicht. Wissen Sie, es war so, es hat geklingelt, Jörg ging nachsehen, und ich habe dann neben Jörgs Stimme auch noch eine andere, männliche Stimme gehört, aber nicht, was der Kerl gesagt hat. Dann war so etwas wie ein Fall zu vernehmen, danach

war es still. Ich ging nachsehen, da lag Jörg mit bluten-
dem Kopf auf dem Flur. Das Telefon war tot, ich nehme
an, jemand hat daran herumgefummelt. Das können Sie
mit Ihren Mitteln sicherlich herausfinden. Handys, Computer oder Fernseher lehnen wir beide ab. Uns nervt im
Prinzip schon der Festnetzanschluss. Also habe ich versucht, meinen Freund zum Auto zu ziehen. Aber ich hatte
leider nicht die nötige Kraft. Deshalb wollte ich so
schnell wie möglich einen Arzt holen. Dann ist das Auto
in der Kurve ausgebrochen, und was danach gewesen ist,
weiß ich leider nicht mehr".

„Ganz kleinen Moment mal, Chef! Heute ist, wie Sie bestimmt wissen, der vierundzwanzigste Dezember. Sicher
haben wir in dem Fall bisher nichts Genaues erreicht. Daran wird sich aber auch kaum etwas ändern, wenn wir
nicht wie alle Jahre mittags Schluss machen können.
Ohne neuen Ansatzpunkt kommen wir auch mit Über-
stunden nicht viel weiter. Da fallen nur Kosten an, die
Sie dann verantworten müssten. Oder sehen Sie sich als
Zwilling von Ebenezer Scrooge aus Dickens Weih-
nachtsgeschichte? Dann erscheine ich Ihnen morgen
Abend gern freiwillig dreimal als Geist. Aber heute
Nachmittag besuchen mich mein Schwiegersohn Mehl-
mann und meine Tochter Claudia mit ihrem kleinen Pe-
terle. Das lasse ich mir um gar keinen Preis versauen. Am
allerwenigsten von Ihnen. Und jetzt gehe ich rüber in
Fraukes Dienstzimmer und schenke ihr zwei wunderschöne Ohrringe aus 585er Gold. Danach können Sie
mich dann feuern, falls Sie sich das trauen!"

Gegen 10:30 Uhr betrat Frauke Wiegand festen Schrittes Riemers Dienstzimmer: „Lieber Kollege Riemer, Schatz, Liebster, Müllrunterbringer und was du sonst noch so alles für mich bist, hier kommt dein Weihnachtsgeschenk". Sie winkte mehrmals mit der Hand in Richtung Flur. Daraufhin trat zögernd der geschwätzige Alte ein, der damals am Tatort beleidigt abgezogen war. Frauke drückte ihn auf den Stuhl: „Ich war noch einmal dort. Da habe ich meinen Freund hier ausreden lassen. Hat zwar etwas gedauert, aber es hat sich auch gelohnt. So, Opa Mayer, nun sagen Sie auch mal dem Kommissar, was Sie mir gesagt haben!" Der Graukopf blickte sich erst eine Weile scheu um, bevor er sagte: „Ich weiß wer es war. Schließlich hab ich es gesehen. Es war unser Nachbar, der Herr Obermann. Der hat die zwei gehasst. Hat sie immer als schwul beschimpft. Und als dieser Jörg aus Frust Obermanns Auto beidseitig zerkratzt hat, da hat unser Nachbar durchgedreht und ihn mit seinem Schlüsselbund ein Loch in den Kopf geschlagen. Ich hab's genau gesehen. Ich wollte es Ihnen ja damals schon sagen, aber Sie haben mich so böse angebrüllt. Das war nicht recht!" Riemer war wie vom Blitz getroffen. Frauke Wiegand ergänzte: „Ich habe die Fahndung zwar heute Morgen schon herausgegeben, aber wie unsere Kollegen leider feststellen mussten, hat sich der Kerl bereits per Flugzeug nach Chile abgesetzt". Riemer schlug dermaßen wütend mit der Faust auf seinen unschuldigen Schreibtisch, dass der Besucher erschrocken von seinem Stuhl rutschte. Dann brüllte der Kommissar, völlig die Fassung verlierend: „Und das soll ein Weihnachtsgeschenk sein. Vielen Dank für nichts!" Während der Alte vor Angst förmlich auf allen Vieren aus dem Zimmer stolperte, antwortete Frauke Wiegand gelassen: „Wir wollten uns doch gewissermaßen auch ‚nichts' schenken".

„Guten Morgen mein Bester. Na, wie sehen die Ringe in meinen Ohren aus? Schick, oder etwa nicht?" Riemer stutzte: „Moment mal, das sind doch nicht die Ohrringe, die ich dir gestern geschenkt habe!" Frauke lächelte, wie nur Frauen lächeln können: „Ich habe sie kurz vor Ladenschluss noch umgetauscht. Die hier sehen fast genauso aus und kosten nur vierhundert Euro. Und die knapp sechshundert gesparten Euros heben wir uns für die Hochzeit auf". Dem Kommissar zog es die Beine weg: „Aber ich dachte … ich meinte … wir hätten doch gesagt, dass wir nicht …" Seine Gute unterbrach ihn mit einem äußerst schelmischen Gesichtsausdruck: „Aber Schatz, hast du denn vergessen, dass meine Tochter voriges Jahr achtzehn geworden ist? Und einen Bräutigam hat sie auch schon! Die Sache ist nämlich die, dass die zwei heiraten müssen, falls du weißt was das bedeutet". Riemer griff sich an den Kopf: „Jetzt weiß ich endlich, warum Weihnachten immer alle Leute das Lied ‚Ihr Kinderlein kommet' singen".

3D-Echsen

Der Stellvertreter des CEO hatte bereits lange vor der Besprechung mit schneller Hand einige Diagramme auf die digitale Tafel gekritzelt. Jetzt hüpfte der rote Punkt seines Laserpointers unruhig von einer Zeichnung zur anderen: „Wie Sie sehen können, ist unser Absatz dieses Jahr um 0,2 Prozent eingebrochen. Da unsere Aktionäre davon nicht gerade begeistert sind, bitte ich um Vorschläge, womit wir dieser Entwicklung entgegensteuern können!" Der Chefprogrammierer hob müde die Hand: „Einfach die Sicherheitsschwelle senken. Je mehr Kitzel, desto mehr Verkauf!" Seine Nachbarin knuffte ihn in die Seite: „Quatsch! Das lässt der Vorstand niemals zu". Der Programmierer lachte hämisch: „Wir wollen doch unsere Spiele nicht an den Vorstand verkaufen, sondern an unsere User. Merke: Der Regenwurm muss dem Fisch schmecken, und nicht dem Angler".

Der Echsenmann zeigte erbost mit seinem Krallenfinger auf den vor ihm knienden Menschen: „Wenn du mir bis morgen nicht mein Schwert wiederbringst, lasse ich dich von meinen Soldaten exekutieren!" Der Mensch öffnete den Mund, um zu antworten, aber im selben Moment schien es, als sei er eingefroren. Auch die Echse bewegte sich keinen Millimeter mehr. Etwa zwei Sekunden später poppte die Meldung auf: ‚Lost Connection'. Gerald sprang auf und warf wütend die Kopfhörer gegen den Bildschirm: „Mama, hast du schon wieder den Stecker gezogen?" Um ihn zu irritieren rief seine Mutter gedämpft zurück: „Ich kann dich nicht hören! Ich bin in der Küche und koche dein Mittagessen!" Gerald rannte schimpfend die Kellertreppe nach oben und riss die Küchentür auf: „Das kannst du nicht machen!" Die Frau unterbrach ihre Arbeit: „Kann ich wohl! Eltern müssen ihre Kinder immer vor schlechten Einflüssen bewahren".

Verzweifelt hob Gerald beide Arme: „Aber Mama, ich habe in drei Wochen Geburtstag. Dann bin ich erwachsen. Reicht es dir nicht, dass ich mich mit so einem stinkalten Computer herumschlagen muss? Meine Kumpels haben durch die Bank weg VR-Brillen. Und Manfred hat sogar eine VR-Haube". Die Frau begann emsig in einem der Töpfe zu rühren: „Was immer dieses VR-Dingsbums auch sein mag". Gerald setzte sich auf einen der weißen Küchenstühle: „Das VR heißt ‚Virtuelle Realität'. Mit so einer Haube kannst du nicht nur sehen, sondern du riechst und fühlst auch alle Dinge. Das ist genauso, als würdest du dich in der Wirklichkeit bewegen". Seine Mutter stellte ärgerlich ihr Rühren ein und warf einen bitterbösen Blick auf ihren Filius: „Dann geh endlich mal vor die Tür, da kann man sich nämlich tatsächlich in der Wirklichkeit bewegen!" Gerald stand auf und sagte ungehalten: „Du bist so fürchterlich Old School. Du kochst sogar jeden Tag, obwohl sich jetzt alle Welt von Conveniencefood ernährt. Weißt du was? In drei Wochen suche ich mir eine eigene Wohnung. Da kannst du dann von mir aus hier jeden Tag zehnmal irgendwelche Stecker ziehen!"

Manchmal muss man eben Glück haben. Gerald fand tatsächlich eine kleine Wohnung. Sie bestand aus zwei Zimmern, einem elektrischen Herd, einer Spüle und einem Kühlschrank, vervollständigt von einem winzigen Badezimmer. Das Bett hatte ihm seine Mutter mitgegeben. Essen, schlafen, kacken; was braucht der Mensch mehr? Nun, unbedingt eine VR-Haube! Gerald musste in dem Elektronikladen eine geraume Weile mit dem

Verkäufer diskutieren, bis er eine Ratenzahlung ausgehandelt hatte. Schließlich verfügte er als Auszubildender nicht gerade über üppigen Reichtum. Aber irgendwann willigte dann der Verkäufer doch ein. Ein Verkäufer will ja schließlich auch etwas verkaufen. Und wenn ein Kunde nicht rechtzeitig seinen Verpflichtungen nachkam, dann holte man eben das Gerät wieder ab.

Schon auf dem Heimweg im Bus, kribbelte Gerald die Vorfreude wie Sprudelwasser im Bauch. Zu Hause riss er ungeduldig die Verpackung auf, überflog fahrig die dünne Bedienungsanleitung und stülpte sich aufgeregt die Haube über das Haupt. Das elastische Material saugte sich augenblicklich passgenau an seinem Kopf fest. Nach dem Einschalten jagten unzählige Stromstöße durch Geralds Hirn. Sofort flimmerte ein 3D-Menü mit einer riesigen Auswahl von Spielmöglichkeiten vor seinen geweiteten Augen. Gerald erkor das Spiel ‚Im Land der Echsen'. Auf der Stelle wurde er in eine düstere Umgebung versetzt. Ein beißender Geruch umgab ihn, und spitze Steine drückten sich schmerzhaft durch die Sohlen seiner Schuhe. In der Hoffnung, sich baldmöglichst an den Geruch zu gewöhnen, vollführte er vorsichtig ein paar ungelenke Schritte auf dem felsigen Untergrund. Da traf ihn urplötzlich ein heftiger Schlag in den Rücken. Er wurde etwa drei Meter durch die Luft gewirbelt, versuchte vergeblich seinen Fall abzufangen und schlug hart mit der rechten Schulter auf. Es knackte vernehmlich, und sein rechter Arm wurde auf der Stelle taub. Blödes Spiel! Das hatte er sich alles ganz anders vorgestellt. Mit der intakten Hand wollte er sich die Haube vom Kopf reißen. Aber das Ding rührte sich keinen Millimeter, als hätte es jemand festgenagelt. Von drei Seiten stampften riesige, sabbernde Echsenmenschen auf ihn zu. Gerald schrie mehrmals hilflos: „Computer, Programm beenden!" Später dann: „Hilfe! Warum hilft mir denn keiner?" Sein Geschrei schien die Echsen gewaltig zu stören. Ein Echsenmann ergriff eine brennende Fackel, und stieß sie dem Schreienden brutal in den Mund.

Die Stimme des Notarztes klang traurig, als er zu einem der Sanitäter sagte: „Das ist nun schon der vierte in diesem Jahr. Ganz typischer Schocktod. Diese bekackten Spiele gehörten von Rechtswegen verboten. Die Kids werden binnen zwei Stunden süchtig. Und dann spielen sie den Mist bedingungslos in allen Lebenslagen. Leider auch dann, wenn sie sehr schwer krank sind. Der hier zum Beispiel hat sogar eine verbrannte Zunge.

Der Quizzer

Es geht doch nichts über ein gutes Frühstück. Wenn ich nicht ausgiebig frühstücken kann, dann macht mir der ganze Tag keinen Spaß. Traditionsgemäß verdrücke ich während des Lesens der Morgenzeitung zwei Roggenbrötchen; genauer gesagt, vier Roggenbrötchenhälften. Drei davon immer - und wenn ich sage immer, dann meine ich immer - belegt mit Ei, Salami und Käse. Die vierte Hälfte jedoch gestalte ich stets variabel. An einem Tag Marmelade, am nächsten vielleicht Räucherlachs, und dann auch mal wieder fertigen Brotaufstrich, von dem selbst der Allmächtige nicht genau weiß, woraus das Zeug eigentlich gemacht ist. Und während ich also morgens ganz genüsslich vor mich hin schlemme, wühle ich mit den nackten Zehen in meinem Teppich. Ja wirklich! Bei mir liegt ein fusseliger Flokati in der Küche. Aber das ist eine ganz andere Geschichte. Jedenfalls stellt es für mich geradezu Blasphemie dar, wenn mich jemand bei meinem gottgegebenen Frühstücksritual stört. Deshalb stelle ich auch während dieser Zeit mein Telefon ab. Allerdings bis auf den Tag, an dem ich es, aus welchem Grund auch immer, einfach vergessen hatte. Als das Ding plötzlich klingelte, zuckte ich dermaßen erschrocken zusammen, dass meine Hand den Inhalt der Kaffeetasse mit einem eleganten Schwung auf dem Teppich verteilte. Ziemlich gereizt meldete ich mich mit einem überaus ungehaltenen: „Detektei Baer und Behr". Die Stimme am anderen Ende sagte: „Quizfrage: Was ist klein, hat schwarze Haare, stinkt vor Geld und wartet seit zehn Minuten vor Ihrer Bürotür?" Mein erster Gedanke war, aufzulegen und den Spinner einfach nicht weiter zu beachten. Doch dann siegte irgendwie meine angeborene Neugier: „Das ist entweder ein kleiner Idiot, oder ein schwarzhaariger Legastheniker, der nicht lesen konnte, dass ich mein Büro erst um zehn öffne". Die Stimme antwortete: „Zweite Frage: Wer ist Privatdetektiv und lässt sich gerade eine evident schöne Summe durch die Lappen gehen?" Ich war es leid, mit diesem Kerl ‚Frage und Antwort' zu spielen: „Hören Sie! Entweder Sie halten sich an meine Bürozeiten, oder Sie gehen dahin, wo der Pfeffer wächst!" Er entgegnete unbeeindruckt: „Was soll ich denn in Indien? Nun hören Sie mir mal zu! Ich habe um zehn schon den nächsten Termin. Die einzige Stunde, die ich heute frei habe, ist zwischen zwölf und eins. Aber da zelebrieren Sie ja, laut des Aufdrucks an Ihrer Bürotür, Ihre gesegnete Mittagspause. Also entweder verschieben Sie freundlichst ihre Nahrungsaufnahme, oder ich werfe meinen Zaster einem anderen in den Rachen!" Nun muss ich zugeben, dass alle Worte, die irgendwie nach ‚Geld' klingen, einen besonderen Reiz auf mich ausüben. Und da mein Telefonpartner bereits vorhin schon von einer ‚evident schönen Summe' gesprochen hatte, hörte ich eine vorlaute Stimme sagen: „Also dann bis um zwölf!" Und diese dreiste Stimme gehörte zweifelsohne mir.

Mein potenzieller Klient rückte Punkt zwölf Uhr an. Er war tatsächlich schwarzhaarig und etwas klein geraten. Ich schätzte ihn so etwa auf einen Meter dreiundsechzig. Sein dunkelblauer Anzug saß derartig perfekt, als hätte ein begnadeter Magier den Stoff direkt auf den Körper des Mannes gezaubert. Nach dem Eintreten schnappte er sich sofort meinen Besucherstuhl, drehte ihn mit der Lehne zu mir, und schwang sich breitbeinig auf die Sitzfläche: „Frage eins: Zu welcher Gruppe zählt die Erdbeere? Obst, Beeren oder Nüsse?" Ich war mir zuerst nicht im Klaren, ob ich mich auf dieses eigenartige Spiel einlassen sollte. Dann aber antwortete eine ungezügelte Neugier anstelle meines sonstigen Verstandes: „Ich nehme Tor 2!" Der Mensch schüttelte vorwurfsvoll den Kopf: „Sie stammen wohl noch aus der Steinzeit? Die Sendung mit den Toren läuft doch schon lange nicht mehr im Fernsehen. Bei Multiple-Choice-Fragen hat man gefälligst mit A, B oder C zu antworten!" Leicht gekränkt sagte ich brummig: „B". Er schüttelte abermals den Kopf. Dann dozierte er mit erhobenem Zeigefinger: „Die Erdbeere gehört zur Gattung Fragaria und wird auch als Sammelnussfrucht bezeichnet. Nussfrucht! Klar? Die richtige Antwort wäre also C gewesen. Zweite Frage: Zu welcher Gruppe gehören Erdnüsse? Zu den Hülsenfrüchten, zu den Korbblütlern oder zu den Nussfrüchten?" Diesmal meinte ich voller Überzeugung: „C". Er verlieh seinem Gesicht einen Ausdruck, der mich augenblicklich als Vollidioten abstempelte: „Die Erdnuss, auch bekannt als Arachis hypogaea, gehört zu den Hülsenfrüchten und ist ein Schmetterlingsblütler. Die richtige Antwort lautet also in diesem Fall A. Dritte Frage…" Ich unterbrach ihn abrupt: „Stopp! Was soll dieser Scheiß? Vielleicht stellen Sie sich erst einmal vor!" Er warf mir einen Blick zu, der Vollbärte rasieren konnte: „Mein Name tut nichts zur Sache. Zumindest noch nicht! Dritte und damit letzte Frage: Zu welcher Gruppe gehören Agaven? Gemüse, Spargelgewächse oder Blütenpflanzen?" Um ihn zu ärgern sagte ich: „Spargel". Richtig erstaunt klatschte er in die Hände: „Bravo! Sie haben die Prüfung bestanden. Zwar nur mit einer Drei Minus, aber immerhin bestanden". Ich zog verständnislos die Stirn kraus: „Was für eine Prüfung? Habe ich irgendwas verpasst?" Jetzt lächelte er: „Falls Sie in der Lage sind, ein wenig Geduld aufzubringen, werde ich Ihnen alles erklären! Also, schon als Jugendlicher hat mich mein Vater mit Geld überhäuft. Heute habe ich meine eigene Firma, aber damals brauchte ich nie einer Arbeit nachzugehen und hatte meist Langeweile.

Neben einigen bösen Dingen, die ich heute schmerzlich bereue, habe ich deshalb dummerweise einen, nun sagen wir mal, ziemlich abstrusen Tick entwickelt. Ich habe mich nicht nur leidenschaftlich dem Quizzen verschrieben, ich vertraue auch nur Menschen, die zumindest eine von drei kniffligen Fragen richtig beantworten können. Zwei Ihrer Kollegen habe ich deswegen bereits aus der engeren Wahl ausgeschlossen. Aber nun die alles entscheidende Frage: Sind Sie gewillt einen gut bezahlten, aber möglicherweise nicht ganz einfachen Job zu übernehmen?" Ich sagte nur: „Zweihundert pro Tag plus Spesen. Und zwar ausgiebige Spesen!" Er nickte: „Geht in Ordnung. Aber jetzt muss ich weg. Kommen Sie bitte morgen um 15:30 Uhr in meine Villa. Da teile ich Ihnen dann alles Relevante mit. Hier meine Visitenkarte!" Er tippte sich in militärischer Manier mit der rechten Hand an die Stirn, drehte sich um und öffnete die Tür. Um anzugeben rief ich ihm noch nach: „Quizfrage, was ist das? Wenn man es braucht, wirft man es weg. Wenn man es nicht mehr braucht, holt man es sich wieder". Er steckte noch einmal den Kopf durch den Türrahmen: „Viel zu einfach! Das ist ein Anker".

„Schön, dass Sie es einrichten konnten. Was halten Sie von meiner bescheidenen Behausung?" Ich sah an seinem Gesicht, dass er ein Lob von mir erwartete, war aber keineswegs bereit, mich auf ihn einzulassen: „Ein Protzbau. Einem reichen Spinner angemessen". Er schien überhaupt nicht beleidigt zu sein: „Sie sind wenigstens ehrlich. Weiß ich zu schätzen. Einen Drink?" Er deutete auf einen Barwagen mit einer Vielzahl von Flaschen. Ich zierte mich nicht: „Bourbon?" Mit einer geschickten Handbewegung angelte er eine ungewöhnlich geformte Flasche aus den anderen heraus: „Woodford Reserve. Quizfrage: Was kostet so eine Pulle?" Gelangweilt antwortete ich: „Je nach Abfüller zwischen 60 und 70 Euro. Auf keinen Fall teurer". Er nickte: „Der Kandidat hat zehn Punkte. Nehmen Sie Eis?" Ich verneinte. Mein Freund füllte ein Kristallglas etwa zwei Finger breit mit der goldenen Flüssigkeit und hielt es mir vor die Nase: „Hier! Setzen Sie sich! Und hören Sie gut zu! Sie müssen wissen, ich bin mit meiner Körpergröße nicht unbedingt ein Frauenheld. Aber vor vier Wochen habe ich eine Knallerfrau kennengelernt. Ich mach mir nichts vor, es ist nur mein Geld, was mich normalerweise anziehend macht. Aber diese Frau schien wirklich an mir als Person interessiert zu sein. Und sie passte zum Glück auch in der Körpergröße. Vor elf Tagen ist sie dann einfach spurlos verschwunden. Die Polizei ist der Meinung, dass sie lediglich auf meine Kohle scharf war, mich dann aber einfach satthatte, und deshalb klammheimlich verduftet ist. Aber warum, frage ich Sie, hat sie dann nichts mitgenommen? Meine Geldbörse liegt hier ständig irgendwo offen herum. Da sind immer ein paar tausend Mäuse drin, die sie einfach hätte mitnehmen können. Tat sie aber nicht. Ich bin der Meinung, man hat sie entführt. Da aber keine Lösegeldforderung eingegangen ist, hat die Polizei die Ermittlungen eingestellt. Und jetzt sind Sie dran!" Ich trank aus: „Dann geben Sie mir mal die Daten der Dame. Name, Adresse, Telefonnummer und was Sie sonst noch so haben!"

So einfach hatte ich noch nie einen Fall gelöst. Die Mutter der jungen Frau wollte mir zunächst nichts verraten. Schließlich hatte sie auch den Beamten von der Polizei die Unwissende vorgespielt. Als ich Sie dann aber mit viel Mühe und etwas Druck auf die Tränendrüsen hinlänglich überzeugen konnte, dass ich es wirklich nur gut meinte, ließ Sie mich ins Zimmer der jungen Frau. Die saß wie ein Häufchen Elend auf der Kante ihres Bettes, neben einem ansehnlichen Berg Zellstofftaschentücher. Es dauerte eine ganze Weile, bis ich den Sachverhalt aus ihr herausgekitzelt hatte. Der Vater meines Klienten war nicht mit der Liaison einverstanden gewesen. Erst hatte er ihr Geld dafür angeboten, dass sie seinen Sohn nicht mehr aufsuchen würde. Und als sie ablehnte, hatte er gewisse körperliche Misshandlungen angedeutet. Zum Schluss drohte er damit, seinen Sohn zu enterben. Da sie aber ihrem Geliebten nicht im Wege stehen wollte, hatte sie ihn selbstlos bei Nacht und Nebel verlassen. Ich versprach, mich um alles zu kümmern.

In Hochstimmung wählte ich auf dem Handy die Nummer meines Klienten: „Quizfrage, wer oder was ist das: Trinkt gern Bourbon, hat die Dame Ihres Herzens gefunden, und schreibt gerade eine gepfefferte Rechnung?" Nach einer kurzen Pause bekam ich die Antwort: „Wahrscheinlich der geniale Privatdetektiv, den ich vor Kurzem kennenlernen durfte und inzwischen zu meinen Freunden zähle!" Ich musste ungewollt schmunzeln: „Der Kandidat hat zehn Punkte. Es droht ihm aber immer noch ein Zonk!" Er fragte ungläubig: „Der da wäre?" Nachdem ich tief Luft geholt hatte, beichtete ich zögernd: „Nun ja, wenn Sie weiter Ihrer Liebe frönen, will Sie Ihr Herr Vater enterben". Seine Antwort war nur ein schallendes Gelächter: „Durch meine Firma habe ich inzwischen mindestens zweimal so viel Geld wie mein Vater. Ich sehe damit in dieser Beziehung wirklich keine Probleme. Also vielen Dank! Schicken Sie mir umgehend Ihre Rechnung!" Ich hatte in einem Rutsch einen Fall gelöst, zwei Menschen zusammengebracht und zusätzlich noch einen Freund gewonnen. Mir wurde richtig warm ums Herz.

Mein verliebter Romeo hat mich zwar pünktlich bezahlt, hielt es aber durchaus nicht für nötig, mich zu seiner Hochzeit einzuladen. Das ist wiedermal ganz typisch für so einen reichen Schnösel. Ich konnte den Kerl noch nie leiden.

Die Anti-Zeitreise

Bernd Hübner, der Leiter des Labors, rannte haareraufend hin und her: „Bist du denn wahnsinnig geworden? Dir hat doch einer mit Anlauf ins Gehirn geschissen! Weißt du überhaupt, was du da angerichtet hast?" Sein Bruder Harald rechtfertigte sich aufgebracht: „Was hätte ich denn machen sollen? Ich habe genau gesehen, dass der Kerl einen Sprengstoffgürtel umhatte, als er aus dem Auto gestiegen ist. Und als er dann auf die Kindergartengruppe zuging, habe ich einfach gehandelt. Nachdem ich ihn erschossen hatte, bin ich unverzüglich zum vereinbarten Treffpunkt gespurtet. Keiner hat mich gesehen".

Bernd Hübners Körper erschlaffte: „Ich hätte es wissen müssen. Ich hätte es wirklich wissen müssen. Von wegen: Ein prämierter Sportschütze hat sich stets im Griff! Am Arsch! Warum habe ich dämliches Rindvieh bloß nicht verhindert, dass du die Waffe mitgenommen hast! Nennst du vielleicht so einen riesigen Haufen Mist Selbstverteidigung? Wenn du nicht mein Bruder wärst, würde ich dir jetzt mehrfach in den Hintern treten, bevor ich dich erdrossele!" Harald Hübner senkte den Kopf: „Ich wollte einfach nur die Kinder beschützen. Das ist doch nichts Schlimmes. Im Gegenteil, das ist was Gutes! Oder?" „Nichts Schlimmes? Was Gutes?", skandierte sein verzweifelter Bruder, „Du hast ja keine Ahnung! Deine unbedachte Aktion hat den Zeitstrom, und damit unsere Gegenwart, massiv verändert. Die Mitglieder von der Terrorgruppe des Getöteten haben aus Rache siebzehn Menschen erschossen. In Worten siebzehn! Darunter fünf Kinder. Daraufhin hat sich im Verborgenen eine paramilitärische Brigade gegründet, die alles niedergemetzelt hat, was nur irgendwie nach Islam roch. Natürlich auch völlig Unschuldige. Daraufhin haben die Fundamentalisten mit einem umfassenden Angriff geantwortet. Das wiederum zwang die Regierung, Soldaten einzusetzen. Und jetzt haben wir an mehreren Landesgrenzen den schönsten Krieg. Einige Einheiten sind sogar bis ins Landesinnere vorgedrungen. Und das alles ist die Folge deiner Dummheit!"

Bernd Hübner saß wie ein begossener Pudel an der hinteren Schmalseite des langen Konferenztisches. Der Firmenchef schlug mit der Faust auf die Tischplatte: „Sie, und ausschließlich Sie, sind an dem ganzen Dilemma schuld. Das ist das Ergebnis Ihrer illegalen Vetternwirtschaft. Sie hätten niemals Ihren Bruder schicken dürfen!" Der Angeschriene versuchte sich zu verteidigen: „Sie tun ja so, als ob es in der Firmenzentrale keine Klüngelei gäbe! Die Tochter des Prokuristen …" Er wurde jäh unterbrochen: „Halten Sie bloß die Schnauze! Wenn der Krieg sich weiterhin so ausweitet wie bisher, wird es bald keine Firmenzentrale mehr geben. Und damit auch keinen, der für Ihr überzogenes Gehalt aufkommt. Also, die Firmenleitung hat gestern beschlossen, dass Sie sich selbst in die Vergangenheit zu begeben haben, und zwar an einen Zeitpunkt, der vor der Ankunft Ihres Bruders liegt. Dann halten Sie den Schießwütigen einfach von seinem Tun ab, und alles ist wieder in Ordnung. Kapiert?"

Als Harald Hübner die Pistole zog, wollte ihm sein Bruder Bernd von hinten in den Arm fallen. Aber Harald drehte sich blitzschnell um, und nahm seinen Widersacher mit einem gezielten Faustschlag aus dem Rennen. Dann murmelte er leise vor sich hin: „Du Blödmann! Schon mal was von einer Zeitschleife gehört? Ich war doch jüngst schon einmal hier, und zwar lange vor dir. Somit wusste ich ganz genau, was du vorhaben würdest". Danach schoss er.

Der Unterschied zum letzten Mal war nur, dass Bernd Hübner ein Pflaster auf seinem Kinn spazieren trug. Ansonsten war der Tisch genauso lang, und der Chef auch genauso wütend: „Das war's! Sie sind gefeuert! Der

Kollege Weidhaas leitet ab sofort das Labor. Der lässt sich von Ihrem durchgeknallten Bruderherzchen nicht so leicht austricksen. Und jetzt raus hier! Bis morgen haben Sie Ihren Schreibtisch geräumt!"

Nachdem Bernd Hübner schleppend den Raum verlassen hatte, wandte sich der Firmenchef dem neuen Laborleiter zu: „Wir werden diesen Harald noch einmal auf die Reise schicken. Dieses Mal allerdings auf eine Anti-Zeitreise. Nur mit dem Unterschied, dass wir diese Tatsache dem Kerl auf keinen Fall mitteilen werden. Wir behaupten einfach, dass er sich selbst davon abzuhalten hätte, seine blöde Waffe abzufeuern". Daniel Weidhaas war erschrocken: „Aber …" Der Chef fiel ihm ins Wort: „Nix aber! Damit lösen wir gleich zwei Probleme auf einmal".

Nachdem Harald Hübner seine Pistole gezogen hatte, drehte er sich mit einem spöttischen Gesichtsausdruck um: „Hallo mein Bester! Oder sollte ich vielleicht lieber sagen: Hallo Ich?" Sein Ebenbild grinste: „Diese Arschgeigen haben tatsächlich geglaubt, dass ich mich selbst vom Schießen abhalten würde. Wie dumm kann man sein. Natürlich haben die nicht gewusst, dass ein Mädchen aus dieser Kindergartengruppe meine, respektive unserer beider, zukünftige Frau sein würde". Der erste Harald Hübner legte dem anderen zufrieden seine Hand auf die Schulter. Aber bevor er noch etwas sagen konnte, zerriss ein greller Blitz die Luft, die sich unmittelbar danach mit einem dumpfen Knall wieder zusammenballte. Ein paar Krümel Asche sanken flirrend zu Boden, während sich ein ekelhafter Geruch ausbreitete.

Der Laborleiter Bernd Hübner blickte seiner Schwester Verzeihung heischend in die Augen: „Sei mir doch bitte nicht böse! Selbst wenn du mich jetzt für sexistisch hältst, glaube mir, das ist kein Job für eine Frau. Außerdem bist du doch meine Schwester". Gekränkt antwortete sie: „Ach so? Aber einen Bruder hättest du gänzlich ohne Bedenken in die Vergangenheit geschickt?" Bernd Hübner zuckte mit den Schultern: „Vielleicht, aber ich hatte ja nie einen Bruder".

Arbeitslos

Nicht nur mein Magen, auch mein Kühlschrank schien unglücklicherweise an grausamem Hunger zu leiden. Wenn man die Tür des Eiskastens öffnete, erblickte man lediglich den fahlen Schein der Innenbeleuchtung. Ansonsten war der Apparat genauso leer, wie meine Geldbörse. An Einkaufen war deshalb nicht im Geringsten zu denken, und der Vermieter meines Büros harrte auch bereits seit zwei Monaten auf den fälligen Mietzins. Lediglich zwei Packungen viereckiger, inzwischen furztrockener Butterkekse waren mir geblieben. Seit es die Möglichkeit gab, sich aus dem Internet eine App herunterzuladen, mit welcher jeder Trottel fremde Handys verfolgen konnte, nahmen es viele Frauen selbst in die Hand, ihre untreuen Männer zu beschatten. Dadurch rauschte ungefähr die Hälfte meiner sonstigen Einnahmen schlichtweg ins Klo. Es waren einfach schlechte Zeiten für einen Privatdetektiv. Am Allerschlimmsten empfand ich aber die trockene Luft im Büro. Meine Bourbon-Flasche behauptete nämlich steif und fest, dass sie bereits vor zwei Tagen den letzten Tropfen ausgespuckt hätte. Betrübt legte ich die Füße auf den Schreibtisch, dachte darüber nach, wie schön es wäre, wenn mein Freund Max noch leben würde, und bestaubte gedankenverloren das Hemd mit einer nicht geringen Menge trockener Kekskrümel. Als sich unerwartet die Tür öffnete, sprang ich erschrocken auf und putzte mir verlegen die Brösel vom Oberkörper. Mein Besucher, der durch seine Goldbrille und seinen altmodischen Anzug einem schon länger pensionierten Studienrat ähnelte, übersah beflissentlich mein Tun, setzte sich wortlos auf den Stuhl vor meinem Schreibtisch und griff in die Innentasche seiner Jacke. Im ersten Moment befürchtete ich, der Kerl würde gleich eine Waffe aus dem Jackett ziehen. Aber als seine Hand wieder zum Vorschein kam, sah ich deutlich einige Geldscheine zwischen den Fingern hervorleuchten. Er zählte akribisch 2.000 Mäuse auf den Tisch und sagte trocken: „Das könnte Ihnen gehören!" Kennen Sie das? Sie wissen genau, dass etwas falsch ist, machen es aber trotzdem? Genau so ging es mir in diesem Moment. Mir war eigentlich auf der Stelle klar, dass es sich hier um ein ziemlich krummes Ding handeln musste. Wenn eine Sache wirklich legal ist, blättert doch kein Mensch im Voraus, und auch noch ohne im Geringsten mit der Wimper zu zucken, 2.000 Piepen auf den Tisch. Doch mein Magen suggerierte meinem Gehirn ganz hinterhältig die Frage: „Was muss ich tun?" Er blickte mich mit einem eiskalten Blick an: „Zuerst keine Fragen mehr stellen! Als nächstes gleich morgen einen Koffer transportieren!"

Ich versuchte angestrengt seinen Blick zu imitieren, aber ich glaube, es gelang mir nicht so ganz: „Von wo nach wo?" Wenn Augen töten könnten, wäre ich wahrscheinlich im gleichen Moment durch seinen Blick gestorben: „Ich sagte: Keine Fragen. Nur zuhören! Morgen früh 10:00 Uhr haben Sie pünktlich in München zu sein. Dort erwartet Sie in der U-Bahn-Haltestelle Sendlinger Tor eine Dame in einem knallroten Kostüm, die ihr Gesicht erkennen wird. In der Hand hält sie einen hellgrünen Schminkkoffer". Ich unterbrach: „Sowas fällt doch aber auf. Hellgrün passt nicht gerade gut zu Rot". Falls ich mich nicht sehr täuschte, dann verlor er innerlich etwas an Fassung. Äußerlich jedoch blieb er eiskalt: „Keine Fragen, kapiert?" Ich hob den Zeigefinger: „Moment, das war doch keine …" Er beugte sich ziemlich herrisch zu mir vor: „Klappe! Genau 17:30 Uhr ist das Schminkkästchen in Berlin am Alexanderplatz. Dort steht unter der Weltzeituhr wieder eine Dame im roten Kostüm. Dieses Mal, falls es Sie beruhigt, mit einem roten Schminkkoffer. Sie tauschen die Köfferchen miteinander aus, und bringen den roten hier her. Morgen früh hole ich das Ding dann bei Ihnen ab. Sollte unterwegs etwas Unübliches geschehen, egal was, kommen Sie unverrichteter Dinge wieder hierher. Alles klar?" Während ich nickte, zog er eine schwarze Kompaktkamera aus der Seitentasche, um dem kleinen Gerät mittels Blitzlicht mein Konterfei aufzubürden.

Kaum war er aus der Tür, angelte ich mein süßes, kleines Schwarzlichtprüfgerät aus dem Schreibtisch und überstrich damit einen Geldschein nach dem anderen. Alle echt! Fröhlich pfeifend schloss ich das Büro ab, hastete die Treppe hinunter und fuhr erstmal zum nächsten Supermarkt. Ich knackte den Einkaufswagen randvoll mit den verschiedensten Lebensmitteln, ging aber in einem großen Bogen um die Spirituosenabteilung herum. Schließlich musste ich am nächsten Tag früh raus.

Die Frau in Rot musterte mich nur eine knappe Sekunde, dann drückte sie mir den grünen Schminkkoffer in die Hand, drehte sich wortlos um, und ließ sich von der Rolltreppe nach oben tragen. Ich blickte ihr nach. Ihre Beine waren gar nicht mal so schlecht. Dieser Gedanke löste in meinem Hirn die Frage aus, was wohl Frauen an uns Männern als betrachtenswert erachten. An mir persönlich höchstwahrscheinlich gar nichts.

Nachdem mein kleiner, roter Flitzer äußerst brav drei Stunden lang einen Autobahn-Kilometer nach dem anderen gefressen hatte, meinte meine vernachlässigte Harnblase, sie müsse mich unbedingt mit einem gewissen Druck ärgern. Wie es der Zufall wollte, wies kurz vor mir ein blaues Schild auf einen Rastplatz hin. Mit WC. Zwar war da keine gastronomische Einrichtung aufgelistet, aber ich hatte am Morgen dermaßen gut gefrühstückt, dass es bestimm für vier Tage reichen würde. Das Toilettenhäuschen war wider Erwarten nicht mit Graffitis besprüht, und es war auch äußerst sauber. Ich trat an des erste beste Pissoir und wollte gerade die Hose öffnen, als mir jemand heimtückisch von hinten einen Lappen auf Mund und Nase drückte. Ich muss zugeben, ich schlafe nun wirklich sehr gern. Aber nicht mit diesem eklig süßen Geruch von Trichlormethan in der Nase.

Man glaubt gar nicht, was der Mensch mit einem grauen, breiten Klebeband alles anstellen kann. Zum Beispiel mich an einen Stuhl fesseln. Brust und Bauch waren fest an die Stuhllehne gewickelt, während je eines meiner prämierten Waden unlösbar an den vorderen Stuhlbeinen klebte. Nur bei meinen oberen Extremitäten schienen die Entführer geschludert zu haben. Zwar waren die Handgelenke zusammengebunden, aber ich konnte meine Arme frei nach oben und unten bewegen. Sollte also einer meiner Peiniger zu nah an mich herantreten, hatte ich vor, ihm mit den Fäusten von unten gegen das Kinn zu schlagen. Aber im Moment war das einzige, das sich außer mir im Raum befand, ein kleiner Tisch mit verschiedenen Werkzeugen. Allerdings brauchte ich nicht lange zu warten. Zwei Gestalten in lächerlichen Jogginganzügen und lustigen Karnevalsmasken kamen mit meinem grünen Köfferchen hereinspaziert. Einer setzte mir das Ding von der Seite her auf den Schoß: „Aufmachen!" Wahrheitsgemäß antwortete ich mit leicht krächzender Stimme: „Ich sollte das nur transportieren. Keine Ahnung, wie das aufgeht!" Mein maskierter Freund zerrte verstimmt die Box von meinen Knien herunter, stellte das Ding auf den Tisch, und beide Freunde der Faschingsmaske begannen mit einem sogenannten Kuhfuß mein Transportgut zu massakrieren. Plötzlich ertönte ein trockner Knall, das Oberteil des Köfferchens flog durch die Luft, und landete scheppernd vor meinen Füßen. Die beiden glotzten anfänglich ziemlich blöd durch die Sehschlitze ihrer Maske, dann sagte der eine ärgerlich: „Wieder leer. Das ist nun schon der dritte". Dann zog er ein verhältnismäßig großes Messer aus dem Hosenbund, und ging langsam auf mich zu. Vor lauter Angst war keinerlei Gedanke an eine Selbstverteidigung mehr in meinem Kopf. Ich überlegte nur noch, wieviel Schmerz ich wohl aushalten könnte, bis mich eine gnädige Ohnmacht erlösen würde. Der Kerl holte aus, und während ich die Augen schloss, rammte er das Messer in das Holz meiner Sitzgelegenheit. Genau zwischen meine Schenkel. Sehr gefährlich nahe an einem gewissen, männlichen Körperteil. Dann verdufteten die zwei genauso leise, wie sie gekommen waren. Eines aber musste man ihnen lassen, sie verfügten durchaus über eine Art Gaunerehre. Sonst hätten sie mir wohl nicht die Möglichkeit gelassen, das Klebeband meiner Handgelenke an der Schneide des Minisäbels durchzuwetzen. Wenn erst einmal die Hände frei sind, ist der Rest ein Kinderspiel. Trotzdem schlich ich sehr zögerlich aus dem Zimmer, und danach auch äußerst vorsichtig aus dem Haus. Auf der Straße angekommen, fiel ich ungläubig auf die Knie und faltete die Hände gen Himmel. Ein Wunder! Dort stand mein liebes, kleines, süßes, bewundernswertes, anbetungswürdiges, rotes Auto. Diese entzückenden Gauner hatten mich sicherlich in meinem eigenen Wagen hergebracht. Und, dem Himmel sei Dank, der Schlüssel steckte auch noch. Ich sprang erleichtert hinter das Lenkrad und trat mit aller Wucht das Gaspedal durch. Nicht nur, dass ich hier schnell wegwollte, ich musste auch noch in meinem Büro bis morgen Früh aus einem bestimmten Grund den vollständig verstaubten Schreibtisch meines verstorbenen Freundes Max gesäubert haben. Und der Staub darauf hatte den Lauf der Zeit redlich genutzt, um sich recht festzukrallen.

Als am Morgen mein goldbebrillter Klient eintrat, blickte er verstört zu dem anderen Schreibtisch, hinter dem ein Mann in irgendwelchen Papieren kramte: „Wer ist das?" Ich bagatellisierte die Situation: „Mein neuer Partner. Wir haben keine Geheimnisse". Dann erzählte ich haarklein mein Abenteuer vom gestrigen Tag. Er nickte bei jedem Wort scheinbar zustimmend mit dem Kopf. Am Schluss meiner Schilderung murmelte er: „Das ist gut. Wirklich gut!" Worauf ich entgegnete: „Was ist gut? Ich fand das höchstens mittelprächtig". Er konnte tatsächlich schmunzeln: „Wir haben zehn Frauen in einem roten Kostüm eingesetzt. Nur eine davon war die Richtige mit dem richtigen Schminkkoffer. Und wir haben zehn Leute an die verschiedensten Orte geschickt, um sich eines der Köfferchen zu holen. Und neun davon waren Köder. Sie auch. Ich habe Sie ein wenig belogen, aber dafür gut bezahlt". Ich nickte: „Ich habe Sie auch gerade ein wenig belogen. Und dafür werden Sie ein weiteres Mal bezahlen. Der Mann da drüben, der gerade seine Waffe auf Sie richtet, der ist von der Kriminalpolizei".

Im Duden steht unter Win-win-Situation: ‚Konstellation, die für alle Beteiligten Vorteile bietet'. So gesehen konnte man diese Beschreibung nicht ganz auf den Fall anwenden. Zwar hatte ich den Gewinn, zweitausend Glocken verdient zu haben (die ich auch nicht zurückgeben musste), die Polizei hatte den Gewinn einen Schmuggler dingfest gemacht zu haben, aber ich befürchte, mein einstiger Klient sah die drei Mahlzeiten in der Justizanstalt nicht unbedingt als Gewinn an. Dann wäre es ja auch eine Win-win-win-Situation gewesen.

Ach so, bevor ich es völlig vergesse, keine Sau hat mir bis heute gesagt, was in dem richtigen Schminkkoffer eigentlich drin gewesen ist. Ich betrachte diesen Umstand als mentale Folter. Das ist doch ein eindeutiger Verstoß gegen die ‚Allgemeine Erklärung der Menschenrechte‘. Irgendwann werde ich das mal an ‚Amnesty International‘ melden.

Bier

Es war einer der heißen Augusttage, an denen jeder Arzt und jeder Sanitäter dazu riet, viel zu trinken. Und Tim Grassner trank viel. Und zwar ausschließlich Bier. Während sich täglich vor den Fenstern seiner Wohnung die Dämmerung über die Stadt legte, legte sich Tim in seiner Wohnung über die Couch. Nach einem genussvollen Rülpser schlief er dann regelmäßig ein. Sein Leben war eben nicht ganz einfach. Wenn nach Abzug der Erbschaftssteuer immer noch rund zwei Millionen auf dem Konto herumwuseln, dann ergeben sich halt Probleme, an die man vorher nicht einmal im Traum gedacht hätte. Beispielsweise, dass man immer noch eine Kündigungsfrist einhalten muss, bevor man ins Privatleben eintauchen konnte. Oder auch, dass man gezwungen war, sich aus Geiz ständig neue Ausreden einfallen zu lassen, warum man einfach nicht in der Lage sei, gemeinnützigen Organisationen Geld zu spenden. Ebenfalls war es wahnsinnig nervig, wenn man gewöhnt ist, jeden Tag zum Frühstück ein schönes XXL-Ei zu verdrücken, der

Supermarkt aber nur Eier der Klasse M vorrätig hat. Und zu einem anderen Supermarkt zu laufen, ist doch wohl kaum einem Millionär zuzumuten. Hinfahren konnte Tim nicht, denn er wurde bereits vor einem halben Jahr grausam von seiner Fahrerlaubnis getrennt. Angeblich Alkohol am Steuer. Alles Lüge! Der Alkohol befand sich zum Zeitpunkt der Kontrolle gar nicht am Steuer, sondern in seiner Blutbahn. Nun wäre ja eine Lösung seines Eier-Problems gewesen, einen Lieferdienst zu beauftragen. Aber Tim hatte keineswegs die Absicht, anderen Leuten sein schönes Geld in den Rachen zu werfen. Lieber spülte er an solch stressigen Tagen seinen Ärger mit einem zusätzlichen Gerstensaft hinunter. Auch das Bier ging er selbst einkaufen, damit er keinem anderen auch nur einen einzigen Penny bezahlen musste. Meist gegen zwanzig Uhr schlief er täglich benebelt ein. Und da er seltsamerweise nie schnarchte, breitete sich stets in seiner Wohnung jene Stille aus, die nur durch das sekündliche Klacken der alten Wanduhr unterbrochen wurde. So ging das Tag für Tag. Bis auf jenen denkwürdigen Montag im letzten April.

Die Nacht hatte mit ihrer mitternächtlichen Dunkelheit die schmalen Straßen der Stadt fest im Griff. Nur einige grelle Laternen längs verschiedener Gehwege verwirrten ganze Schwärme von orientierungslosen Insekten, und hin und wieder blitzten ein paar neugierige Augen streunender Katzen unter den Büschen des Stadtparks hervor. Tim schlief, in einen Morgenmantel gehüllt, seit vier Stunden tief und fest auf seiner geliebten Couch. Sein Atemrhythmus schien sich mit dem Ticken der Wanduhr synchronisiert zu haben. Trotz seines erstaunlichen Alkoholpegels schreckte er plötzlich hoch. Ein äußerst seltsames Klirren und Kreischen drang mit enormer Lautstärke an seine Ohren. Die Geräusche schienen in der Küche ihren Ursprung zu haben. Augenreibend tappte der Schläfrige über den Flur und öffnete gähnend die Küchentür. Schlagartig, aber wirklich schlagartig, war er vollständig nüchtern. In der Küche brannte Licht, das Küchenfenster war aus seinen Angeln gerissen, überall lagen Glassplitter herum, und im Kegel der mild scheinenden Deckenlampe standen drei furchteinflößende Gestalten. Grau, große Köpfe, und Augen, die von innen her zu leuchten schienen. Tim machte erschrocken einen Schritt nach hinten, wobei er über die Schwelle stolperte. Strauchelnd und mit den Armen rudernd knallte er rücklinks auf den Boden. Der Schmerz im Hinterteil vermittelte ihm eindringlich, dass es sich hier nicht um einen Traum handelte. Einer der drei Figuren kam auf Tim zu und streckte ihm hilfsbereit seinen behandschuhten Arm entgegen, den der am Boden liegende, wenn auch zögerlich, ergriff. Nachdem Tim wieder auf den Beinen stand, entfalteten dann leider doch der Schreck und der restliche Alkohol in seinem Kopf eine destruktive Wirkung. Der Gebeutelte wurde ohnmächtig und schlug erneut auf den Boden auf.

Als Tim erwachte, glaubte er, dass er alles nur geträumt hätte. Das kaputte Fenster belehrte ihn jedoch eines Besseren. Im Winter wäre das etwas ganz anderes gewesen, aber an einem warmen Tag hielt ihn ein zerstörtes Küchenfenster nicht unbedingt zwingend vom Biertrinken ab. Und die drei Gestalten waren auch nirgends zu sehen. Bestimmt handelte es sich bei denen nur um Tims Einbildung. Wie immer versackte er quer über seiner Couch liegend. Stunden später erwachte er durch eine rüttelnde Bewegung an der Schulter. Der Anblick dreier großer, grauer Köpfe jagte ihm einen Angstschauer über den Rücken. Er wollte wegrennen, war aber wie gelähmt. Die Aliens schienen das zu bemerken, denn einer half ihm in die Sitzposition. Ein zweiter sagte in völlig aktzentfreiem Deutsch: „Es tut uns leid. Wir wollten dich nicht erschrecken. Auch dass wir bei unserer Notlandung deine Kaverne beschädigt haben. Oder sagt man besser ,Höhle'? In unserer Datenbank wäre auch das Wort ,Kemenate' verzeichnet". Tim stotterte: „Wohnung. Man sagt Wohnung!" Der dritte der ungebetenen Gäste setzte das seltsame Gespräch mit einer Art verunglücktem Lächeln fort: „Wir haben aber den Schaden inzwischen repariert. Das gläserne Viereck ist wiederhergestellt. Nachdem wir alle Scherben analysieren konnten, und auch Vergleiche mit anderen ... äh ... Wohnungen angestellt haben, hält es jetzt besser als zuvor. Allerdings mussten wir nebenher bei unseren Untersuchungen entsetzt feststellen, dass dich jemand vergiften will. In allen Behältern, die ihr Flaschen nennt, fanden wir eine Flüssigkeit mit mehreren Prozent des Giftes Äthanol. Auch in deinen Adern konnten wir den Stoff nachweisen. Die Summenformel ist C_2H_5OH". Tim begriff nicht ganz, was die drei meinten: „Das ist Alkohol. Und die Flüssigkeit in den Flaschen ist Bier". Der erste Alien sagte: „Wir haben das Gift in Deinem Blut neutralisiert. Auch aus den Flaschen haben wir es herausgelöst. Du kannst ab sofort die Flüssigkeit bedenkenlos trinken. Sie wird keinen negativen Einfluss mehr auf deinen Organismus haben". Tim flimmerte es vor den Augen: „Was? Ihr geistigen Niedertreter habt den Alkohol aus meinem Bier entfernt? Seid ihr denn nur von allen guten Geistern verlassen? Das war gutes Bier für fast hundert Euro. Das musste ich unter Schmerzen volle drei Etagen hochschleppen. Vier ganze Kästen! Und ihr Blödmänner vernichtet mir ohne Nachzudenken meine Lebensfreude! Seid ihr noch ganz dicht?" Die A-liens blickten an sich herunter und betasteten nervös ihre Körper. Tim verstand zunächst nicht, was die drei da ta-ten, musste dann aber gehörig lachen: „So war das doch gar nicht gemeint. Wenn einer etwas Dummes gemacht hat, sagen wir ‚er ist nicht ganz dicht'. Kapiert?" Die A-liens schienen erleichtert: „Du hast also nicht etwa gese-hen, dass wir auslaufen? Das ist beruhigend. Aber wir verstehen nicht ganz, was es bei Euch mit dem sogenann-ten Bier auf sich hat. Seid ihr gegen das Gift immun?". Tim rutschte vom Sofa herunter: „Wisst ihr was? Ich gehe mal kurz vor die Tür und hole Nachschub. Ihr war-tet solange hier. Wenn ich wieder da bin, dann trinken wir mal zusammen ein paar Flaschen. Aber diesmal, ohne den Alkohol vorher zu entfernen. Dann, denke ich, begreift ihr, was Bier ist". So kam es, dass Timm mit sei-nen neuen Freunden ein fürchterliches Saufgelage veran-staltete. Und wie es zu erwarten war, vertrug Tim we-sentlich mehr, als seine exotischen Gäste. Deshalb war er auch durchaus noch in der Lage, den Besuchern das ge-trunkene Bier in Rechnung zu stellen. Schließlich hatte er nichts zu verschenken.

„Das glauben Sie nicht! Herr Professor, kommen Sie bitte ganz schnell mal her! Das gibt's doch gar nicht. Hier! Sehen Sie sich die Aufzeichnungen an! Ich würde das bestimmt nicht glauben, wenn ich es nicht selbst gesehen hätte. Eine Sensation!" Der Mitarbeiter der Sternenwarte startete die gespeicherte Aufzeichnung, und dem herbeigeeilten Astrophysiker fielen fast die Augen aus dem Kopf. Ganz deutlich war ein UFO zu sehen, dass in einem zickzackartigen Schleuderkurs quer durch das Weltall sauste, um danach krachend auf der Mondoberfläche aufzuschlagen. Der Professor kratzte sich nachdenklich am Schopf: „Wenn das nicht ein absolutes Ding der Unmöglichkeit wäre, dann würde ich glatt behaupten, die Kerle sind stockbesoffen!"

Tod im Krematorium

Frauke Wiegand saß mit einem Glas Sekt in der Hand neben Werner Riemer, und kuschelte behaglich ihren Kopf an die Schulter des Mannes: „Sie werden gleich da sein. Und du versprichst mir bitte, keine blöden Bemerkungen mehr zu machen!" Kommissar Riemer intervenierte schwach: „Wenn's doch wahr ist! Heutzutage braucht doch schon lange keiner mehr zu heiraten, bloß weil ein Kind unterwegs ist". Frauke blickte hoch: „Und dass meine Carla ihren Dennis wirklich lieb hat, passt wohl überhaupt nicht in deinen Quadratschädel? Oder?" Riemer antwortete trotzig: „Tut mir leid, aber ich finde es eben antiquarisch, wegen einem Kind zu heiraten".

Frauke stellte ihr Glas ab: „Erstens heißt es nicht ‚wegen einem Kind‘, sondern ‚wegen eines Kindes‘. Die Präposition ‚wegen‘ verlangt nämlich den Genitiv. Und …“ Der Kommissar unterbrach sie: „Danke, Frau Oberlehrerin! Aber ich denke, du wusstest auch so, was ich meine“. Unbeirrt setzte die Frau ihren Satz fort: „… Zweitens wäre mancher gut beraten, nicht zu vergessen, was Menschen in früheren Zeiten so gemacht und gedacht haben“. Riemer plusterte sich auf: „Na prima! Jetzt kommt wieder die Leier, dass früher alles besser war“. „Nein, mein Schatz! Ich meine nur, dass wir in der heutigen Zeit nicht alles besonders gut machen“. Riemer rückte ein kleines Stück von ihr ab: „Und was, zum Beispiel?“ Frauke griff erneut nach ihrem Glas und trank einen Schluck. Dann sagte sie lebhaft: „Jahrelang haben wir Insektenvernichtungsmittel gespritzt, und jetzt jammern wir, dass die Insekten vernichtet sind. Beispiel genug? Oder soll ich mit der Klimaerwärmung fortfahren?“ Riemer kam um die Antwort herum, denn im selben Augenblick flog jählings die Tür auf. Carla und ihr Verlobter Dennis kamen, kichernd und sich gegenseitig kitzelnd, in die Stube gepoltert. Riemer brummelte vor sich hin: „Muss Liebe schön sein. Wenn ich groß bin, mach ich’s auch mal“. Frauke Wiegand stand auf: „Und, hat es geklappt?“ Während sich Carla prustend neben den Kommissar auf die Couch warf, beruhigte sich Dennis als erster und antwortete, immer noch mit einem leichten Glucksen in der Stimme: „Wir konnten es auf Freitag um elf verschieben“. Frauke wandte sich ihrem Werner zu: „Das schaffst du doch?“ Riemer nickte: „Die vom Schlaflabor haben gesagt, dass ich um sechs geweckt werde, und dass etwa um sieben die Auswertung beim Arzt ist. Das dauert dann annähernd eine Viertelstunde. Wenn ich die anschließende Fahrzeit dazu rechne, kann ich kurz vor zehn hier sein. Ich ziehe mich dann schnell um, lade euch drei ins Auto und brause los. Ungefähr halb elf sind wir garantiert beim Standesamt".

Hauptkommissar Hohlbach stand wie ein befehlshabender General im Raum: „Meine Herren! Sie werden zunächst zusammenarbeiten. Wenn Kommissar Riemer dann ins Schlaflabor geht, werden Sie, Kollege Schimmler, den Fall eigenständig weiterbearbeiten!" Kommissar Schimmler schaute den Vorgesetzten ausgesprochen fragend an: „Wäre es denn möglich, Chef, dass Sie uns vielleicht erst einmal sagen, worum es eigentlich geht?" Hohlbach räusperte sich: „Im Krematorium liegt ein Toter". Riemer kommentierte Hohlbachs Worte ziemlich ironisch mit dem Satz: „Das soll in einem Krematorium öfters vorkommen". Schimmler boxte ihn flüchtig in die Seite: „Halt doch mal die Klappe!" Hohlbach fuhr fort: „Der Wachmann von der Sicherheitsfirma hat gegen Mitternacht seine Runde gedreht, und unerwartete Aktivitäten in der Feuerhalle wahrgenommen. Als er eintrat hat er gerade noch bemerkt, wie eine vermummte Person etwas in die Ofenklappe warf. Als der Kerl den Security-Mitarbeiter gesehen hat, ist er geflohen und hat den Erschossenen unverbrannt vor dem Ofen liegen lassen. Der Wachmann hat Gott sei Dank gleich reagiert und die Brenner heruntergefahren. Bei dem Toten handelt es sich um einen Verwahrlosten, der noch nicht identifiziert werden konnte. Keine Papiere. Aber vielleicht können wir etwas durch seine Kleidung in Erfahrung bringen. Er hatte sowas wie eine Tarnjacke von der Armee an. Im Moment analysiert gerade die Spurensicherung den Tatort. Und Sie beide machen sich jetzt auch blitzartig auf den Weg!"

Obwohl Rolf König Gummihandschuhe trug, hielt er die verrußte Pistole mit spitzen Fingern weit von sich weg: „Das ist die Glock aus dem Brennofen. Aufgrund der Teniferierung ganz gut erhalten. Am Schlitten befindet sich ein kleiner Rest einer völlig verkohlten Substanz. Keine Ahnung, was das sein könnte. Ich gebe das Ding nachher gleich ins Labor. Da drüben steht übrigens der Mensch von der Security, der den Täter überrascht hat". Schimmler drehte sich um und tippte Riemer an: „Guck bloß mal, wie der da steht, Beine leicht auseinander, beide Arme auf dem Rücken, als wäre er von der United States Army oder der Navy". Kommissar Riemer antwortete leise: „In unserer Gegend scheint es neuerdings von Amerikanern zu wimmeln. Erst neulich hatte ich einen Fall mit so einem Eingedeutschten". Er trat auf den Mann zu: „Ich bin Kriminalkommissar Riemer. Darf ich um ihren Namen bitten?" Der Mann antwortete: „Bruce Carter. Ich habe Sie beide übrigens vorhin deutlich hören können. Ja, ich habe die amerikanische Staatsbürgerschaft, und als mein deutscher Großvater gestorben ist, hat er mir seine Sicherheitsfirma hier hinterlassen. Deshalb bin ich jetzt seit einiger Zeit in Deutschland. Und bevor Sie anfangen weitere Fragen zu stellen, nein, ich konnte das Gesicht des Täters nicht erkennen".

„Herr Riemer, legen Sie doch bitte das Handy weg! Ich habe noch zehn weitere Patienten zu verkabeln. Das hier ist das Schlaflabor und nicht die Kriminalpolizei". Riemer hob abwehrend die Hand, während er konzentriert dem Teilnehmer am anderen Ende lauschte. Als er aufgelegt hatte, bettelte er: „Nur noch ein einziges Gespräch. Es ist wirklich sehr wichtig". Dann wählte er die Nummer von Kommissar Schimmler: „Schimmelchen hör zu! Das Kriminallabor hat mich gerade angerufen. Die haben festgestellt, dass an der Tatwaffe menschliche Haut war. Allerdings viel zu verkohlt, um daraus DNA zu gewinnen. Aber der Schütze muss so ungeschickt mit dem Ding umgegangen sein, das ihm der Schlitten beim Zurückgleiten etwas Haut aus der Daumengabel gerissen hat. Du weißt doch noch, dass dieser Wachmann beide Arme auf dem Rücken hatte. Wir haben nie seine Hände gesehen. Also fahr sofort zu dem Kerl hin, und lass dir seine Hände zeigen! Aber ruf nicht zurück, sonst fressen die mich hier. Die leiden wahrscheinlich alle unter Telefonphobie. Ich melde mich dann morgen früh wieder bei dir".

Nachdem ihm der Arzt mitgeteilt hatte, dass er unbedingt abnehmen müsse, und auch sonst alle Formalitäten geregelt waren, verließ Kommissar Riemer hastig das Schlaflabor und stieg in seinen Wagen. Als erstes rief er seinen Freund Schimmler an. Der hielt allerdings die enttäuschende Antwort parat, dass die Hände des Wachmanns keinerlei Verletzungen gezeigt hätten. Also startete Riemer sein Auto und rollte vom Hof. Obwohl Carla juristisch sowie leiblich gesehen nicht seine Tochter war, freute sich der Kommissar auf die bevorstehende Vermählung genauso wie vor Jahren, als seine eigene Tochter vor dem Traualtar stand. Nur hatte es damals einen unerfreulichen Zwischenfall gegeben, als sich ein streunender Hund in ein kleines Mädchen verbiss. Das würde wohl kaum diesmal wieder passieren. Also stürmte der Kommissar, beim Haus von Frauke Wiegand angelangt, äußerst positiv gestimmt ins Wohnzimmer. Als Frauke seiner ansichtig wurde, schlug sie die Hände über dem Kopf zusammen: „Um Himmelswillen, Werner, wie siehst du denn aus?" Und als sie Riemers Unverständnis bemerkte, ergänzte sie sorgenvoll: „Dann schau lieber mal gleich in den Spiegel!" An Riemers Gesicht zeigten sich beidseitig, jeweils an Schläfe und Wange, knallrote Flecke in der Größe einer Euromünze. Und zwar genau da, wo man ihm im Schlaflabor die Elektroden angeklebt hatte. Eine allergische Reaktion! Frauke Wiegand ergriff mit typisch weiblicher Umsichtigkeit die Initiative: „So kannst du unmöglich mitkommen. Warte, ich hole meinen Concealer und schminke dir die Flatschen über!" Als sich der Kommissar anschließend im Spiegel betrachtete, konnte er rein gar nichts Störendes mehr in seinem Gesicht entdecken: „Schatz, du bist eine begnadete Künstlerin. Vergleichbar mit Leonardo Da Vinci. Es sieht tatsächlich aus, als wäre da nie etwas ... verdammt, ich muss weg!" Frauke Wiegand riss die Augen auf: „Was? Carla und Dennis treffen gleich ein. Wir wollen zum Standesamt fahren. Schon vergessen?" Riemer schlug sich aufgeregt vor die Brust: „Aber ich glaube den Fall gelöst zu haben. Ich muss ..." Die Frau schüttelte ziemlich energisch den Kopf: „Du musst rein gar nichts, außer mit uns aufs Standesamt zu kommen. Ruf den Kollegen Schimmler an, und teile ihm deine Erkenntnisse mit! Der kann dann in deinem Namen handeln". So kam es, dass ein dicker Kriminalkommissar während einer ungemein ansprechenden Zeremonie nervös von einer Pobacke auf die andere rutschte, und kaum etwas mitbekam.

Kommissar Schimmler hatte es sich breitbeinig sitzend vor Riemers Schreibtisch gemütlich gemacht: „Chapeau! Du hattest wiedermal den richtigen Riecher. Die Tarnjacke des Toten stammte tatsächlich aus US-Beständen. Und er war der Bruder des Wachmannes. Damals, als der Großvater der beiden gestorben war, hat der Security-Mensch die Firma übernommen und seinen Anverwandten ausgezahlt. Der hat jedoch das Geld sinnlos verbraten, und wollte jetzt noch mehr Geld von seinem Bruder. Der hingegen wollte aber nichts weiter abgeben, und so kam es zum Kampf. Leider mit dem bekanntermaßen tödlichen Ausgang. Der Sicherheitsmann hat uns anschließend ganz schön verarscht, von wegen, es wäre einer davongerannt. Und hättest du nicht die geniale Idee gehabt, dass er seine Verletzung überschminkt hat, wären wir dem Kerl möglicherweise gar nicht auf die Schliche gekommen. Ich habe beim ersten Mal an seiner Hand absolut nichts bemerken können. Wie bist du eigentlich darauf gekommen?" Riemer grinste breit: „Nenne es einfach w e i b l i c h e Intuition!"

Rockys Femtosekunden

Ich bin Jonny, und ich kannte Rocky schon seit unserer gemeinsamen Schulzeit. Wir saßen nebeneinander, und ich schrieb stets fleißig von ihm ab. Er hatte nichts dagegen. Jonny und Rocky waren eben Freunde. Das wusste die ganze Schule. Den Namen Rocky hatte er wegen seines schiefen Mundes. Er ähnelte dadurch dem Schauspieler Sylvester Stallone, der den Boxer Rocky Balboa gespielt hatte. Als Rocky auf das Gymnasium wechselte, verloren wir uns kurz aus den Augen. Mein Ehrgeiz reichte nämlich nur bis zur mittleren Reife. Schule war für mich lediglich ein notwendiges Übel, dass man nicht auch noch mit einem Studium verlängern sollte.

Später geriet ich unerwartet mit Rocky aneinander. Wir hatten uns in dieselbe Frau verliebt. Aber sie gab uns allen beiden nach kurzer Zeit den Laufpass und heiratete einen Dritten. Von da an waren wir nicht nur Leidensgenossen, sondern erneut die allerbesten Freunde. Ich hatte mit Ach und Krach die Prüfung zum Einzelhandelskaufmann abgelegt, während Rocky erfolgreich als Doktor der theoretischen Physik promovierte.

Wir hatten uns den Freitag auserkoren, an dem wir wöchentlich zu einem sogenannten Herrenkränzchen zusammentrafen; mal bei ihm und mal bei mir. An solchen Abenden laberten wir dummes Zeug und tranken Bier dazu. Allerdings begann Rocky spätestens nach der dritten Flasche, Dinge aus seinem Fachgebiet zu erläutern. Er feuerte mir dabei Fachbegriffe um die Ohren, die ich nie im Leben hätte aussprechen können, geschweige denn fehlerfrei schreiben. Nach Beendigung solcher einseitigen Gespräche lächelte er dann stets sehr milde, weil ich Volldepp wieder einmal rein gar nichts verstanden hatte.

Aber eines Freitags war es anders. Rocky begann schon vor dem ersten Bier aufgeregt auf mich einzureden: „Weißt du, was eine Zeitverschiebung ist?" Ich nickte: „Das ist, wenn einigen durchgeknallten Leuten die Mitteleuropäische Zeit nicht mehr genügt, und deshalb die Menschen mit dem Wechsel von Sommer- und Winterzeit absichtlich meschugge gemacht werden". Sein Blick erinnerte in diesem Moment an ein weidwundes Reh. Mit einem tiefen Seufzer fuhr er fort: „Nein, pass auf! Wir kannten bisher die Zeit als Einbahnstraße. Sie fließt nämlich angeblich immer nur vorwärts. Aber schon Albert Einstein hat erkannt, dass die Zeit mal langsamer und mal schneller vergehen kann. Das weißt du doch sicher noch aus der Schule". Ich erinnerte mich vage, etwas über Einstein bei ihm abgeschrieben zu haben. Um nicht ganz blöd da zustehen, brabbelte ich: „Hat der Mensch nicht den Nobelpreis für die Relativitätstheorie bekommen?" Rockys Blick war vernichtend: „Den Nobelpreis erhielt er 1922 für die Entdeckung des Gesetzes vom sogenannten photoelektrischen Effekt. Aber ich will auf etwas ganz anderes hinaus. Der Mensch teilt doch seit jeher die Zeit in bestimmte Abschnitte ein. Seien das nun Jahrzehnte, Tage oder Millisekunden. Was nun, wenn die Zeit gar nicht so analog vor sich hin fließt, sondern tatsächlich aus aneinandergereihten Teilstücken besteht, sagen wir mal aus lauter verdammt kurzen Zeptosekunden. Was dann?" Ich wusste ausnahmsweise, worauf er hinauswollte, zuckte aber trotzdem mit den Schultern:

„Dann rauscht die Zeit genauso an uns vorbei, wie wir es seit Urzeiten gewöhnt sind. Dermaßen kurze Zeitabschnitte merkt doch sowieso keine Sau". Er hob beide Zeigefinger. Jetzt musste also etwas ganz Wichtiges folgen. „Hast du schon mal darüber nachgedacht, wie die Zeit eigentlich entstanden ist?" Ich öffnete ein Bier: „Weißt du, das Denken überlasse ich den Fischen. Die haben nämlich einen wassergekühlten Kopf. Vielleicht war ja die Zeit schon immer da". Er senkte resigniert seine Arme: „Ach Mensch! Unsere Wissenschaftler, zumindest die seriösen, sind sich doch schon lange darüber einig, dass Zeit und Raum erst beim Urknall entstanden sind. Verstehst du? Raum und Zeit! Entstanden! Na, merkst du was?" Ich stand auf: „Ja, ich merke, dass ich mal aufs Klo muss". Mein Freund brach förmlich in sich zusammen. Als ich von der Toilette zurückkam, saß er immer noch wie ein Häufchen Elend in seinem Sessel. Ich versuchte ihn wieder aufzurichten: „Mal abgesehen von der Tatsache, dass du hier Perlen vor die Säue wirfst, habe ich begriffen, dass Zeit entsteht oder irgendwann entstanden sein muss. War es das, was du sagen wolltest?" Seine Miene hellte sich auf: „Genau! Und jetzt halt dich fest. Ich habe herausgefunden, wie man Zeit entstehen lassen kann. Ja, und ich habe ein Gerät gebaut, welches Femtosekunden erzeugt, und diese künstlich erzeugten Zeitstückchen mitten in die fließende Zeit einschieben kann, und das sensationeller Weise auch noch schneller, als eine Femtosekunde selber dauert. Und jetzt kommt's! Als unbeabsichtigten Nebeneffekt hat sich ergeben, dass mein Gerät auch noch Femtosekunden schlucken und vernichten kann. Weißt du, was das bedeutet?"

Ich brauchte gar nicht erst mit dem Kopf zu schütteln, denn Rocky sprudelte einfach weiter: „Füge ich eine gewisse Zeitspanne in die laufende Zeit ein, dann wird die Zukunft einfach weiterweg geschoben, die Gegenwart dauert somit länger, und wir altern viel langsamer. Wenn ich dagegen verflossene Zeiteinheiten vernichte, wird dadurch die Vergangenheit näher herangezogen, und Ereignisse, die kürzlich geschehen sind, werden einfach gelöscht. Was sagst du nun?" Ich hob meine Bierflasche: „Zunächst sage ich erst einmal Prost!" Nachdem ich im Glanze seines verdatterten Gesichtes ein paar Schlucke zu mir genommen hatte, ergänzte ich: „Solange du mir den Quark nicht beweisen kannst, halte ich das Ganze für ausgemachten Bullshit!" Mir war schon klar, dass ich mit dieser Bemerkung unsere Freundschaft auf eine harte Probe stellte. Trotzdem ritt mich ein kleines Teufelchen und ich legte noch einen nach: „Du, und zwar genau du, hast mich mal höchstpersönlich heruntergeputzt, als ich von Zeitreisen gesprochen habe". Er sprang wütend auf: „Junge, bist du denn völlig hirnvernagelt? Bei Zeitreisen müsste ich meinen Körper physisch in die Vergangenheit versetzen. Ich aber hole mit meinem Gerät die Vergangenheit zu mir heran. Kapierst du denn den Unterschied nicht?" Ich drückte ihn wieder auf seine Sitzgelegenheit zurück: „Beruhige dich, und trinke einen Schluck!" Das hingehaltene Bier schlug er aus: „Wenn die Testphase vorbei ist, dann kommst du in mein Institut, und ich beweise dir alles!"
Falls ich mich recht erinnere, dann war es an einem Montag. Oder war es Dienstag? Egal, jedenfalls kam ich vom Einkaufen nach Hause und hatte zwei Papiertüten voll

Lebensmittel auf den Küchentisch gestellt. Dann öffnete ich wie üblich das Fenster, um frische Luft herein zu lassen. Da mich meine Blase drückte, besuchte ich noch kurz das Badezimmer, bevor ich mich ans Wegräumen machen wollte. Als ich zurückkam, waren beide Einkaufstüten verschwunden. Obwohl es völlig unlogisch und wohl auch sinnlos war, begann ich meine Küche komplett von oben nach unten zu durchsuchen. Ganz so, als ob zwei gefüllte Papiertüten auf unerklärliche Art von alleine den Platz hätten wechseln können. Ein Blick auf das geöffnete Fenster, sowie die Tatsache, dass ich im Parterre wohnte, schien mir die Lösung zu offenbaren. Irgendein hinterhältiger Mensch, oder vielleicht ein hungriger Obdachloser, hatte meine Wochenration schlicht und einfach durch das Küchenfenster entführt. Zuerst wollte ich die Polizei verständigen, aber dann verwarf ich den Gedanken. Wegen einiger blöder Lebensmittel würden die Ordnungshüter wohl kaum umfangreiche Ermittlungen durchführen. Also ging ich zähneknirschend ein zweites Mal einkaufen. Nach drei Tagen hatte ich jedoch den ganzen Vorfall vergessen. Deshalb erzählte ich auch Rocky bei unserem nächsten Treffen nichts von diesem seltsamen Geschehen.

Der Verdacht, dass die Sache mit Rockys Erfindung zusammenhängen könnte, kam mir etwa vier Tage später. Mir war am Abend beim Geschirrspülen ein Glas heruntergefallen und auf dem Küchenboden zerschellt. Am nächsten Morgen stand das verschmutzte Glas wieder in der Spüle, und die Scherben waren aus dem Mülleimer verschwunden.

Es war wieder einmal Freitag. Dieses Mal hatten wir uns bei mir getroffen. Ich prostete Rocky zu und fragte lauernd: „Wolltest du mir nicht irgendwann mal dein Zeit-Gerät vorstellen?" Rocky rutschte nervös in seinem Sessel hin und her: „Naja schon. Wir sind leider beim Testen noch auf ein paar unbedeutende Probleme gestoßen. Weißt du, das Ding funktioniert sozusagen, aber wir können nicht kontrollieren, an welcher Stelle die Wirkung auftritt. Zuerst dachten wir, es würde überhaupt nicht klappen, weil kein Resultat zu erkennen war. Dann aber waren plötzlich die Heiratsurkunde und die goldenen Eheringe meines Assistenten verschwunden. Eine höfliche Anfrage an das Standesamt ergab, dass seine Eheschließung nie stattgefunden hatte. Einige Zeit später verschwand zu allem Übel auch noch mein neues Auto, und die alte, bereits vor zwei Tagen verschrottete Karre, stand wieder vor der Tür". Ich nickte mit dem verklärten Gesichtsausdruck des Wissenden: „Bei mir hat es auch schon Unregelmäßigkeiten gegeben. Am besten, du schaltest das Teufelsding einfach ab!" Rockys Antwort klang recht verzweifelt: „Das haben wir schon. Aber der Effekt besteht weiterhin. Das Ganze hat sich dummerweise verselbstständigt. Die Zeit macht einfach, was sie will. Aber ich denke, das alles wird irgendwann von selbst aufhören. Wir haben bei unseren Testreihen dem Gerät ausnahmslos ganz wenig Power zugeführt. Wenn sich die Energie abgebaut hat, wird das Phänomen garantiert genauso verschwinden, wie es gekommen ist". An diesem Abend tranken wir etwas mehr als an allen anderen Freitagen.

Das Ärgernis begann damit, dass meine Ex plötzlich in der Tür stand und mir mitteilte, sie werde sich nun doch von mir scheiden lassen. Dann verschwand mein Haus und ich wohnte wieder bei meinen Eltern. Tags darauf fand ich mich in der sechsten Klasse wieder. Rocky saß auch wie immer neben mir. Aber aktuell habe ich nur verdammten Hunger, und warte darauf, dass mir Mami endlich mein Fläschchen bringt.

Vater und Sohn

Ich kroch wieder einmal auf allen Vieren herum, um mit einem sauteuren Schaumreiniger meinen geschenkten Flokati zu säubern. Langsam wechselte der Teppich vom ursprünglichen Weiß zu einem fahlen Grau. Ich hatte schon ein paar Mal den Versuch gestartet, diesen Fussellappen aus der Küche zu entfernen, um nicht immer nach meinen ungeschickten Kleckereien das Ding mühselig reinigen zu müssen. Schließlich befand sich bei normalen Menschen auch kein Teppich in der Küche. Aber ich habe einen gekachelten Küchenboden und laufe zu Hause prinzipiell barfuß herum. Sowie jedoch meine Füße etwas Kaltes berühren, bekomme ich Niesanfälle. Wahrscheinlich werde ich mir wohl doch etwas Strapazierfähigeres in die Küche legen müssen, als diesen Fransenvorleger. Aber das liebe Geld, besser gesagt dessen Nichtanwesenheit, hat das bisher verhindert. Und vielleicht würde mir ja nach dem Entfernen dieses Lappens sogar die Tradition fehlen, nach jedem Frühstück irgendwelche Flecke zu entfernen.

Wie gewöhnlich war ich gegen neun Uhr in meinem Büro angekommen, hatte einen Schluck Bourbon getrunken und um Zehn die Bürotür für den Publikumsverkehr aufgeschlossen. Nur ein paar Minuten später klopfte es kurz an die Tür, und ein älterer Herr trat ein. Sein perfekt sitzender Anzug hatte bestimmt so viel gekostet, wie ich gerade mal in einem halben Jahr zusammenkratzen konnte. Er trug eine modische Brille mit mattschwarzem Rahmen, und sein verhältnismäßig langes, schlohweißes Haar war am Hinterkopf zu einem stattlichen Pferdeschwanz zusammengefasst. Bei solchen Frisuren zerfraß mich stets der blanke Neid, da ich auf meinem Hinterkopf bereits eine kleine, helle Stelle zu verzeichnen hatte. An seinen Fingern klimperten diverse Ringe, und seine penibel geputzten Lackschuhe glänzten absolut makellos; man hätte sie als Rasierspiegel verwenden können. Er wartete höflich, bis ich ihn zum Setzen aufforderte. In der Regel nehmen Männer, übrigens auch ich, etwas breitbeinig Platz. Mein Besucher hingegen schlug dezent die Beine übereinander. Erst auf meine Frage hin, was ich für ihn tun könne, öffnete er den Mund, erwartungsgemäß mit blendend weißen Zähnen: „Ich darf mich zunächst vorstellen! Mein geschätzter Name ist Leonhard Henning Berghusen. Eigentlich Freiherr von Berghusen, aber ich würde Sie gern bitten, das ‚von' nicht zu benutzen. Ich vermute nämlich stark, dass Sie mich nicht unbedingt als ‚Hochwohlgeboren' anreden möchten! Ich denke ‚Herr Berghusen' reicht völlig aus". Er setzte ein bedingungslos gewinnendes Lächeln auf. So ein Mensch könnte wahrscheinlich selbst einen knallharten Veganer davon überzeugen, dass Parmaschinken rein pflanzlich ist. Er lehnte sich distinguiert zurück: „Falls Sie nichts einzuwenden haben, möchte ich jetzt gern mein Anliegen vortragen. Es handelt sich einfach darum, einen Erben aufzufinden. Würden Sie unter Umständen einen derartigen Auftrag annehmen?" Etwas erstaunt entgegnete ich: „Ich möchte in ihren Augen nicht gern als Klugschwätzer dastehen, aber ich darf vielleicht einmal zitieren: ‚Nach § 1960 BGB obliegt die Ermittlungspflicht dem Nachlassgericht oder dem vom Nachlassgericht eingesetzten Nachlasspfleger. Dieser darf nur dann einen gewerblichen Erbenermittler einschalten, wenn er alles ihm Zumutbare unternommen hat'. Zitat Ende!" Mein Gegenüber lächelte wiederum sein typisches Lächeln: „Das mag wohl zutreffen, aber eben nur, wenn der Erblasser nicht mehr unter den Lebenden weilt. Ich hingegen erfreue mich, trotz meines Alters, immer noch der allerbesten Gesundheit, möchte aber trotzdem unbedingt herausfinden, wo mein nichtsnutziger Sohn Aldo derzeit seinen Wohnsitz hat. Vielleicht halten Sie es für unrealistisch, aber ich würde gern alle Hebel in Bewegung setzen, um meinen Filius auf die rechte Bahn zu bringen. Dass nämlich nach meinem Ableben ein heruntergekommener Spieler den Großteil meines ansehnlichen Vermögens erben könnte, erweckt in mir ein gewisses Unbehagen. Wenn Sie es schaffen, sagen wir innerhalb eines Monates, meinen Sohn ausfindig zu machen, hielte ich Zwanzigtausend als Honorar für angemessen". Da mein Hirn damit ausgelastet war, freudig die genannte Summe hin und her zu jonglieren, weiß ich nicht mehr so genau, welche Worte ich als Antwort stammelte. Jedenfalls hatte ich sogar in Schriftform den Auftrag unter Dach und Fach, als mein Klient das Büro verließ. Vorher übergab er mir noch einen Umschlag mit Fotos seines Abkömmlings. Ein paar Minuten später wurde mir jedoch ernüchternd klar, dass ich außer dem Namen des verlorenen Sohnes keinerlei weitere Ansatzpunkte besaß, um den Fall aufzurollen. Und wenn ich den Kerl nicht innerhalb von vier Wochen zu fassen bekam, dann würde wohl wegen zukünftigen Geldmangels meine Haupttätigkeit darin bestehen, unentwegt einen gewissen Flokati zu schrubben.

Ich war regelrecht enttäuscht. Eigentlich hatte ich an der Adresse der Berghusens eine riesige Villa erwartet, es war aber nur ein ganz normales Einfamilienhaus. Allerdings stand es auf einem ziemlich großen Areal, angelehnt an einen dichtbewachsenen Fichtenwald. Weit und breit war keine andere Behausung zu sehen. Mein Plan, zunächst die Nachbarn auszuquetschen, löste sich somit buchstäblich in Luft auf. Also zurück ins Büro. Im Telefonbuch fand sich nur ein einziger Eintrag mit dem Namen Berghusen, der hatte aber mit meinem Freiherren nicht das Geringste zu tun. Auch die Internetsuchmaschine spuckte lediglich eine Gemeinde mit dem ähnlich gelagerten Namen Bergenhusen aus. Dort lebten angeblich über zwanzig Weißstorch-Paare. Das war zwar sehr schön, brachte mich aber nicht einen einzigen Millimeter weiter. Wie so oft war mein nächster Schritt ein Telefonat mit meinem Hassfreund Hartmut. Der Bursche kannte Hinz und Kunz, und war ein absolutes Ass in

Sachen Informationsbeschaffung. Leider ließ er sich seine Arbeit auch stets fürstlich bezahlen. Aber diesmal hatte ich ja einige Scheinchen im Hintergrund lauern. Allerdings zierte sich der Kerl immer ein wenig, wenn meine Person ins Spiel kam. Er war nämlich der Grund für meine Scheidung von Moni. Deshalb brachte ihn sein schlechtes Gewissen auch stets dazu, mir immer die geforderten Informationen zu verkaufen. Also griff ich entschlossen zum Telefon: „He Großer, kommst du eventuell an die OASIS-Datenbank ran?" Die Antwort kam zögernd: „Bist du spielsüchtig? Haben dich vielleicht einige Casinos gesperrt?" Ich musste lachen: „Du traust mir ja viel zu. Nein, ich suche einen Spieler. Glaub mir, es ist wirklich wichtig! Der Name lautet Berghusen. Sogar ‚von' Berghusen. So ein Name dürfte nicht häufig auftreten. Da er laut Aussage seines Vaters notorisch spielsüchtig ist, hoffe ich, dass er in der einen oder der anderen Einrichtung Hausverbot hat. Dann dürfte sich seine derzeitige Adresse in der Datenbank befinden. Für dich ist wie immer ein glatter Tausender drin". Ich hörte Hartmut deutlich lachen. Dann meinte dieser Mensch böswillig: „Wenn dir die Sache wirklich so wichtig ist, dann kostet dich das Ganze diesmal tausendzweihundert". Ich schluckte: „Was? Das sind doch zweihundert mehr als üblich!" Seine hämische Erwiderung lautete: „Ich glaub es ja nicht, Monsieur beherrscht doch tatsächlich mathematische Grundlagen!" Was blieb mir armen Würstchen also anderes übrig? Ich schluckte seinen Spott und sagte mit belegter Stimme: „Einverstanden!"

Gegen 15 Uhr stand ich vor einem verwitterten Klingel-schild, auf welchem wirklich und wahrhaftig der Name Berghusen stand. Da Spieler in der Regel ihrer Tätigkeit erst am Abend nachgehen, und vormittags meist schla-fen, hatte ich die berechtigte Hoffnung, Aldo Berghusen zum aktuellen Zeitpunkt anzutreffen. Nach mehrfachem Klingeln öffnete ein verschlafenes Gesicht die Tür: „Hau ab, ich kaufe nichts!" Ich entgegnete so freundlich wie möglich: „Ich komme von ihrem Vater. Er möchte sich gern mit Ihnen unterhalten". Der Geselle zog die Nase hoch: „Und wer bist du eigentlich?" Das war der Mo-ment, ihm meine Visitenkarte aufzunötigen. Der Trick bestand dabei darin, die Karte so nah wie möglich an sei-nen Körper heranzubringen. Die meisten Menschen grif-fen dann reflexartig zu. Auch er. Trotzdem drehte er sich um: „Ich bin nicht interessiert!" Bevor er jedoch in der Tür verschwinden konnte, zog ich meine kleine Kamera aus der Tasche und rief laut: „Aldo!" Er drehte sich tat-sächlich noch einmal um. Der Auslöser klickte und gleichzeitig spuckte Aldo in meine Richtung. Zum Glück traf seine Spucke nicht die Linse. Aber an meinem Kinn fühlte sich der fremde Speichel auch nicht so besonders gut an.

Am nächsten Morgen wollte ich eigentlich meinen Kli-enten bei sich zu Hause aufsuchen. Aber wer hat schon zwanzigtausend Piepen im Haus herumliegen. Also griff ich lieber zum Telefon: „Ich habe ihren Sohn gefunden. Seine aktuelle Adresse sowie ein Beweisfoto finden Sie hier in meinem Büro. Und auf dem Weg hierher, könnten Sie vielleicht auch bei Ihrer Bank vorbeischauen. Ich liebe es nämlich, Bargeld zu berühren! Zumal Überweisungen unter Umständen zurückgebucht werden können". Seine Antwort fiel knapp aus: „Heute vierzehn Uhr".

Herr Berghusen setzte pünktlich um vierzehn Uhr seinen Fuß in mein Büro, einen silbernen Attaché-Koffer in der linken Hand mit sich führend. Er war genauso exakt gekleidet wie beim letzten Mal, schien aber etwas an Körperspannung verloren zu haben. Ich reichte ihm einen Zettel mit der Adresse seines Sohnes, sowie das von mir geschossene Foto. Nachdem er einen kurzen Blick darauf geworfen hatte, öffnete er den Aktenkoffer und legte zwei Päckchen Hunderter auf den Tisch. Die unscheinbaren Bündel waren etwa einen Zentimeter hoch, und mit einer Banderole umfasst, welche den Namen der Deutschen Bank sowie jeweils die Zahl 10.000 aufwiesen. Wenn ich das richtig im Gedächtnis hatte, dann befinden sich ungefähr 2,8 Milliarden Hunderter in ständigem Umlauf. Und ab jetzt durften sich zweihundert von diesen netten Scheinen bei mir für eine kurze Zeit ausruhen. Zur Sicherheit rauschte ich beide Bündel mit meinem Daumen durch. Schließlich wäre es ja möglich gewesen, dass nur obenauf ein richtiger Schein liegen würde, und der Rest aus geschnittenem Zeitungspapier bestand. Aber es schien alles in Ordnung zu sein. Also verstaute ich das Geld in meinem kleinen Büro-Tresor. Als ich mich wieder umdrehte, war mein Klient spurlos verschwunden.

Mit mir und der Welt zufrieden, wollte ich das Büro abschließen, um zu Hause in Zusammenarbeit mit einer

Flasche Bourbon ein wenig meinen Erfolg zu feiern. Aber ein Mann drängte mich unhöflich zurück in den Raum. Er deutete mit einem Fingerzeig unmissverständlich an, dass ich mich zu setzen hätte, und zückte danach seinen Dienstausweis: „Kriminalpolizei! Kommissar Weber mein Name. Sind Sie Levin Baer?" Ich nickte. Er fuhr fort: „Sagt Ihnen der Name Aldo Berghusen etwas?" Wahrheitsgemäß antwortete ich: „Ja, ich sollte ihn für einen meiner Klienten ausfindig machen". Worauf diesmal der Kriminalist seinerseits mit Kopfnicken reagierte: „Das erklärt, wieso Ihre Visitenkarte bei dem Toten gefunden wurde". Ich erschrak: „Sagten Sie ‚bei dem Toten'? Ich habe ihn nicht umgebracht. Ehrlich!" Mein Gegenüber winkte ab: „Wissen wir. Aber lassen Sie mich raten, der Klient, von dem Sie sprachen, war doch bestimmt Berghusen Senior. Oder etwa nicht?" Was war hier los? Irgendetwas an der Sache stank doch so übel wie überreifer Käse. Mein Gesicht schien diese Gedanken zu verraten, denn der Kommissar sah mich durchdringend an: „Hat er Sie vielleicht schon hinreichend bezahlt?" Das mulmige Gefühl in meinem Bauch ließ mein Gehirn an einer Antwort feilen, die nicht direkt gelogen war, aber andererseits auch nicht unbedingt die Wahrheit Preis gab. Was ist schon hinreichend? Also sagte ich: „Er hat mich noch nicht hinreichend bezahlt!" Der Mensch kniff die Lippen zusammen: „Hm! Also noch nicht. Ich würde mich an Ihrer Stelle nicht darauf versteifen, dass er Ihnen noch das fällige Honorar übergibt. Er hat sich nämlich aufgehängt. In seinem Abschiedsbrief hat er den Mord an seinem Sohn gestanden". Ich war baff: „Unmöglich! So ein Mann wie er tut das sicher nicht!" Der

Kommissar lächelte mich mitleidig an: „So ein Mann? Dass ich nicht lache! So ein Mann hat eine ziemlich dunkle Vergangenheit als Hehler von Falschgeld. Und so ein Mann war beinahe pleite, weil er ständig die Spielschulden seines Sohnes bezahlte. Als er dann seine Villa verkaufen musste und einfach nicht mehr zahlen wollte, weil man Krebs bei ihm diagnostiziert hatte, besuchte ihn sein Sprössling, angeblich aus Mitgefühl. Der kleine Mistkerl hat bei dieser Gelegenheit die Bankkarten seines Erzeugers geklaut, um anschließend den kläglichen Rest des väterlichen Vermögens auch noch abzuräumen. Das war zu viel für den alten Herrn. So, nachdem ich ihre spezielle Rolle bei dem ganzen Spiel aufklären konnte, darf ich mich jetzt verabschieden!" Er stand auf. Dann griff er schnell noch in seine Hosentasche, holte ein Stück Papier heraus, und warf es vor mir auf den Tisch: „Bevor ich es vergesse, falls Ihnen so etwas mal vor die Augen kommen sollte, dann wenden Sie sich bitte umgehend an das Falschgelddezernat!" Vor mir lag eine Banderole mit der aufgedruckten Zahl 10.000 und dem Namen der Deutschen Bank. Mir wurde schlecht. Nachdem der Kerl aus meinem Büro verschwunden war, riss ich meinen Tresor auf, wühlte den Schwarzlichtprüfer aus meinem Schreibtisch, überstrich einige Scheine mit dem kleinen Gerät und schrie anschließend lauthals dreimal hintereinander jenes Wort, das mit ‚Sch' anfängt und mit ‚eiße' endet. Als ich mich einigermaßen beruhigt hatte, klingelte das Telefon. Große Lust zum Telefonieren hatte ich in dem Moment nicht gerade, aber gewohnheitsgemäß meldete ich mich mit: „Detektei Baer und Behr. Was kann ich für Sie tun?" Es war Hartmut: „Du kannst ausnahmsweise mal wirklich was für mich tun. Hör zu! Ich muss für einen anderen Kunden zwanzigtausend Mäuse in gefälschten Scheinen ausfindig machen. Es ist wirklich wichtig. Du bist doch ein guter Schnüffler. Kannst du mir eventuell helfen? Im Gegenzug würde ich dir die Tausendzweihundert erlassen, und wir wären dann quitt. Was sagst du?" In meinem Gesicht machte sich ein hämisches Grinsen breit: „Mein Freund, ich weiß wo das Zeug ist. Ich kann es dir sogar beschaffen. Aber wenn dir die Sache wirklich so wichtig ist, dann kostet dich das Ganze Eintausendfünfhundert!" Er schluckte hörbar: „Dann würde ich dir ja noch Dreihundert schulden!" Genüsslich hörte ich mich sagen: „Ich glaub es ja nicht, Monsieur beherrscht doch tatsächlich mathematische Grundlagen!"

Arnulf

November, grau, kalt, nass und windig. Das sind Dinge, die der normale Mensch nicht uneingeschränkt als angenehm empfindet. Andreas Freimann war da anders. Er war einer derjenigen, die es liebten, sich gegen den Wind zu stemmen, oder den Nieselregen im Gesicht zu spüren. Bevor Sie aber einen falschen Eindruck bekommen, hier ein Hinweis: Der Name der handelnden Person wurde verändert. Es soll schließlich keiner bloßgestellt werden. In Wirklichkeit hieß unser Protagonist nämlich Arnulf. Aber der Name Arnulf ist zu dieser Zeit in diesem Kulturkreis nicht zwingend der beliebteste Vorname für einen Mann. Also nennen wir ihn ab sofort einfach Andreas. Moment, Moment! Die Idee stammt von seinen Eltern, die irgendwann bereuten, ihrem Nachwuchs einen ungewöhnlichen Namen gegeben zu haben. Auch hat hier niemand etwas gegen die Arnulfs dieser Welt. Es ist ein ehrenwerter Name, und wenn man den Akademikern glauben kann, dann setzt er sich aus Arn für Adler und Ulf für Wolf zusammen. Berühmte Leute hießen Arnulf. So zum Beispiel Arnulf von Walecourt (Ende zwölftes bis Anfang dreizehntes Jahrhundert), Vogt von Merzig und adliger Burgherr auf Burg Montclair. Oder auch Arnulf von Bayern (1852–1907), Feldmarschall und dritter Sohn des Prinzregenten Luitpold. Nicht zu vergessen Arnulf von Halberstadt (996–1023), hochadeliger sächsischer Bischof von Halberstadt und Bruder von Heinrich dem Zänker. Die Älteren werden sich noch erinnern. Aber wenden wir uns lieber unserem aktuellen Andreas zu. Er war seit frühester Kindheit an technischen Dingen interessiert. Bereits im zarten Alter von fünf Jahren zerlegte er fachgerecht die elterliche Mikrowelle bis auf das letzte Schräubchen. Dass er beim nachfolgenden Versuch des Zusammenbaus jedoch verheerend scheiterte, bereitete dem Kleinen keine nennenswerte Sorgen. Den Eltern schon. Als Andreas kurz darauf das angestrebte Schulalter erreicht hatte, fiel seinem Technikdrang Vaters heißgeliebter, gigantischer Flachbildfernseher zum Opfer. Der Mutter war es recht, da sie seit je her das riesige Ding hasste, und auch, weil man mit dem kläglichen Rest des Gerätes immerhin noch Radio hören konnte. Es blieb nicht aus, dass Andreas in der Pubertät vor den Mädchen seiner Schulklasse ein wenig angeben wollte.

Er entlieh sich stillschweigend Vaters Auto, um ohne den nötigen Führerschein und ohne völlig überschätzter Fahrpraxis seine Angebetete durch die Stadt zu kutschieren. Nach dem unerwartet heftigen Kontakt des Fahrzeuges mit einer störrischen Straßenlaterne, sah sich unser Held genötigt, das Gefährt heimlich zu reparieren. Anschließend weigerte sich die Kiste hartnäckig, den zweiten Gang einlegen zu lassen. Dafür hupte es fröhlich und ausdauernd beim Rückwärtsfahren. Nach erfolgreich abgeschlossenem Abitur ließen ihn seine Eltern Informatik studieren. Sie hofften, dass beim Arbeiten am Computer derselbe höchstens abstürzen könne, und somit kein direkter, materieller Schaden entstehen würde. Dass er bereits am siebenten Tag den Universitätscomputer schrotten würde, konnten sie ja keinesfalls voraussehen. Trotzdem, und durchaus unerwartet, entwickelte sich der Junge mit der Zeit zu einem richtig guten Programmierer. Nach dem Studium widmete er sich intensiv der KI, also der Künstlichen Intelligenz. Darin sah er ernsthaft seine Bestimmung, sowie ebenfalls die Zukunft der gesamten Menschheit. Das war auch keineswegs abwegig, wenn man bedenkt, dass heutzutage ein billiges Smartphon in einer einzigen Sekunde die gleiche Anzahl von Rechenoperationen durchführen kann, für die 1980 ein sogenannter Heimcomputer rund 320 Jahre benötigt hätte. Allerdings ärgerte es Andreas mächtig, dass es sich nicht um echte Intelligenz handelte. Die Computer generierten ihre Ergebnisse lediglich aufgrund von vorprogrammierten Algorithmen, wie zum Beispiel der sogenannten Traversierung, sowie schneller Zugriffe auf riesige, für die jeweilige Aufgabe relevanter Datenmengen. Zwar waren die Rechner damit in der Lage beispielsweise das komplizierte Spiel GO besser zu beherrschen als jeder Mensch, aber ist eine Maschine wirklich intelligent, wenn sie kaum andere Dinge kann als GO oder Schach zu spielen? Auch von sozialer Kompetenz, als Teil der menschlichen Intelligenz, kann bei Computern wohl kaum gesprochen werden. Das wollte Andreas endgültig ändern, als man den aufstrebenden Informatiker im Jahr 2006 in ein elitäres, in Köln ansässiges Entwicklerteam aufgenommen hatte. Das streng geheim gehaltene Ziel des Teams war es, einen Chip zu entwickeln, der quasi als Gehirn einen Roboter steuern konnte, der aber auch Gefühle wie beispielsweise Empathie zu erzeugen in der Lage war. Der dafür vorgesehene Roboter sollte wie ein Mensch aussehen, und darüber hinaus universell einsetzbar sein, egal als ob leutseliger Stadtführer, muskelbepackter Bauarbeiter oder einfühlsamer Krankenpfleger. Andreas war als Programmierer für den Mikrocode, also den Binärcode für die Basisfunktionen verantwortlich. Er stand somit vor der großen Frage, wie man Gefühle in einen leblosen Computerchip implantiert. Ihm kam schließlich die Idee, sein eigenes EEG (Elektroenzephalogramm) in den Chip einzuspeisen. Also ließ er sich eine EEG-Haube besorgen und verewigte seine Hirnströme auf einem Silizium-Plättchen. Nach drei Jahren intensiver Entwicklung kam im März 2009 endlich der Tag, an dem der Chip in den Roboterkopf eingesetzt werden sollte. Vorher wurde die metallische Menschmaschine noch in einem feierlichen Akt auf den Namen ‚Gero‘ getauft. Das war einfach nur eine ausgeklügelte Abkürzung für die Wortkonstruktion ‚**Ge**fühls-**Ro**boter‘. Nachdem

119

der Chip fest verdrahtet war, schob man die energiestarke Batterie in das Brustfach des Roboters. Kaum waren die Kontakte angeklemmt und die Klappe geschlossen, nahm Gero auch schon seine Tätigkeit auf. Alle warteten angespannt darauf, was der Roboter als Erstes tun würde. Und siehe da, er machte sich über den Oszillographen her, und begann das teure Gerät zu zerlegen. Als der verzweifelte Teamchef Gero abschalten wollte, musste man feststellen, das Andreas softwareseitig eine Abschaltung nicht vorgesehen hatte. Es blieb also nur der rote Notabschaltknopf am Bauch des Roboters, welcher die Stromzufuhr der Batterie unterbrechen konnte. Aber jeder, der sich Gero näherte, wurde von dessen starken Armen weggeschleudert. Als der Roboter dann auch noch die Zentrifuge demontierte, versuchte Andreas den Blechmenschen durch Einschäumen mit einem Feuerlöscher von seinem grausigen Tun abzubringen. Aber das brachte etwa den gleichen Erfolg, als würde man eine Abrissbirne mit einer Gänsefeder kitzeln. Als nächstes beging Gero sein größtes Verbrechen. Er zerlegte die Kaffeemaschine des Labors in alle ihre Einzelteile. Als dann gegen Abend alle Geräte des Labors endgültig von Gero demoliert worden waren, flüchteten die Mitarbeiter aus dem Labor und verschlossen als letzten Ausweg die Tür. Aber der Roboter demontierte einfach das Schloss und ging in die Nacht hinaus. Vier starke Männer versuchten ihn zu überwältigen, aber er schüttelte sie ab, wie ein nasser Hund die Wassertropfen. Dann flüchtete sich der außer Kontrolle geratene Roboter in eine U-Bahn-Baustelle. Selbst dort begann er alles auseinanderzunehmen, was ihm vor die metallenen Finger kam. Das hatte leider zur

Folge, dass die Baustelle mit einem Riesenkrach in sich zusammenfiel, und der dadurch entstandene Hohlraum das darüber gelegene Stadtarchiv einstürzen ließ. Die riesige, herabfallende Menge an Schutt und Steinen war selbst für den gut konstruierten Roboter zu viel. Er wurde in alle Einzelteile zerschmettert. Natürlich wurde die tatsächliche Ursache des ganzen Desasters damals vertuscht. Das ist deutlich daran zu erkennen, dass bis heute in den Nachrichten weder von einem ‚Gero‘ noch von einem gewissen ‚Andreas‘ die Rede ist. Mal ganz abgesehen von ‚Arnulf‘.

Der Nachschlüssel

„Wie bitte was?" Kommissar Riemer riss ungläubig Mund und Augen auf. Kurzzeitig hatte er das Gefühl, vor Ärger kerzengerade in die Luft gegangen zu sein. Als er dann aber doch wieder den Boden unter den Füßen spürte, fügte er mit einiger Ironie in der Stimme hinzu: „Da habe ich wohl soeben Ihre Firma gekauft. Oder wollen Sie mir im Ernst weißmachen, dass Sie für poplige zehn Minuten Arbeit glatte dreihundert Euro berechnen?" Der Mann im blauen Arbeitsanzug blieb unbeeindruckt: „Würden Sie besser auf Ihre Sachen aufpassen, bräuchten Sie jetzt keinen Schlüsseldienst. Außerdem hätten Sie ja irgendwo einen Zweitschlüssel hinterlegen können. Wissen Sie, gleich hier um die Ecke, in dem großen Supermarkt, haben wir einen Stand. Da fabriziert Ihnen meine Frau liebend gern Schlüssel aller Art".

Riemer durchsuchte sein Portmonee: „Ich habe ja einen Zweitschlüssel. Der liegt aber bei meiner Tochter. Hm! Ich sehe gerade, dass ich nicht so viel Geld bei mir habe. Ich werde Ihnen den Betrag überweisen müssen". Der Handwerker überreichte ihm einen knittrigen und leicht angeschmutzten Zettel mit der Aufstellung seiner geleisteten Arbeiten: „Warum haben Sie dann nicht den Schlüssel von Ihrer Tochter geholt?" Riemer faltete die Rechnung klein zusammen, um sie in der Innentasche seines Mantels verschwinden zu lassen: „Weil ich da Einiges an Kilometern hätte fahren müssen. Wenn ich es mir jetzt aber anhand Ihrer horrenden Forderung recht überlege, wären mich die Spritkosten sicher viel billiger gekommen". Der Mann klappte seinen Werkzeugkasten zu: „Wie auch immer. Für den neu eingesetzten Schließzylinder haben Sie ja jetzt zwei Schlüssel. Und wenn es Ihnen nicht zu teuer gewesen wäre, hätte ich Ihnen auch bereitwillig den anderen Zylinder eingebaut. Da hätten Sie jetzt sechs Schlüssel zur Verfügung. Und sicherer wäre das Ding auch noch gewesen. Aber vergessen Sie nicht, Ihrer Tochter einen der neuen Schlüssel zu geben, sonst kommt sie hier nicht mehr rein!" Der Kommissar verzog nachdenklich das Gesicht: „Da habe ich selbst ja wieder nur einen einzigen". Der Mann vom Schlüsseldienst wandte sich zum Gehen: „Dann lassen Sie sich eben einen Drittschlüssel anfertigen!" Riemer grinste: „Darf ich dann vielleicht Ihre Frau gebrauchen?" Der Arbeiter drehte sich ruckartig um: „Moment, wie meinen Sie das?" Aber der Kommissar war bereits in seiner Wohnung verschwunden.

Eigentlich hätte Kommissar Riemer noch einen Bericht schreiben müssen. Aber heute wollte er pünktlich Feierabend machen, um noch rechtzeitig bei dem Schlüsseldienst aufzuschlagen. Außerdem lautete sein Motto - frei nach Mark Twain - verschiebe nie auf morgen, was du ebenso gut auf übermorgen verschieben kannst. Oder stammte das Zitat doch von einem anderem? Über dieses arg wichtige Problem nachgrübelnd, schritt Riemer langsam durch den Vorraum des Supermarktes. Ein schwarzhaariger, schlanker Mann mit einem dichten Schnauzbart, bekleidet mit einem schlecht sitzenden Anzug, schob sich an Riemer vorbei und erreichte so den Schlüsseldienst kurz vor dem Kommissar. Riemer war etwas angesäuert, zumal es bei dem Herrn Probleme zu geben schien. Die Dame hinter dem Ladentisch schüttelte bedauernd den Kopf: „Tut mir leid, aber für diese Art der Schlüssel müssen Sie sich legitimieren. Ohne Ausweis darf ich Ihnen dafür keinen Nachschlüssel anfertigen". Der Schlanke setzte eine Mitleid heischende Miene auf: „Hören Sie! Ich habe meinen Ausweis gerade nicht verfügbar. Aber schauen Sie bitte hier! Rein zufällig habe ich meinen Mietvertrag einstecken. Lärchenweg 32, Hanno Brehmer. Das bin ich. Sonst hätte ich ja kaum den Vertrag dabei. Und der Schlüssel ist für meine Haustür. Das können Sie leicht nachprüfen, oder?" Die Frau ließ sich überreden und spannte den Originalschlüssel in ihre Maschine. Während die kleine Fräse knirschend überschüssiges Material aus einem der Schlüsselrohlinge kratzte, blickte Riemer gelangweilt in der Gegend umher. Bei einem Blick nach unten gewahrte er, dass der Schnürsenkel seines rechten Schuhs offen war. Er bückte

123

sich, was ihn aufgrund seines umfangreichen Bauches etwas anstrengte, und band mit rotem Gesicht die Schleife neu. Inzwischen war der Schlüssel des Schwarzhaarigen fertig geworden. Der Mann bezahlte, drehte sich um und wollte gehen. Dabei übersah er dummerweise den kauernden Riemer, stolperte über ihn und schlug lang hin. Es war nicht sicher, wer von beiden in diesem Moment den größeren Schreck bekommen hatte. Riemer sprang auf und half dem Gefallenen wieder auf die Beine: „Haben Sie sich etwas getan? Soll ich einen Krankenwagen rufen?" Der Mann hielt sich die linke Schulter. Trotz schmerzverzerrtem Gesicht sagte er: „Quatsch! Mir ist schon viel Schlimmeres passiert". Ohne weiter auf den Kommissar zu achten, drehte er sich um und strebte schnellen Schrittes dem Ausgang zu. Riemer zuckte ernüchtert mit den Schultern, wandte sich der Frau zu und schob seinen Schlüssel über den Ladentisch: „Muss ich vielleicht auch meinen Ausweis vorzeigen?" Die Frau verneinte gelangweilt: „Für solche billigen Schlüssel gibt es keine Ausweispflicht!"

Der Kommissar hatte soeben den Punkt hinter den letzten Satz seines Berichtes gesetzt, da läutete das Telefon. Noch bevor sich Riemer überhaupt melden konnte, sagte Hauptkommissar Hohlbach am anderen Ende: „Riemer, Sie müssen sofort los! Eine Frauenleiche. Die Nachbarin hat bemerkt, dass die Tür aufgebrochen war und hat die Tote gefunden. Lärchenweg 32, bei Brehmer. Die Spurensicherung ist unterwegs". Werner Riemer hielt sinnierend den Kopf schief: „Lärchenweg? Lärchenweg? Wo habe ich das bloß kürzlich gehört?" Sein Chef drängte:

„Das ist doch jetzt scheißegal. Machen Sie sich endlich auf die Socken!"

Riemer traf gleichzeitig mit der Spurensicherung am Tatort ein. Der Türrahmen war völlig zersplittert, und auch die Tür selbst zeigte Spuren der Zerstörung. Der Einbrecher musste äußerst brutal zu Werke gegangen sein, um so schnell wie möglich in die Wohnung zu gelangen. In der Brust der Toten steckte ein Messer, das augenscheinlich in dem Messerblock auf der Arbeitsfläche fehlte. Den verkniffenen Gesichtern der spurensichernden Kollegen war anzusehen, dass sie befürchteten, der Kommissar könne mit seinen großen Füßen wichtige Spuren zertrampeln. Also verließ Riemer erstmal die Wohnung, um die Nachbarin zu befragen. Die Gute war ganz aufgelöst, weil sie noch nie in ihrem Leben jemanden gesehen hatte, dem ein Messer aus der Brust ragte. Viel bekam der Kommissar deshalb nicht aus ihr heraus. Sie hatte lediglich am Tag zuvor durch die Wand einen Streit zwischen der Frau und deren Exmann wahrnehmen können, allerdings kein Wort verstanden. Als dann die Spurensicherung abgezogen war, nahm Riemer die Wohnung in Anschein. In der Küche, wo die Tote lag, waren allenthalben Spuren zu entdecken, die auf einen heftigen Kampf schließen ließen. Die restliche Wohnung präsentierte sich extrem ordentlich und blitzsauber. Der Kommissar bekam ein halbwegs schlechtes Gewissen, als er an das Tohuwabohu in seinem eigenen Domizil dachte. Nur dass bei ihm kein verwaistes Antennenkabel auf dem Fernsehtisch lag.

Als der Kommissar den weißgekachelten Saal der Patho-
logie betrat, beugte sich gerade die Gerichtsmedizinerin
Dr. Martina Mertens über die Tote. Riemer trat vorsichtig und so leise er konnte hinter die Frau. Dann sagte er
ziemlich laut: „Wann war denn der Todeszeitpunkt?" Die
Pathologin schien keineswegs erschrocken zu sein. Ohne
aufzublicken erwiderte sie: „Sie glauben doch nicht etwa,
dass ich Sie nicht bemerkt habe? Wenn Sie mit Ihren zarten Füßen hereingetrampelt kommen, wackelt der ganze
Saal. Und außerdem, wie wärs eigentlich erstmal mit einem ‚Guten Tag' oder wenigstens mit einem ‚Hallo'?"
Der Kommissar steckte sich, wie so oft, den Zeigefinger
in den Hemdkragen, und kratzte sich verlegen am Hals:
„Also, ich wünsche Ihnen einen überaus wunderschönen
guten Tag, verehrte Kollegin, Königin der forensischen
Pathologinnen, Eroberin meines Herzens, Rächerin der
Enterbten, Hoffnung der Vergessenen, Sonne der Frie-
renden und Lichtgestalt unserer Behörde!" Die Pathologin blickte kurz auf: „Geht doch! Der Todeszeitpunkt
liegt gestern zwischen zwanzig und zweiundzwanzig
Uhr. Die Kollegen vom Kriminallabor haben übrigens
auf dem Messergriff nur Fingerabdrücke von der Toten
und ihrem Exmann gefunden". Riemer nickte: „Was
mich nicht weiter wundert. Laut Aussage der Nachbarin
hat der Kerl noch vor einer Woche bei seiner geschiede-
nen Frau gewohnt. Da kann er jederzeit mit dem Messer
hantiert haben".

Frauke Wiegand saß mit übereinander geschlagenen Beinen vor Riemers Schreibtisch: „Wenn du am Sonntag zu
uns kommst, wird Carla nicht mehr da sein. Meine

Tochter hat nämlich mit ihrem Dennis eine neue Wohnung gefunden. Sie sind gestern Hals über Kopf ausgezogen. Nächste Woche Mittwoch wollen sie Carlas Zimmer ausräumen. Ich denke, dass jetzt meine Wohnung etwas zu groß für mich alleine ist". Kommissar Riemer kniff die Augen zusammen: „Nachtigall, ick hör dir trapsen! Also soll ich bei dir einziehen. Oder willst du vielleicht meine kunterbunte Villa okkupieren?" Seine Kollegin schien etwas verstimmt zu sein: „Oha! Ich bin doch keine Besatzungsmacht. Mir ging nur praktischerweise durch den Kopf, dass wir eine der beiden Mieten einsparen könnten. Oder bist du anderer Meinung?" Kommissar Riemer kam um die Antwort herum, weil im selben Moment die Tür geöffnet wurde, und Kommissar Straubinger seinen Kopf in den Raum steckte: „Hier ist ein gewisser Herr Hanno Brehmer. Er sagt, er wäre der Exmann der Toten, und du hättest ihn herbestellt". Riemer nickte: „Immer herein mit ihm!" Frauke Wiegand stand auf, aber Riemer bat sie zu bleiben: „Vier Augen sehen mehr als zwei. Der Mann ist schließlich unser Hauptverdächtiger. Übrigens kenne ich den Kerl schon. Der wird dir gefallen. Schwarze Haare und ein schicker Schnurrbart. Der Arme ist nämlich vor Kurzem im Supermarkt über mich gestolpert und auf die Gusche gefallen. Dabei hat er sich die linke Schulter geprellt. Ich bin gespannt, ob der ein Alibi vorweisen kann!" Als der Genannte eintrat, stellte sich bei Riemer jedoch jählings eine abgrundtiefe Verwunderung ein. Der Mann hatte lockige, blonde Haare, und von einem Schnurrbart war auch nichts zu entdecken. Einigermaßen verdattert bat ihn Kommissar Riemer Platz zu nehmen. Der Blonde zog seinen Mantel aus und hängte ihn über die Knie. Riemer räusperte sich: „Äh, Sie sind Herr Brehmer? Tatsächlich? Können Sie sich ausweisen?" Hanno Brehmer hob den Mantel an, zog eine graue Lederbrieftasche heraus und entnahm dieser einen Personalausweis: „Hier bitte! Überzeugen Sie sich selbst!" Riemer warf einen skeptischen Blick darauf: „Sie haben bis vorige Woche noch bei Ihrer Exfrau gewohnt?" Der Mann nickte: „Wir haben uns die erste Zeit nach der Scheidung noch ganz gut verstanden. Aber dann hat sie mich doch rausgeschmissen". Der Kommissar gab dem Verdächtigen seinen Ausweis zurück: „Und das war wohl auch der Grund für den Streit von vor zwei Tagen, den das ganze Haus gehört hat?" Herr Brehmer steckte den Personalausweis wieder in seine Brieftasche, und diese dann umständlich zurück in den Mantel: „Es ging um den Fernseher. Den hab ich nach der Scheidung gekauft und auch selbst bezahlt, aber sie wollte ihn nicht rausrücken". Riemer hakte ein: „Und deshalb haben Sie die Gute gestern umgebracht, oder? Wo waren Sie zwischen acht und neun Uhr abends?" Der Mann senkte den Blick: „Ich kann leider kein Alibi vorweisen, ich war alleine in meiner neuen Wohnung". Dann blickte er Riemer flehentlich an: „Aber ich habe sie nicht umgebracht, das schwöre ich!" Kommissar Riemer wich seinem Blick aus: „Das wird sich noch herausstellen. Vorläufig dürfen Sie gehen. Verlassen Sie aber nicht die Stadt!" Der Mann zog seinen Mantel an und verließ mit hängendem Kopf das Zimmer. Als er die Tür hinter sich geschlossen hatte, sagte Frauke Wiegand: „Hast du gesehen, wie er den Ausweis genommen und dir das Ding überreicht hat? Der Knabe ist Rechtshänder".

Riemer schaute seine Kollegin und Geliebte verständnislos an: „Und? Das bin ich auch. Was willst du damit sagen?" Die Kommissarin ging um den Schreibtisch des Kommissars herum und nahm dessen Mantel vom Stuhl: „Anziehen!" Riemer verstand immer noch nicht: „Willst du mit mir irgendwo hingehen?" Kommissarin Wiegand wiederholte nur: „Anziehen!" Als sich Riemer den Mantel angelegt hatte, fragte die Frau mit einem Leuchten in den Augen: „Na? Hast du's bemerkt?" Der Kommissar zog unwirsch seinen Mantel wieder aus: „Was soll der Quatsch?" Frauke Wiegand setzte sich lächelnd vor ihn hin: „Pass auf! Ein Rechtshänder steckt beim Anziehen immer als erstes den rechten Arm in den Mantel. Das ist verhältnismäßig einfach. Der linke Arm aber muss dann hinter dem Rücken den anderen Ärmel suchen, wobei das linke Schultergelenk wesentlich mehr gefordert ist. Kommst du noch mit? Wenn man nun aber Schmerzen in der linken Schulter hat, dann ist es besser, zuerst den linken Arm in den Mantel zu schieben. Und genau das hat dein Verdächtiger getan. Du hast mir doch vorhin erzählt, dass sich dein Gestolperter im Supermarkt die linke Schulter geprellt hat. Ich sag dir was! Der Kerl hat dich verarscht. Mit einer schwarzen Perücke und einem angeklebtem Schnurrbart".

Kommissarin Wiegand lehnte an der Wand, während Werner Riemer dem Festgenommenen gegenüber saß. Hanno Brehmer blickte wie ein getretener Hund: „Ich bin Frisör, da war das mit der Perücke kein Problem. Ich wollte doch nicht erkannt werden, als ich mir den Schlüssel nachmachen ließ. Ursprünglich hatte ich ja auch mal einen Wohnungsschlüssel. Aber den sollte ich doch nach meinem Auszug zurückgeben. Deshalb habe ich mir vorher eben den Nachschlüssel machen lassen. Naja, und da habe ich mir dann meinen Fernseher geholt, als meine Ex mal nicht da war". Kommissar Riemer dachte kurz nach, dann sagte er: „Das nennt man Einbruch. Die Staatsanwaltschaft wird von uns darüber informiert werden. Jetzt dürfen Sie erstmal gehen. Aber wie gesagt, nicht die Stadt verlassen!" Als Brehmer den Verhörraum verlassen hatte platzte Frauke Wiegand heraus: „Bist du nicht ganz dicht? Wie kannst du den Mann gehen lassen?" Der Gescholtene antwortete ganz ruhig: „Wenn du einen Nachschlüssel hättest, würdest du dann mit einem Brecheisen die Tür aufhebeln?"

Hauptkommissar Hohlbach war seine innere Zufriedenheit deutlich am Gesicht anzusehen: „Tja, mein Freund Riemer, diesmal haben Sie den Fall nicht gelöst. Unsere liebe Kollegin Wiegand ist darauf gekommen, dass das Opfer nach dem Streit die Schlösser auswechseln ließ. Da hat der ganze Nachschlüssel nix genutzt. Übrigens haben wir in Brehmers Wohnung ein Stemmeisen mit Holzsplittern vom Tatort gefunden. Und an dem Fernseher war Blut von der Toten. So und nicht anders löst man Fälle. Merken Sie sich das! Sie sollten sich ein Beispiel an ihrer Kollegin nehmen!"

Frauke Wiegand stellte ihr Weinglas ab, und schmiegte ihren Kopf an Riemers Schulter: „Warum hast du unserem Alten nicht gesagt, dass der Geistesblitz mit dem ausgewechselten Schloss ursprünglich von dir stammt?"

Werner Riemer strich ihr übers Haar: „Weil ich dich lieb habe! Aber warum hast du eigentlich der Affenfresse nicht gebeichtet, dass die Idee gar nicht von dir gewesen ist?" Schmunzelnd blickte Frauke Wiegand zu ihrem Werner auf: „Werd ich blöd sein? Ich hab dich zwar auch lieb, aber so sehr nun auch wieder nicht!"

Ein guter Ehemann

Mach doch endlich das Ding rein, du Lappen! Das gibt's doch nicht! Wenn dieser Scheiß-Fernseher nicht so sündhaft teuer gewesen wäre, würde ich jetzt einfach die Flasche reinpfeffern. Wäre aber schade ums Bier. He, du Pappnase, das Tor ist weiter rechts! Dicke Kohle kassieren, aber aus zwei Metern kein Scheunentor treffen. Was? Was hat die Dame des Hauses jetzt gerade gesagt? Dem Tonfall nach nölt sie wieder an mir rum. Am besten ich sage wie immer ‚Ja mein Schatz, du hast recht'. Wenn ich das so richtig ironisch sage, dann ist sie vielleicht wieder sauer und lässt mich in Ruhe. Himmeldonnerwetter, dieser Torwart ist doch eine absolute Niete. Hätte der Arsch doch beinahe die Pille ins eigene Tor geboxt. Bälle fangen hat der garantiert in der Baumschule gelernt. Aber Hauptsache er ist schön braun. Statt ins Sonnenstudio sollte der lieber zum Training gehen. So braun im Gesicht ist doch wirklich abnormal. Vielleicht zieht er sich auch bloß die Unterhose übers Gesicht aus. Was? Was hast du nun schon wieder? Was für Socken? Liebling, es steht 1:1, da hab ich doch keine Zeit für irgendwelche

Socken. Ach du meinst meine eigenen? Ja sicher liegen die da. Vielleicht gucken sie eben mit mir zusammen Fußball. Warte bitte kurz! Scheiße, das hätte das 2:1 sein können! Als Gott die Intelligenz verteilt hat, war wohl unser Mittelstürmer grade auf dem Klo! Man hämmert doch normalerweise den Ball in die Richtung, in der auch das Tor steht. So ein Blödmann! Was? Schatz du darfst mich gern nachher beschimpfen, nur lass mich jetzt bitte, bitte das Spiel anschauen! Wie kommst du darauf, dass ich dich nicht beachte? Geh mal beiseite! Ich kann doch nicht durch dich hindurch sehen. Nun mal langsam! Das war doch wohl jetzt der beste Beweis, dass ich dich nicht ignorieren kann. Hoppla! Macht nichts, die Bierflasche war sowieso leer! Aber zielen solltest du noch üben! Moment, wenn du willst, dass ich dir Respekt entgegen bringen soll, dann hole mir bitte einfach ein neues Bier! Das wäre wirklich respektabel. Scheiße, der Schiedsrichter ist doch wohl ein völlig bekackter Volldildo. Das war nie im Leben ein Foul. Der Saftsack von Schiri ist doch auch viel zu klein für einen echten Referee. Diese winzige Doofnuss kann doch unterm Teppich Fallschirmspringen. Der gehört nicht auf den Platz, der gehört in ein Spielzeugauto. Als Testfahrer. Schatz, was hast du denn nun schon wieder? Moment, wenn ich wirklich hätte aufräumen wollen oder den Müll runterbringen, dann wäre ich als Frau auf die Welt gekommen. Nun heult sie wieder. Weiber! Hä? Von wegen, das glaubt dir niemand. Aus Wut heult doch kein Mensch. Wie? Na dann bist du eben kein Mensch! Falls du nochmal werfen willst, diese Flasche hier ist auch leer. Hast du das gesehen? Endlich das zweite Tor. Ich hab doch gleich gesagt, dass wir diese

Nulpen noch in der ersten Halbzeit zusammenfalten werden. Wer ist hier ein Kotzbrocken? Du hast vorm Altar gesagt, dass du auch in schlechten Zeiten zu mir halten willst. Und jetzt hast du ja wohl eine schlechte Zeit. Jedenfalls siehst du so aus. Warte mal, das kann doch jetzt nicht wahr sein! Abseits? Das war kein Abseits, das war ein bestochener Schiedsrichter! Eines sage ich dir, ich kriege raus wo sein Auto steht. So wahr mein Arsch weniger Falten hat als dein Gesicht. Was ist los? Das traust du dir nie im Leben! Schließlich steckt auch Geld von dir in dem Porsche. Jetzt latscht doch dieser Hampelmann neben dem Ball ins Gras. Der sollte lieber selber ins Gras beißen. Übrigens ist gleich Halbzeit, da kannst du mir dann in aller Ruhe ein Bier holen, falls Madam nicht zu faul dazu ist. Kleinen Moment mal! Ich habe dir schon oft im Haushalt geholfen. Immer wenn du mit dem Staubsauger in der Hand durch die Wohnung geflattert bist, habe ich dir die Türen aufgehalten, oder etwa nicht? Und das habe ich dir noch nie aufs Butterbrot geschmiert. Aber du hältst mir jeden Tag vor, was du angeblich immer für mich tust. Mensch, wieder daneben! Das hält doch keine Sau aus. Moment, Moment, Moment! Mein Schatz, das ist erwiesenermaßen nicht meine Schuld. Ich bin gottseidank nicht unfruchtbar. Ja, heul nur! Ich könnte auch heulen. Dieses beschissene 1:1 macht mich auch traurig. Plärre ich deswegen in der Gegen herum? Was? Soweit kommts noch! Fremde Bälger adoptieren. Wo gehst du hin? Jetzt ist übrigens Halbzeitpause. Ich meine nur, falls du mir endlich mein Bier holen willst. Oha, das meinst du doch nicht ernst. Leg die Waffe weg! Das ist eine sehr teure Sportpistole. Du machst sie nur

133

kaputt. Willst du, dass mich meine Kameraden im Schützenverein auslachen? Willst du das wirklich? Hoppla, wer zum Teufel, sind Sie denn? Wie, ich habe recht? Und wo bin ich hier überhaupt? Hölle? Quatsch keine Opern! Nun mach aber mal halblang, ich war immer ein guter Ehemann. Siedendes Öl? Mir auch egal. Hauptsache ich kann die zweite Halbzeit noch sehen!

Mein Fast-Herzinfarkt

Wenn es um Mode geht, dann bin ich gelegentlich etwas bockig. Warum soll ich meine Cordhosen im Schrank versauern lassen, nur weil irgendjemand, den ich nicht einmal kenne, gesagt hat, dass Cord unmodern ist. Als es beispielsweise vor Jahren begann verpönt zu sein, weiße Socken in Sandalen zu tragen, habe ich mir extra Sandalen und weiße Socken gekauft, obwohl ich dieses Schuhwerk mit den blöden Riemchen noch nie richtig leiden konnte. Allerdings habe ich mich ziemlich zeitnah wieder festerem Schuhwerk zugewendet, denn Sandalen sind für einen Privatdetektiv ziemlich unpraktisch. Man weiß vorher nie, in welche Gegend einen der Beruf so treibt. Und im Morast sind hohe Lederschuhe irgendwie angenehmer als Jesuslatschen. Ich kann auch eine gewisse Abneigung gegen übertrieben modisch gekleidete Menschen nicht verhehlen. So zum Beispiel auch gegen jenes Original, das an einem schönen Montagmorgen in mein Büro schneite. Helle Businessjacke, schwarzes Einstecktuch mit Silberborte, hellblaues Hemd mit Tab-

Kragen, blauweiße Krawatte, italienische Designer-Jeans und bunte Lederschuhe vom Typ HANNES C113 mit passendem Gürtel. Ich hoffte im Stillen, dass ich es mir irgendwann in ferner Zukunft finanziell leisten können würde, solche Typen zum Teufel zu jagen. Im Moment aber war ich auf jeden Cent angewiesen, was allerdings nichts Neues für mich darstellte. Der Kerl nahm selbstbewusst Platz, zog ein goldenes Zigarettenetui aus der Jacke, klemmte sich ohne zu fragen eine Fluppe zwischen die Kiemen und nestelte ein Feuerzeug der Marke LE GRAND S.T. DUPONT BEHIKE aus der Hose. Falls ich richtig informiert war, dann bekommt man so ein edles Teil kaum unter 1.300 Euro über den Ladentisch geschoben. Nach meinem stillschweigenden Fingerzeig auf das Nichtrauchersymbol an der Bürowand, steckte er alles äußerst widerstrebend zurück. Dann sagte er schleppend: „Irgend so ein Arsch hat über meinen F12 Säure gegossen. Kriegen Sie raus, wer das gewesen ist?" Ich hatte Null-Ahnung, wer oder was ein F12 war, versuchte aber meinem Gesicht eine eiskalte Zuversicht zu verleihen: „Wäre nicht das erste Mal! Nur eine Frage des Geldes!" Er grinste überheblich: „Kennen Sie den Film Kir Royal? Da sagt Mario Adorf ‚Ich scheiß dich sowas von zu mit meinem Geld'. Und ich sehe hier bei uns beiden eine gewisse Parallele". Meine Stimme klang etwas kratzig, als ich sagte: „Da brauche ich aber noch einige Angaben! Wie ist Ihr werter Name, Ihre Adresse und Ihre Telefonnummer, und wann und wo hat die Säureattacke stattgefunden?" Er warf mir lässig eine Visitenkarte mit Golddruck auf den Tisch: „Gestern Abend vor meinem Haus. Alles andere steht da drauf. Die Uhrzeit weiß ich nicht genau. Ich hab's heute früh erst bemerkt". Mit schweißnassen Händen angelte ich ein Vertragsformular aus meinem Schreibtisch. Er schob es zurück: „Was soll der Quatsch? Sie haben mein Wort!" Also packte ich den Bogen widerwillig zurück. Ganz wohl war mir nicht dabei. Ich hüstelte verlegen: „Gibt's zufällig bei Ihnen irgendwelche Überwachungskameras?" Er nickte: „Schon gecheckt. Der Kerl hatte so 'ne rote Skimaske vorm Gesicht. Nichts zu erkennen". „Darf ich mir das Band trotzdem mal ansehen?" Sein vorwurfsvoller Blick machte mich jäh zum Volltrottel: „Band? Leben Sie in der Steinzeit? Aber Sie dürfen sich gern die Aufzeichnungen von einer unserer SSD ansehen. Sagen wir morgen gegen dreizehn Uhr? Da habe ich bestimmt ausgeschlafen". Er stand auf, übersah beflissentlich meine hingehaltene Hand und verkrümelte sich. Und an mir blieb nun die schwierige Aufgabe hängen, ein Honorar auszudenken, das hoffentlich nicht zu niedrig ausfiel.

Am nächsten Morgen brachte mir eine ausgedehnte Internetsuche drei Erkenntnisse. Erstens: F12 ist ein eleganter Sportwagen aus der Produktpalette von Ferrari. Zweitens: Diese unzähligen Influencer brauchte die Menschheit genauso dringend wie eine fiese Influenza. Drittens: Das Internet kannte niemanden mit dem Namen Jakob Schäugl. Ich verglich noch einmal den goldgeprägten Schriftzug von der Visitenkarte mit der Eingabezeile des Computers. Nein, ich hatte mich weder verlesen noch vertippt. Mein Klient gehörte also trotz seines reichlichen Kleingelds nicht zu den Prominenten dieser Welt.

Kurz vor dreizehn Uhr bog ich in die Auffahrt zur Villa Schäugl ein. Mein Weg führte durch einen ausgedehnten und richtig gut gepflegten Garten. Besonders die raffiniert geschnittenen Buchsbäume erweckten in mir die Vermutung, dass hier Edward mit den Scherenhänden als Gärtner angestellt sein könnte. Vor dem Haupteingang angekommen, sah ich den besagten Ferrari stehen. Allerdings war ich ein wenig enttäuscht, denn der F12 war gelb lackiert. Für mich muss ein richtiger Ferrari einfach nur rot aussehen. Ich stieg aus und beäugte die Luxuskarre. Auf der Motorhaube entdeckte ich eine handtellergroße Stelle, an der die Lackierung zerstört war. Wenn ich mich richtig an die Experimente mit dem Chemiebaukasten meiner Kindheit erinnerte, dann war hier bestimmt keine Säure zur Anwendung gekommen, sondern garantiert ein Aceton haltiges Lösungsmittel. Wenn man die Motorhaube einfach abmontieren würde, um sie abzuschleifen und neu zu lackieren, hätte man den Schaden innerhalb eines Tages beheben können. Und das Ganze hätte auch noch die Versicherung bezahlt. Warum also, zum Kuckuck, sollte man wegen so einer Bagatelle einen Privatdetektiv beauftragen? Ich trollte mich in Gedanken versunken zur Eingangstür und drückte meinen rechten Daumen auf den reichhaltig verzierten Klingelknopf. Nach einem kurzen Moment öffnete der Hausherr höchstpersönlich die Tür. Ich hatte eigentlich eine hübsche Maid oder wenigstens einen hochnäsigen Lakaien erwartet. Das war schon etwas seltsam, und nach der Motorhaube wieder eine Sache, die mich nachdenklich werden ließ. Ohne mir die Möglichkeit zu geben, das Haus ein wenig in Augenschein zu nehmen, zerrte mich mein

Klient sofort in den Keller. Neben mehreren Monitoren befand sich dort auch eine Art zierliches Regalkarussell, in welchem mehrere kleine, schwarze Kästchen ruhten. Jakob Schäugl nahm eines davon und stöpselte es an einen Laptop: „Man glaubt gar nicht, dass auf diesen kleinen Dingern mehrere Monate Daueraufzeichnung Platz haben. Ich suche Ihnen die Stelle heraus!" Er ließ einige Minuten den Vorlauf arbeiten, dann hatte er die entsprechende Sequenz gefunden. Man sah deutlich, wie eine maskierte Person ein winziges Fläschchen auf das Auto entleerte. Und wiederum sagte mein Bauch, dass hier etwas oberfaul sein musste. Wenn ich jemandem das Auto verschandeln wollte, dann würde ich garantiert eine große Flasche nehmen, und nicht so ein pimpliges Dingelchen. Und noch etwas störte mich. Mein Klient hatte von einem Kerl gesprochen, der seinen Ferrari verschandelt haben sollte. Aber man konnte anhand der Figur und der Art der Bewegungen eindeutig eine Frau erkennen, auch wenn das Gesicht der handelnden Person durch die Maske verdeckt war. Vorsichtshalber behielt ich meine Erkenntnis für mich, und bat lediglich darum, den Park und die nähere Umgebung absuchen zu dürfen. Ich wurde daraufhin stringent hinaus komplimentiert, und fand auch diesmal keine Gelegenheit, einen Blick in das restliche Haus zu werfen. Dafür zeigten mir einige zierliche Fußabdrücke abseits des Hauptweges, dass vor Kurzem hier eine Frau herumgetrampelt sein musste. Das rief meinen angeborenen Instinkt auf den Plan, der daraufhin meinen kritischen Verstand zu dem Faktum überredete, dass sich mein verwöhnter Körper noch am gleichen Abend in der Nähe auf die Lauer zu legen hätte.

Mein Bauchgefühl hatte wieder einmal recht. Ich brauchte gar nicht lange zu warten, da raste ein schick zu nennendes Cabrio durch den Garten und bremste abrupt vor der Villa. Eine junge Frau sprang aus dem Wagen. Ihre Silhouette passte meiner Meinung nach ziemlich gut zu der Auto-Zerstörerin, und ihre Kleidung war auch die gleiche. Statt zu klingeln trat sie mehrmals wuchtig gegen die Eingangstür. Ich schlich mich etwas näher heran, konnte aber trotzdem nicht hören, was die Frau sagte. Aber es war deutlich zu sehen, dass sie nicht gerade die beste Laune ihr Eigen nannte. Also hastete ich zu meinem Auto und wartete, bis die Gute an mir vorüberfuhr. Lange brauchte ich sie nicht zu verfolgen. Vor einem der Nachbargrundstücke hielt sie an und verschwand im Haus. Kurz darauf kam sie wieder heraus, um etwas in eine Mülltonne zu werfen. Ich wartete eine ganze Weile, dann schlich ich mich leise zu der Tonne und griff hinein. In der Hand hielt ich eine rote Skimaske.

Wie schon so oft bei meinen Ermittlungen, dankte ich Gott dafür, dass er bei seiner Schöpfung auch den Beruf des Frisörs ersonnen hatte. Zumal in diesem Fall das entsprechende Haarstudio gar nicht weit von meinem observierten Objekt lag. Es war zwar in eine Herren- und eine Damenabteilung getrennt, aber es waren ausschließlich weibliche Akteure mit der Dienstleistung des Verschönerns betraut. Also ließ ich mir die Fusseln auf der Rübe neu anordnen, wobei ich meine leutselige Stylistin in ein umfangreiches Gespräch verwickelte. Was ich erfuhr, war äußerst interessant. Die von mir beschattete Lady war einstens mit meinem Klienten liiert gewesen. Seit sie ihn verlassen hatte, tyrannisierte der Kerl die Frau auf alle möglichen Arten. Peinliche Fotos im Internet, Verbreitung von Unwahrheiten sowie auch nächtliches Beschmieren ihres Hauses. Neulich war auch bei der Ärmsten eingebrochen worden, was sie ebenfalls ihrem Peiniger zuschrieb. Derart brisante Informationen ergattert zu haben, ließ mich so lange frohlocken, bis ich die Rechnung präsentiert bekam. Von der Summe hätte ich gut und gerne für das nächste Vierteljahr meine Miete bestreiten können. Wie aber, um alles in der Welt, konnte ich beweisen, dass die Verwüstung eines unschuldigen F12 nur vorgetäuscht war, um seine Ex zu verleumden, und wer, zum Teufel, steckte in Wirklichkeit unter der Skimaske? Um die Antworten zu finden, beschloss ich, mich am Abend für längere Zeit mit meiner Bourbonflasche zu beraten.

Ich war nicht wenig erstaunt, als mir der Mann, der auf einmal in meinem Büro stand, einen Ausweis der Kriminalpolizei vor die Nase hielt. Der Mensch hatte einen quietschbunten Schlips um den Hals hängen, der so gar nicht zu seinem grauen Straßenanzug passte. Abgerundet wurde sein seltsames Erscheinungsbild durch auffällig hellblaue Sneakers. Diese modische Kombination löste in meinem Magen das gleiche Gefühl aus, als würde mir jemand Sachertorte mit Senfsoße servieren. Trotzdem deutete ich unvoreingenommen mit der flachen Hand auf meinen Besucherstuhl, und setzte mich dann ebenfalls. Er steckte seinen Ausweis umständlich wieder ein: „Sind Sie Levin Baer?" Ich ließ ein scherzhaftes Lächeln um meine Lippen spielen: „Als ich gestern auf meinen Pass geschaut habe, war ich's noch". In seinem Gesicht manifestierte sich sofort eine untrügliche Abneigung: „Oh Gott, schon wieder einer, der einen Clown gefrühstückt hat!" Er nestelte einen Notizblock aus seiner Jacke: „Kennen Sie einen gewissen Jakob Schäugl?" Ich versuchte krampfhaft mein Lächeln zu behalten: „Das ist zurzeit einer meiner Klienten". Er schien mit meiner Antwort noch nicht ganz zufrieden zu sein: „Und in welcher Angelegenheit?" Mein Lächeln verflog: „Das möchte ich doch lieber in dem Aktenordner ‚Verschwiegenheit' abheften!" Er steckte seine Notizen wieder ein, und sah mich fragend an: „Auch dann, wenn ich Ihnen sage, dass wir den Herrn des Mordes überführt haben, und er auch schon alle Details gestanden hat?" Diese erschreckende Mitteilung änderte meinen Gedankengang dann doch gewaltig: „Ich sollte herausfinden, welche maskierte Person seinen Ferrari verschandelt hat". Er grinste hämisch: „Das kann ich Ihnen sagen. Es war seine Schwester. Das Ganze war inszeniert, um Sie dazu zu bringen, seine Ex zu befragen. Das sollte ein weiterer kleiner Nadelstich in einer Serie von Stichen sein, mit denen er seine Verflossene piksen wollte. Dazu kam noch, dass er heimlich bei einem Einbruch die Skimaske in der Wohnung der Frau deponiert hatte. Allerdings haben Sie nicht ganz so reagiert, wie er sich das wohl vermutlich vorstellte". Ich grinste in mich hinein. Na bitte, alles fauler Zauber. Das war mir doch von Anfang an klar gewesen. „Und wen hat nun unser Herr Schäugl umgebracht?" Mein modisch gekleideter Besucher sagte ziemlich trocken: „Seine Schwester. Die zwei konnten sich noch nie so recht leiden. Ihr Klient hat aber trotzdem seine Anverwandte mit einem Sack voll Geld überreden können, die böse Autozerstörerin zu spielen. Im Nachhinein war der Guten aber die Summe immer noch zu niedrig. Es kam zum Streit, und ihr Bruder hat mit ihrem Kopf eine gehörige Ecke von dem Marmorkamin im Salon entfernt. Damit keiner die Leiche findet bevor er sie beseitigen konnte, hat er seinen Bediensteten zwei Tage frei gegeben. Weil er das vorher wohl noch nie getan hat, wurde sein Butler neugierig, hat ein bisschen herum geschnüffelt und die Bescherung entdeckt. Das bringt unserem Freund etwa zwanzig Jahre ein!" In mir kroch eine entsetzliche Befürchtung hoch: „Und was wird unter diesen Umständen mit meinem Honorar?" Er erhob sich: „Falls Sie es schriftlich haben, können Sie es einklagen. Ansonsten sehe ich schwarz!"

Es ist zwar kaum zu glauben, aber ich liege gerade an einem herrlichen Sandstrand, schlürfe einen Tequila Sunrise und denke über die Symptome eines Herzinfarkts nach. Das sollen ja unter anderem Schwindelgefühl und Atemnot sein. Wenn das tatsächlich zutrifft, dann hatte ich garantiert vor einer Woche einen derartigen Herzkasper. Ein gestresster Briefträger hatte mich bereits am frühesten Morgen aus dem Bett geklingelt, um mir, mit einer wortreichen Entschuldigung, einen Brief zu überreichen, der von der Post über mehrere Tage hinweg immer wieder fehlgeleitet worden war, und somit erst mit erheblicher Verspätung den Weg zu meiner Adresse gefunden hatte. Noch recht müde legte ich den dicken Umschlag auf den Küchentisch, um mir zuvorderst eine Tasse Kaffee aufzubrühen. Als ich ein paar Schlucke des heißen, braunen Wachmachers intus hatte, beschäftigte ich mich eingehender mit der ominösen Zuschrift. Zu meiner Verblüffung lautete der Name des Absenders Jakob Schäugl. Als ich dann den Brief öffnete, wurde es mir unvermittelt schwarz vor den Augen und mein Atem stockte. Ich fürchtete ehrlich um meine Gesundheit. In dem Umschlag schlummerten nämlich friedlich nebeneinander fünfzig wunderschöne Geldscheine mit einem Nennwert von jeweils hundert Euro. Und das ließ mich dann, Gott sei es gedankt, doch wieder einigermaßen gesunden!

Bennos Forschung

Ganz bestimmt haben Sie schon irgendwann irgendwie irgendwas von irgendwelchen Quallen gehört. Aber kennen Sie auch die Goldqualle? Diese Medusenart nimmt während ihrer Entwicklung Mikroalgen auf. Im adulten Stadium besteht dann ihr Körper zu zehn Prozent aus diesen Algen. Dann schwimmen die Quallen den ganzen Tag über immer genau an den Ort, an dem die Sonne aufs Wasser scheint. Die Algen in ihrem Körper setzen nun mittels Chlorophyll das Licht in Glukose um, wovon sich die Quallen ihrerseits hauptsächlich ernähren. So ähnlich verhielt sich das auch bei Benno und mir. Ich war zwar ein ganz passabler Mechatroniker, aber Benno war ein absolut heller Kopf, der aus rein theoretischem Wissen genauso effizient praktischen Nutzen ziehen konnte, wie eine Alge aus Sonnenlicht. Sein Handicap war nur leider, dass er seit seiner Kindheit im Rollstuhl saß. Wir waren uns zufällig über den Weg gelaufen, bzw. gerollt, als wir uns gemeinsam auf dem Bahnhof lautstark über eine Zugverspätung mokierten. Seitdem waren wir uns zutiefst sympathisch, und ich wurde zu seiner bedingungslosen Helferqualle. Zum einen transportierte ich ihn zu vielen wissenschaftlichen Symposien, Konferenzen, Sitzungen, Besprechungen, Tagungen, Diskussionsrunden und Lesungen, andererseits erstellte ich unter seiner fachkundigen Anleitung allerlei Geräte und Experimente, die er selbst aufgrund seiner Behinderung nur schwer oder gar nicht anfertigen konnte. Seine Doktorarbeit hatte er über die ‚Entstehung baryonischer Materie kurz nach dem Urknall' geschrieben. Das hatte irgendwas mit Hadronen, Leptonen, Tetraquarks und Pentaquarks zu tun. Ich habe das alles nie so richtig kapiert. Im Moment beschäftigte er sich aber mit dem Gegenteil, nämlich mit sogenannter nichtbaryonischer Materie. Laien, wie auch zum Beispiel meine Person, nennen den Kram ‚Dunkle Materie'. Angeblich soll das Zeug zehnmal schwerer sein als normale Masse. Es ist aber dummerweise nicht zu sehen und auch nicht nachzuweisen. Anfänglich versuchte Benno, mir das Ganze zu erklären: „Schon mal was von der großen Mauer gehört?" Im Brustton der Überzeugung antwortete ich: „Ja! Ihr Bau begann im siebenten Jahrhundert vor Christi Geburt, sollte die nomadischen Reitervölker aus dem Norden fernhalten, und hat eine Länge von knapp 22.000 Kilometern". Benno strafte mich mit einem äußerst verächtlichen Blick: „Mensch, wir reden hier vom Weltall! Die große Mauer ist eine Anhäufung von unzähligen Galaxien in der Form eines sogenannten Filaments. Diese ganz spezielle Form soll

144

angeblich durch die Struktur von dunkler Materie entstanden sein. Aber das glaube ich nicht. Wenn ich erst einmal das Geheimnis der Nichtbaryonen gelöst habe, werde ich diesen Irrglauben widerlegen!" Kurz darauf schloss er sich tagelang mit seinem Computer ein, und ließ keinen an sich heran. Erst war ich reichlich sauer, weil mich Benno diesmal nicht mit einbezog, dann aber sah ich darin meine Chance, mich etwas mehr um Kati zu kümmern.

Ach Kati! Blonde Haare, süße Nase, guter Körper, auffällige Lippen und schöne Augen. Das Mädel ist so heiß, dagegen ist ein Flammenwerfer der reinste Feuerlöscher. Vor etwa vier Wochen habe ich dieses anbetungswürdige Wesen kennengelernt. Inzwischen sind wir auch schon viermal miteinander ausgegangen. Ins Kino, Essen, Tanzen und in eine Nachtbar. Aber mehr als jeweils einen Begrüßungs- und einen Abschiedskuss konnte ich bisher nicht ergattern. Auch Blumen, Konfekt oder Champagner brachten für mich nicht das erhoffte Ergebnis. Nur das goldene Armband bescherte mir einen Zusatzkuss, aber auch nicht mehr darüber hinaus. Deshalb hatte ich mir für unser nächstes Samstags-Date etwas ganz Besonderes ausgedacht. Wir wollten wieder einmal zusammen Essen gehen. Ich mietete eine komplette Gaststätte an. Nun ja, zugegeben, es war die winzigste Gaststätte unserer kleinen Stadt. Aber ich hatte auch eine Mariachi-Band engagiert. Drei waschechte Mexikaner. Wahrscheinlich würde ich wegen deren Gage die nächste Woche mit Wasser und trockenem Brot auskommen müssen, aber ich wusste, dass Kati diese Art von Musik gern hörte. Besonders dann, wenn ein Mann mit einer extrem rauen Stimme diese herzbewegenden Liedchen trällerte. Mir persönlich gingen ja die vordergründigen Gitarrenklänge eher auf die Nerven, aber das würde ich Kati gegenüber niemals in meinem Leben zugeben. Alles schien so zu funktionieren, wie ich es im Vorfeld geplant hatte. Kati war erstaunt, dass niemand weiter zugegen war, und sich der Oberkellner ausschließlich um uns zwei kümmerte. Dann brachten meine Mexiko-Boys mit ihrer Musik Katis hübsche Augen wahrhaft zum Leuchten. Alles wäre gut gegangen, wenn nicht in diesem Moment mein Handy geklingelt hätte. Ich hatte einfach vergessen, das Ding auszuschalten. Meine Beste hasste es nämlich wie die Pest, wenn man sich in ihrer Gegenwart mit einem Smartphon beschäftigte. Sie hatte mich bereits bei unserer ersten Verabredung mit einem strafenden Blick darauf aufmerksam gemacht, diesmal aber reagierte sie weit radikaler. Meine Angebetete warf wütend die Serviette auf den Tisch, stand auf und verließ das Lokal, ohne mich armes Würstchen eines weiteren Blickes zu würdigen. Mir fiel nichts Besseres ein, als das Gespräch von meinem Handy anzunehmen. Es war Benno. Er fragte mich, ob ich eine gute Baufirma kennen würde, weil er bei sich zu Hause zwei Wände rauszureißen gedenke. Nachdem ich ihm lautstark mitgeteilt hatte, dass sein Anruf zum absolut unpassenden Moment eingetroffen sei, legte ich auf, schickte die Musiker nach Hause und leerte voller Frust die noch unangetastete Weinflasche. Dann bestellte ich mir noch so eine Pulle. Ich weiß nicht mehr genau, wie spät es gewesen war, aber irgendwann bildete sich in meinem durchfeuchteten Kopf der Gedanke, dass ich mich bei Kati entschuldigen müsse. Ich beglich die

Zeche, und torkelte auf die Straße. Gelegentlich die komplette Breite des Gehwegs beanspruchend, begab ich mich zu dem Haus meiner Vergötterten. Weil dort dann aber trotz mehrfachen Klingelns und Klopfens keine Reaktion erfolgte, sackte ich kraftlos auf der Treppe zusammen, und fiel in eine Art Halbschlaf. Kurz darauf vernahm ich die Stimme meines Freundes Benno. Er stand mit seinem Rollstuhl auf der Straße und blickte mich vorwurfsvoll an: „Wusste ich's doch, dass ich dich hier finde! Weißt du eigentlich, wie anstrengend es für mich ist, nur mit meiner Muskelkraft bis hierher zu rollen? Jetzt komm und schieb mich nach Hause! Sonst holen wir uns beide noch bei diesem Wetter einen Schnupfen. Ich habe nämlich etwas sehr Wichtiges vor, wobei ich deine Hilfe brauche!" Gehorsam und immer noch nicht ganz Herr meiner Sinne brachte ich uns beide zu Bennos Haus. Dort warf ich mich aufs Sofa, um laut schnarchend meinem Körper die Möglichkeit zu geben, mit dem noch reichlich vorhandenen Alkohol fertig zu werden. Ich erwachte völlig verkatert durch lautes Krachen und Poltern. Zwei Bauarbeiter waren dabei, mit riesigen Vorschlaghämmern unter Erzeugung eines mächtigen Staubwirbels, die Wohnzimmerwand einzureißen.
Die folgenden Tage und Wochen waren aufreibend. Weder Benno noch ich schliefen regelmäßig. Mein Freund hatte seltsam aussehende, metallische Teile aus den umliegenden Werkstätten geordert, und ließ sie mich nach seiner, meist ungeduldigen Anleitung zusammensetzen. Die Bauarbeiter hatten inzwischen aus drei Räumen einen einzigen gezaubert. Als ich endlich mit der Montage der angelieferten Stücke fertig war, ergab sich ein

röhrenartiger Ring, der sich über den kompletten, neu geschaffenen Raum erstreckte, und wie die Miniversion des Large Hadron Collider aus Cern anmutete. Als dann noch ein riesiger Computer angeliefert wurde, fragte ich mich doch, woher Benno das ganze Geld nahm. Bisher war ich geduldig allen Anweisungen meines Freundes gefolgt, aber jetzt konnte ich meine wachsende Neugier nicht mehr zügeln. Also verlangte ich nachdrücklich eine Erklärung von ihm. Er ließ mich eine Flasche Weinbrand und zwei Gläser holen. Das war für mich das Zeichen, dass unsere Unterhaltung wohl etwas länger dauern würde. Nach dem ersten Schluck wischte sich Benno genüsslich seinen Mund ab und begann: „Ich habe herausgefunden, warum man bisher die dunkle Materie weder im Kosmos noch auf der Erde nachweisen konnte. Diese nichtbaryonische Materie ist ganz einfach unsichtbar!" Ich wusste nicht genau, ob Benno plötzlich verblödet war, oder mich nur verarschen wollte. Mit leicht unterschwelligem Mitleid entgegnete ich: „Kann es vielleicht sein, dass unsere Wissenschaftler seit Jahren sagen, dass dunkle Materie so heißt, weil man sie nicht sehen kann?" Benno verzog das Gesicht: „Wenn ich es nicht besser wüsste, würde ich meinen, dass du ein fundiert intelligenter Klobenutzer bist. Mit anderen Worten ein richtiger Klugscheißer! Vielleicht solltest du mich mal ausreden lassen! Also, diese spezielle Materie ist unsichtbar, weil sie gar nicht eigenständig im Universum vorkommt. Ich habe endlich herausgefunden, dass nichtbaryonische Materie huckepack mit sichtbarer Materie daher kommt. Sie klebt sozusagen unsichtbar an all dem Material, das wir mit unseren Augen wahrnehmen können. Mit dem

Apparat, den du dankenswerterweise zusammengeschustert hast, werden wir morgen schnell mal dunkle Materie von sichtbarer Materie trennen. Ich bin mir sicher, dafür erhalten wir beide postwendend den Nobelpreis.

Am nächsten Morgen nahm Benno unseren Versuchsaufbau in Betrieb. Erst erklang ein leises Zischen, welches sich langsam zu einem lauten Fauchen entwickelte, um danach zu einem ohrenbetäubenden Kreischen anzuwachsen. Etwa zwei Minuten später erfüllte ein markerschütternder Knall den ganzen Raum, und mit einem riesigen Feuerblitz explodierte die gesamte Anlage. Mich schleuderte eine gewaltige Kraft durch das Zimmer, worauf ich das Bewusstsein verlor. Ein kraftvolles Rütteln an meiner rechten Schulter brachte mich langsam zurück ins Land der Lebenden. Als ich meine Umwelt wieder uneingeschränkt wahrnehmen konnte, musste ich zu meiner größten Verwunderung feststellen, dass ich Träumer immer noch auf der Treppe vor Katis Haus saß. Die schönste Frau der Welt zog mich hoch: „Komm mit, du dummer Kerl!" So kam es, dass mich weder goldener Schmuck noch ein hübscher Blumenstrauß, sondern einzig und allein mein bemitleidenswürdiger Zustand in Katis Bett brachte. Und glauben sie mir, in dieser Nacht interessierte ich mich einen dickflüssigen Scheißdreck für Bennos Forschung.

Faustino Gran Reserva

„Ich habe es mir gründlich überlegt!" Kommissar Riemer steckte, wie so oft bei kniffligen Angelegenheiten, seinen dicken Zeigefinger in den Hemdkragen, und kratzte sich nervös am Hals. „Meiner Meinung nach sollten wir nicht am Status Quo rütteln, und jeder von uns beiden sollte seine Wohnung behalten. Schau, wir sehen uns den ganzen Tag hier in der Dienststelle. Wir besuchen uns oft gegenseitig und sind die meisten Nächte beieinander. Wenn wir jetzt auch noch zusammenziehen, dann hast du keine freie Minute mehr ohne mich, und ich habe keine freie Minute mehr ohne dich. Ich weiß nicht so genau, ob das für uns beide wirklich gut ist". Kommissarin Wiegand blickte ernst: „Ich will dich doch zu nichts zwingen. Es war lediglich ein Vorschlag von mir. Komm, wir wollen nicht mehr davon reden!" Bevor der Kommissar darauf eingehen konnte, öffnete sich die Tür, und Hauptkommissar Hohlbach trat ein: „Ach, Riemer, hier sind Sie. Hätte ich mir eigentlich denken können. Aber ich mag es nicht, wenn während der Dienstzeit rumpussiert wird. Sie beide sollten endlich heiraten!" In Riemers Stimme schwang eine gehörige Portion Hohn mit, als er sich scheinheilig erkundigte: „Sind Sie Kriminalbeamter oder Heiratsvermittler?" Hohlbach antwortete ernsthaft: „Vielleicht bin ich ja beides". Worauf sich Riemer kopfschüttelnd anschickte den Raum zu verlassen. Als er bereits die Türklinke in der Hand hatte, drehte er sich noch einmal um, und kommentierte bissig die letzte Aussage seines Chefs: „Sie sollten sich unter Umständen überlegen, welches von beiden Sie richtig machen wollen!"

Als Kommissar Riemer von der Mittagspause aus der Kantine zurückkam, ärgerte er sich wieder einmal, dass er zum Essen nicht außer Haus gegangen war. Schon vor einem halben Jahr hatte er heimlich einen Zettel an der Kantinentür angebracht, auf welchem er das Wort ‚Essen' als Abkürzung karikierte: Ekelhaft scheußliche, schlecht einzuverleibende Nahrung. Hohlbach hatte ihn damals sofort in Verdacht, konnte es aber nie beweisen. Und wenn, wäre das Riemer wohl auch völlig egal gewesen. Der Kommissar zog gewohnheitsgemäß das links gelagerte Schubfach seines Schreibtisches heraus. Das versetzte ihm, im übertragenen Sinne, den zweiten Stoß vor die Brust. Früher waren hier nämlich Süßigkeiten aufbewahrt gewesen, die dem Kommissar stets halfen, seinen Frust abzubauen. Seit er sich jedoch vorgenommen hatte sein Gewicht zu reduzieren, war das Schubfach leer, und es hatte den Anschein, als würde der Schreibtisch mit der leeren Lade verächtlich gähnen. Riemer knallte derart wütend die Schublade wieder zu, dass der gesamte Tisch vibrierte. Das nahm ihm bedauerlicherweise der Computerbildschirm etwas übel, der daraufhin statt des bisherigen bunten Bildes nur noch eine unbeleuchtete, grauschwarze Fläche präsentierte. Verärgert klopfte der Kommissar mehrmals seitlich an das Gehäuse des Schirms, was aber leider Gottes auch keinen merkbaren Erfolg abwarf. Riemer griff zum Fernsprecher und rief die EDV-Abteilung an. Man versprach, zeitnah einen Techniker vorbei zu schicken. Kaum hatte der Kommissar die Verbindung getrennt, als sich das Telefon seinerseits mit durchdringendem Klingeln meldete. Es war Kommissarin Wiegand: „Hohlbach war eben hier.

Er hat mir einen ziemlich delikaten Fall zugewiesen, aber nebenbei die Anmerkung fallen lassen, dass er dich wegen deiner spitzen Bemerkung abmahnen will". Riemer rang sich ein müdes Lächeln ab: „Das wollte dieser gescheiterte Heiratsvermittler schon häufiger mal. Glaub mir, das traut der sich auch diesmal nicht. Als geschulter Proktologe kann ich das amtlich einschätzen!" Die Kommissarin fragte lachend: „Warum glaubst du auf einmal ein Proktologe zu sein?" Und Werner Riemer antwortete verächtlich: „Weil ich ein Arschloch erkenne, wenn ich es sehe!"

Kommissar Riemer warf die Autoschlüssel auf die Flurgarderobe und half Frauke aus ihrem Mantel: „Magst du ein Gläschen Wein?" Die Kommissarin verneinte. Im Wohnzimmer angekommen legte der Kommissar die Hand um die Taille seiner Kollegin und küsste sie auf die Wange: „Schatz, was ist los? Du lehnst doch sonst keinen Feierabendwein ab". Die Frau ließ sich resigniert auf das Sofa sinken: „Es geht um unsere Urlaubsplanung". Riemer verdrehte auf der Stelle die Augen in Richtung Zimmerdecke: „Bitte nicht schon wieder! Ich hab's dir doch gesagt, ich will nach Österreich. Die Berge dort finde ich wunderschön, und die Sprache kann ich auch einigermaßen verstehen". Frauke Wiegand entgegnete grimmig: „Und ich, zum Kuckuck, ich will nach Italien. Ich habe noch nie im Leben Urlaub in Italien gemacht". Sie klopfte rhythmisch mit der Faust auf den Couchtisch: „Italien, Italien, Italien!" Riemer setzte sich seufzend neben sie: „Wir hatten heute beide einen stressigen Tag. Lass uns den Streit verschieben! Erzähl mir lieber, wieso dein aktueller Fall so delikat ist!" Die Kommissarin holte tief Luft: „Dann bringst du mir doch besser ein Glas Wein!" Riemer holte eine Flasche mit zwei Gläsern aus der Küche, und schenkte vorsichtig ein. Ab dem dritten Schluck war die Kommissarin bereit zu berichten: „Ein Mann in einer Pilotenuniform, aber ohne die zugehörige Hose, und eine unechte Stewardess, erwartungsgemäß ohne Höschen, hatten einen netten Linienflug. Und, um beim entsprechenden Vokabular zu bleiben, am höchsten Punkt der Flugkurve hatte der Besitzer des Steuerknüppels einen gesundheitstechnischen Defekt, worauf sein Leben abgestürzt ist. Es hat einen halben Tag gedauert, bis die ans Bett gefesselte Frau ihre Scham überwunden hatte, und um Hilfe rief. Die zwei Sanitäter, die den Mann von ihr herunter heben mussten, haben jetzt immer noch ein breites Grinsen im Gesicht. Morgen kommt die arme Frau auf die Dienststelle, um ihre Aussage zu machen. Wenn du Lust hast, kannst du zuhören!" Riemer lächelte hinterhältig: „Das lasse ich mir auf keinen Fall entgehen. Und vielleicht kriege ich ja dann dadurch auch Lust". Die Kommissarin boxte ihren Werner reichlich grob in die Seite: „Du bist pervers! Weißt du das?"

Die Frau schien dankbar zu sein, dass sie ihre Aussage nicht vor einem Mann machen musste. Sie wusste ja nicht, dass im Nebenraum ein solcher mithörte. Nachdem die Zeugin gegangen war, trat Riemer zu Frauke Wiegand ins Zimmer: „Hör zu! Die Symptome, die die Dame bei ihrem Liebhaber kurz vor dessen Abnippeln bemerkt hat, deuten ganz sicher auf Hypoglykämie hin: Zittern, Herzklopfen, Unwohlsein und kalter Schweiß. Ich gehe jede Wette ein, der Mann war Diabetiker, und hat sein Insulin überdosiert". Die Kommissarin blickte ihn spöttisch an: „Ach so? Du willst mit mir wetten? Also gut! Wenn du verlierst, dann musst du deine Wohnung aufgeben und zu mir ziehen. Solltest du aber recht haben, dann machen wir dieses Jahr unseren Urlaub in deinem sosehr geliebten Österreich. Einverstanden?" Kommissar Riemer nickte und wollte seiner Frauke gerade einen Kuss aufdrücken, als die Tür von einem Mitarbeiter der EDV-Stelle aufgerissen wurde: „Ach hier sind Sie! Ich wollte Ihnen nur mitteilen, dass Ihr Computer jetzt wieder einwandfrei funktioniert. Es war nur der Stecker vom Bildschirm locker. Vielleicht sollten Sie zukünftig etwas sanfter mit dem Gerät umgehen!"

Der Gerichtsmedizinerin blieb für einen kurzen Moment der Mund offen stehen, als ihr Kommissar Riemer die Weinflasche überreichte. Die schlanke Frau war augenfällig begeistert: „Faustino Gran Reserva 1986, das ist mein Lieblingswein. Woher wussten Sie das?" Riemer grinste: „Von dem Fall des ermordeten Studienrats Heinz Bergmann. Ich hatte damals allen Grund, Sie um Verzeihung zu bitten. Aber als Sie diesen Wein als Entschuldigung haben wollten, war mir das dann doch etwas zu teuer". Die Pathologin zog die Augenbrauen zusammen: „Und jetzt auf einmal nicht mehr? Da steckt doch was dahinter!" Der Kommissar wurde verlegen: „Ich würde Sie gern bitten, der Kollegin Wiegand nicht zu verraten, dass ich mich heute schon in aller Herrgottsfrühe bei Ihnen über die Todesursache des Scheinpiloten erkundigt habe. OK?" Über das Gesicht von Frau Dr. Mertens huschte ein Lächeln: „Ich sag nichts! Und die Flasche hier stelle ich gleich zu der anderen!" Kommissar Riemer verstand nicht ganz: „Was für eine andere?" Die Pathologin legte behutsam ihren Zeigefinger auf die Brust des Kommissars und blickte ihm tief in die Augen: „Ich meine die Flasche, die mir Frauke Wiegand gegeben hat, damit ich einem gewissen Werner Riemer nicht verrate, dass ich ihr bereits gestern Abend schon die Todesursache mitgeteilt habe".

In der elften Dimension

Viele Begriffe in unserer Sprache sind Überlieferungen, die wir verwenden, ohne uns Gedanken über ihren tatsächlichen Ursprung zu machen. Wenn wir mit dem Smartphon telefonieren, dann benutzen wir bei Beendigung des Gesprächs die Formulierung ‚auflegen‘, obwohl das eigentlich das Zurücklegen eines Hörers auf einen Fernsprechapparat meint, und nicht das einfache Tippen auf unser Gerät. Wenn wir mit dem Auto schneller fahren wollen, dann sprechen wir von ‚Gas geben‘, auch wenn wir ein Elektro-Fahrzeug benutzen. Wenn wir längere Zeit nichts gegessen haben, sprechen wir davon, dass uns der ‚Magen knurrt‘, obwohl die Mediziner schon vor Langem bewiesen haben, dass nicht der Magen, sondern ein kleiner Teil unseres Darms dieses Geräusch erzeugt. Und dieses Stückchen Darm heißt tatsächlich ‚Knurrdarm‘. Auch unter dem Begriff ‚Warp-Antrieb‘ versteht man schon längst nicht mehr die

Fortbewegung mit Überlichtgeschwindigkeit durch gezieltes Krümmen der Raumzeit. Heutzutage benennen wir damit den Sprung in eine parallele Dimension, nämlich den Übergang in die elfte und damit zuletzt entdeckte aller Dimensionen. Diese ganz spezielle Dimension hat viel, viel kleinere Abmessungen als alle anderen, berührt aber die drei Dimensionen unserer Alltagswelt unerklärlicherweise an den verschiedensten Stellen. Beim Rücksprung aus dieser Dimension in unsere gewohnten drei Ausdehnungen, befindet man sich dann an einem Punkt, der mehrere Millionen Lichtjahre vom ursprünglichen Eintrittsort entfernt sein kann, immer unter der Bedingung, dass die vorausgegangenen Berechnungen keinerlei Fehler enthielten. Da aber für derartig schwierige Kalkulationen ein herkömmlicher Computer viel zu wenig Leistung zur Verfügung stellen konnte, und ein Quantencomputer einfach viel zu teuer für diese Aufgabe gewesen wäre, hatte die ISA (International Space Administration) einen sogenannten Three-way-Computer entwickelt. Dieser verarbeitete außer Nullen und Einsen auch noch einen dritten Zustand, genannt ‚between‘ (dazwischen), abgekürzt ‚b‘. Das bedeutete, dass der Computer neben ‚Strom‘ und ‚kein Strom‘ auch den Zustand ‚halber Strom‘ (half Power) verarbeiten konnte, und deshalb von uns HComputer (HC) genannt wurde. Mittels der komplizierten Berechnungen dieser HC’s waren Sprünge möglich, die uns innerhalb weniger Monate über Strecken katapultierten, für die wir im Normalfall etwa zehn bis zwölf Millionen Jahre unterwegs gewesen wären. Dabei verfuhren wir stets nach einer Standartprozedur. Zunächst ließen wir getarnte Sonden durch die

Dimensionen hin und her springen. Wenn diese dann auf einem Mond oder einem Planeten seltene Elemente oder wertvolle Erze entdeckten, schickten wir in jährlichem Turnus Bergbau- und Transportschiffe dorthin. Was jedoch unsere jetzige Mission betraf, unterschied sie sich wesentlich vom Schürfen solcher Rohstoffe. Eine Sonde hatte nämlich auf ihrem Weg durch die Galaxien zufällig einen Planeten bemerkt, der anscheinend eine zweite Erde darstellte. Ungefähr die selbe Größe, die gleiche Zusammensetzung der Atmosphäre, und Lebewesen, die uns Menschen aufs Haar glichen. Wir nannten diesen aufregenden Planeten ‚Earth two ‘ (ET). Unser Raumschiff mit dem Namen ‚NEW HORIZONS‘ würde ungefähr eine Zeit von sieben Monaten bis dorthin benötigen.

Es waren genau sechs Monate und fünfzehn Tage verstrichen, als das Unerwartete eintraf. Keiner von uns hatte jemals von so einer Sache gehört. Die Technologie unseres Jahrhunderts war viel zu ausgereift, als dass so ein Umstand je hätte eintreffen dürfen. Und trotzdem passierte es. Auf der Sichtwand des Kommandostandes erschien groß und breit das Wort ERROR. Das war für uns derart überraschend, dass alle völlig kopflos durcheinander rannten. Unsere Techniker waren komplett überfordert. Noch nie in ihrem Leben waren sie mit einer derartigen Situation konfrontiert gewesen. Bisher bestand die Arbeit des technischen Personals darin, jedwede Geräte vom Staub zu befreien, und routinemäßig die eine oder die andere selbstlaufende Diagnose zu starten. Nachdem ein wenig Ruhe in das Chaos gekommen war, wollten die Verantwortlichen die zutreffenden Handbücher abrufen, aber der HC funktionierte einfach nicht mehr. Was auch versucht wurde, immer erschien nur die gleiche Fehlermeldung wie zu Anfang. Selbst ob wir immer noch flogen, oder vielleicht in der Dimension festhingen, war nicht mehr in Erfahrung zu bringen. Keiner wusste, was zu tun sei. Wir bildeten Diskussionsgruppen, Arbeitskreise und Sonderkommissionen, aber keine dieser Fraktionen kam irgendwann zu einem Lösungsvorschlag. Allmählich ergaben wir uns dem schier Unausweichlichen, zumal wir ja alle älter und älter wurden. Da begegnet man Problemen nicht mehr so forsch wie im jugendlichen Alter. Einige unerschütterlich optimistische Crew-Mitglieder versuchten noch Jahr für Jahr, durch Drücken der immer wieder gleichen Knöpfe, eine Reaktion des HC's zu erreichen, aber vergebens. Zum Schluss war dann doch auch dem Letzten klar, dass wir nie jemals wieder aus der elften Dimension heraus gelangen würden.

In der ISA-Zentrale war man nach drei Jahren endgültig davon überzeugt, dass die einst so gefeierte Mission der ‚NEW HORIZONS' gescheitert war. Bereits als der HC des Schiffes ausfiel, hatte er einen vollständigen Fehlerbericht aus der elften Dimension an die Kommandozentrale der ISA senden können. Schon damals hatten die zuständigen Wissenschaftler das Raumschiff abgeschrieben. Aber man hatte die zurückliegenden Monate effektiv genutzt, um etwas zu entwickeln, dass zukünftig bei solchen Computerausfällen verlässlich helfen konnte. Die Idee dazu hatte ein sehr alter Geschichtsprofessor, dessen Wissen sehr, sehr weit zurückreichte. Aufgrund seiner Erfahrung entwickelte man ein Material, das fortan die Lösungen für technische Probleme aufnehmen und dauerhaft abbilden konnte. Man nannte diese wundersame Substanz ‚Papier'.

Ein Show-Unfall

Das menschliche Gehirn ist schon etwas Verwunderliches. Es blendet, ohne uns zu fragen, einfach bestimmte Dinge aus. Wenn man sich beispielsweise nicht darauf konzentriert, dann bemerkt man in der Regel nicht, dass sich Socken an den Füßen befinden, oder dass man beim Autofahren öfters blinzelt. Nach dem selben Plan blendet unser Denkorgan bekanntermaßen die Nase aus unserem Blickfeld aus. Es sei denn, an dem Riechkolben ist einmal etwas anders als sonst. Bei mir ist es so, dass an meinem Nasenrücken etwas Flaum wächst. Nicht gerade ein Wald, aber wenn seitlich Licht auf mein Gesicht fällt, dann stören mich die winzigen Härchen schon, weil mich die Dinger ungewollt dazu zwingen, ständig auf meine Nase zu schielen. Andere Menschen rasieren sich den Intimbereich, ich rasiere mir die Nase. Natürlich in aller Stille, da man so etwas einfach keinem erzählen kann. Ich will ja nicht, dass einer in der Öffentlichkeit mit Fingern auf mich zeigt, um den Umstehenden grinsend mein Rasierverhalten mitzuteilen. Neuerdings erledige ich diese spezielle Rasur im Geschäftszimmer meiner Detektei, da leider gegenwärtig eine leichte Flaute in Sachen Arbeit bei mir herrscht. Augenscheinlich haben derzeit viel weniger Männer eine außereheliche Affäre, oder sie stellen es raffinierter an, oder die Ehefrauen sind wesentlich toleranter geworden. Ich hatte gerade den Rasierer in die Gerümpel-Schublade meines Schreibtisches geworfen, als ein Mann nach kurzem Anklopfen das Büro betrat. Schwarze Jeans, braune Anzugjacke, weißer Rollkragenpullover und blonde Strähnchen im Haar. Sein Kinn zierte ein fusseliger Bart, der mich unwillkürlich an einen Ziegenbock erinnerte, und seine Unterlippe war mit einer Platinkugel gepierct. Er setzte sich ohne Umschweife und deutete auf meine Überwachungskamera: „Kann man das abschalten?" Dann holte er einen ausgeschnittenen Zeitungsartikel aus der Innentasche des Jacketts und warf das Papier auf meinen Schreibtisch: „Mein Name ist Ernesto Ritolo, und bevor Sie mir hier lang und breit Fragen stellen, sage ich Ihnen gleich worauf es ankommt. Mein Bruder hat vorsätzlich seine Frau umgebracht. Und ja, ich hatte ein Verhältnis mit meiner Schwägerin. Mein Bruder war und ist ein Arschloch. Er hat sie nicht geliebt, sondern nur ihre hübsche Figur ausgenutzt. Er ist Messerwerfer und Kunstschütze, und brauchte eine gut aussehende Assistentin für seine Bühnenauftritte, welcher er unter anderem mit einer Armbrust einen Apfel vom Kopf schießen konnte. Ich bin Magier, und wir waren fast immer zusammen im Engagement …" Ich unterbrach seinen Redefluss: „Moment, Moment! Sie sind hier absolut falsch. Ich bin Privatdetektiv. Für Strafsachen ist und bleibt die Polizei, sowie die Staatsanwaltschaft zuständig. Also würde ich Sie bitten, sich dahin zu wenden!" Er zog ein verächtliches Gesicht: „Halten Sie mich für blöd? Natürlich war ich bei der Polizei. Die hat dann ihre Ermittlungsergebnisse selbstverständlich an die Staatsanwaltschaft weitergegeben. Es kam auch zu einem Prozess, der sich dann über drei Jahre hingestreckt hat. Vorige Woche ist die Berufungsverhandlung gewesen, mit dem Ergebnis, dass es sich angeblich um einen Unfall mit fahrlässiger Körperverletzung gehandelt hätte. Der Mistkerl hat dafür lediglich eine Geldstrafe von dreißig Tagessätzen aufgebrummt bekommen. Die Begründung war, dass sich meine Schwägerin aus freien Stücken zur Verfügung gestellt hätte. So, jetzt sind Sie dran!" Zaghaft fragte ich: „Und was ist nun eigentlich genau passiert? Davon haben Sie bisher überhaupt noch nichts gesagt". Er deutete auf den Zeitungsabschnitt: „Da, lesen Sie!" Ich nahm den Artikel vom Schreibtisch. Er war aus einer französischen oder vielleicht auch aus einer belgischen Zeitung herausgeschnitten worden, und trug in großen, fetten Lettern die Überschrift ‚Accident au spectacle'. Zwar war ich der französischen Sprache nicht mächtig, aber die Abbildung darunter sprach Bände. Man konnte eine junge Frau sehen, der auf ungesunder Weise ein Pfeil aus der Stirn ragte. Mein Besucher kommentierte: „Wir sind auf einer Nebenbühne bei der Erotikmesse in Chambéry aufgetreten. Ich als Erster, Rico und Fernanda als Schlussnummer. Beim Apfelschuss hat ihm angeblich die Hand gezittert. Ich aber sage, es war vorsätzlicher Mord! Wir hatten nämlich kurz zuvor einen heftigen Streit. Fernanda hatte ihm gesagt, dass sie ihn verlassen wollte, um mit mir weiterzuarbeiten. Und jetzt will ich, dass Sie die Ermordung von Fernanda beweisen!" Ich versuchte mich diplomatisch aus der Sache herauszureden: „Hören Sie!

Wenn weder die Polizei noch die Gerichte einen Mord erkannt haben, wie soll ich dann als Einzelperson das Ganze aufklären können, zumal gar nicht feststeht, ob es nicht vielleicht doch ein Unfall war". Obwohl ich erwartet hatte, dass der Mensch jetzt gewaltig aus der Haut fahren würde, sackte er förmlich in sich zusammen: „Sie sind meine letzte Hoffnung. Vier Ihrer Kollegen haben bereits abgelehnt. Ich selbst habe doch keine Ahnung, wie man effektiv ermittelt. Ich bin mit Leib und Seele Zauberer, aber beileibe kein Detektiv. Bitte helfen Sie mir!" Ich versuchte mein letztes Argument, um ihn abzuschrecken: „Ich verlange zweihundert Euro pro Tag. Falls die Ermittlungen länger als einen Monat dauern, dann nur noch einhundert. Die Sache kann Sie also Sechstausend oder vielleicht sogar noch mehr kosten". Er nickte bedächtig: „Vorschlag: Ich zahle Ihnen im Voraus Fünftausend, und Sie ermitteln solange, bis das Geld aufgebraucht ist. Einverstanden?" Ich sage es nicht gern, aber das Wort ‚Geld' hat in meinem Gehirn eine eigene Region, die nur dazu da ist, mich zu komplett sinnlosen Handlungen zu animieren. Also schlug ich ein: „Abgemacht! Aber ich brauche jede Menge Daten. Beispielsweise den jetzigen Aufenthaltsort und die derzeitige Arbeit Ihres Bruders. Die Adresse des Friedhofs, auf dem Ihre Schwägerin liegt, oder auch den Vertrag mit dem damaligen Veranstalter. Eben alles, was mit der Sache zu tun hat, auch scheinbar völlig belanglose Dinge". Er stand auf: „Ich mache mich sofort an die Arbeit. Bis Morgen haben Sie eine Aufstellung aller relevanten sowie auch aller belanglosen Daten!" Dann grabschte er sich den Zeitungsausschnitt, und dieser löste sich zu meinem

Schrecken sofort mit einer hellen Stichflamme in Luft auf. Mein Besucher zuckte mit den Schultern: „Ich kann's eben nicht lassen. Einmal Magier, immer Magier!"

Wie vermutet, erfuhr ich aus den Unterlagen, dass alle genannten Namen lediglich Pseudonyme waren. Ernesto Ritolo führte im bürgerlichen Leben den Namen Ernst Ritter, sein Bruder Rico war Richard Ritter, und Fernanda hieß zu Lebzeiten Frieda Ritter, geborene Müller. Ich machte mich als Erstes auf den Weg zur Adresse von Richard. Er wohnte jetzt in einem Mehrfamilienhaus, seitdem sein Eigenheim zwangsversteigert worden war. Als trotz mehrmaligem Läuten an seiner Tür niemand reagierte, klingelte ich einfach beim Nachbarn. Ein älterer, freundlicher Herr hörte sich meine Entschuldigung geduldig an, und antwortete auskunftsfreudig auf meine Fragen. „Der Richard, ja der Richard, der ist ein bissl abgerutscht. Eigentlich ein netter Kerl. Aber seit seine Frau tot ist, hat er sich in den Alkohol verliebt. Sie müssen wissen, der war mal Künstler, und seine Frau ist auf der Bühne gestorben. Schlimme Sache das! Wenn er nicht zu Hause ist, finden Sie ihn garantiert in der ‚Blauen Maus'. Das ist so eine Tages-Bar mit viel Glitzer und viel Schnaps. Gar nicht weit von hier. Einmal da vorn links rum, und dann zweimal rechts. Nicht zu verfehlen!" Ich bedankte mich und nahm den beschriebenen Weg. Eine ziemlich große Leuchtreklame zeigte ein komplett blaues Nagetier. Der Größe nach hätte es auch durchaus eine riesige Ratte sein können. Ich kam nicht mehr dazu einzutreten, denn die Tür öffnete sich, und ein

zwei Meter großer Rausschmeißer machte seiner Berufs-
bezeichnung alle Ehre, er schmiss nämlich einen restlos
Betrunkenen auf den Gehweg, wobei er sehr vernehmlich
äußerte: „Mach dich endlich heim, Richard, du bist doch
schon wieder völlig besoffen!" Ich näherte mich langsam
dem Liegenden, um ihm vorsichtig aufzuhelfen: „Sind
Sie Richard Ritter?" Genauso gut hätte ich ihn fragen
können, wieviel Stufen der Eifelturm früher einmal hatte.
Nebenbei gesagt, es waren einst 1710, aber heute kann
man als Normalsterblicher nur noch 765 Stufen bis zur
zweiten Etage erklimmen, dann muss man gezwungener-
maßen mit dem Fahrstuhl fahren. Insgesamt sind es zurzeit nur noch 1665 Stufen, da die kleine Wendeltreppe,
die einstmalen zur Spitze führte, demontiert und sogar
teilweise verkauft wurde. Aber wer weiß das schon? Zumindest kein Betrunkener. Der Mann schaute mich mit
großen Augen an, und lallte etwas, das sich wie
„nonwka" anhörte. Später fiel mir ein, er könnte „noch
'n Wodka" gemeint haben. Aber im Moment hakte ich
lieber die besoffene Seele unter, und schleppte den angeschlagenen Burschen zu seiner Wohnung. In der Tasche
seiner Hose fand ich dann auch den richtigen Schlüssel,
und bugsierte das Bündel Mensch, quer durch eine un-
aufgeräumte Wohnung, bis auf sein Bett. Da es momen-
tan wohl aussichtslos war, noch irgendetwas aus dem
Kerl heraus zu bekommen, trollte ich mich vergnatzt und
unverrichteter Dinge nach Hause.

Bevor ich am nächsten Tag meinen durchtränkten Freund
erneut besuchen konnte, musste ich zunächst noch zum
Schießstand. Um nicht meinen Waffenschein zu

verlieren, durfte ich Ärmster regelmäßig meine Schieß-künste demonstrieren. Besser gesagt, meine nicht ganz so guten Trefferkünste. Als ich dort ankam, konnte ich sehen, wie einer der Waffenmeister ein Gewehr in einen Schraubstock eingespannt hatte, und mit einem Hämmerchen das Korn der Waffe ausrichtete. Vielleicht sollte ich meine P2000 auch mal auf diese Art einschießen lassen. Möglicherweise wären dann meine Ergebnisse ein wenig besser. Aber an diesem Tag war das gar nicht nötig. Ich erzielte glatt 90 von 100 möglichen Ringen. Mit stolz geschwellter Brust machte ich mich auf den Weg zu Richard Ritter.

Als ich eintraf, stand der ältere Nachbar vor der Tür und leerte seinen Briefkasten. Er nickte mir freundlich zu: „Heute ist er da. Ich habe deutlich gehört, wie er sich vorhin übergeben hat. Viel Spaß!" Er verschwand grinsend in seiner Wohnung, ein Bündel Werbeflyer in der Hand haltend. Als ich geklingelt hatte, öffnete ein grünliches Gesicht die Tür: „Wer sind Sie denn?" „Ich bin der Mann, der Sie gestern nach Hause gebracht und ins Bett verfrachtet hat". Er reagierte gelassen: „Oh, dann vielen Dank! Kommen Sie doch herein!" Ich folgte ihm. Er trabte bis in seine Küche und werkelte mit der Kaffeemaschine herum: „Kaffee?" Ich verneinte höflich. Dann begann ich ihn zu dem sogenannten Unfall zu befragen. Er wurde stocksauer: „Was geht dich Pfeife das an? Bloß weil du mir mal geholfen hast, darfst du nicht in meinem Leben rumwühlen!" Vorsichtig versuchte ich die Kurve zu kriegen, bevor er mich rausschmeißen würde: „Tut mir leid! Aber ich habe das gewisse Bild in einer französischen Zeitung gesehen. Ich bin halt neugierig. Nichts für Ungut! Ab sofort sage ich nichts mehr!" Er sackte auf einen Küchenstuhl und begann zu weinen: „Ich habe meine Frau getötet. Meine liebe Frau. Sechs Jahre lang haben wir die Nummer vorgeführt, nie ist etwas passiert. Ich kann es mir nicht erklären. Vielleicht hat mir die Hand gezittert, weil ich kurz vor dem Auftritt einen Streit mit meinem Bruder hatte. Der eklige Mensch ist immer um meine Frau herumscharwenzelt. Und irgendwann versuchte er ihr sogar an die Wäsche zu gehen. Aber sie hat ihm eine geknallt. Und nun ist sie tot". Dann rannte er aus dem Zimmer. Ich stand auf und ging langsam zur Tür. Im Moment würde ich wohl kaum noch etwas Brauchbares erfahren. Allerdings hörte sich das, was ich eben vernommen hatte, wesentlich anders an, als die Schilderung meines Klienten.

Am nächsten Morgen saß ich wie immer barfuß am Frühstückstisch. Wer mich kennt, der weiß, dass ich Spinner einen Flokati auf meinem Küchenfußboden ausgelegt habe. Über die näheren Gründe dafür, möchte ich hier und jetzt nicht reden. Jedenfalls bekommt dieser Teppich gelegentlich etwas von meinem Frühstück ab, weil ich Tollpatsch häufiger mal beim Essen kleckere. So auch diesmal. In der Morgenzeitung stand ein Artikel über die Mängel bei der Treffgenauigkeit des Sturmgewehrs G36. Ich sagte gerade noch so zu mir selbst, dass die Soldaten der Bundeswehr vielleicht ihre Schießprügel bei unserem Waffenmeister vorbeibringen sollten, um deren Zielgenauigkeit korrigieren zu lassen, da schoss mir urplötzlich ein Gedanke durch den Kopf, der garantiert meine Augen hell aufblitzen ließ. Ich sprang auf, was meinem Teppich einen beträchtlichen Kaffeefleck einbrachte. Dann hüpfte ich in meine Klamotten, schwang mich in mein kleines, rotes Auto, und raste zur Adresse von Richard Ritter. Nach zweimaligem Klingeln öffnete ‚Rico', eine Flasche Wodka in der Hand schwenkend. Er folgte meinem Blick, hob die Buddel etwas höher und sagte: „Das ist mein Frühstück. Wollen Sie mitessen?" Ich schüttelte den Kopf: „Ich bin kein Mitesser. Aber sagen Sie, haben Sie die Armbrust von dem Unfalltag noch?" Er ging zurück in die Wohnung, wobei er mir mit der freien Hand das Zeichen gab, ihm zu folgen. An einer Art Rumpelkammer angekommen, zog er eine recht große Armbrust mit einem durchbrochenen Bogen und einem Reflexvisier hervor: „Eine Hyperghost. Der Pfeil wird 400 km/h schnell. Verwendet sonst kein anderer Kunstschütze auf der Welt. Viel zu gefährlich. Da, nimm! Schenk ich dir! Ich fasse das Ding sowieso nie wieder an". Er nahm einen tiefen Schluck aus der Flasche und ich nahm die Armbrust. Dann verabschiedete ich mich, um so schnell wie möglich in mein Büro zu kommen. Dort entfernte ich vorsichtig das Visier von der Armbrust. Es war ein sogenanntes ‚Red Dot 1x30' mit einem Okulardurchmesser von 30 mm. Äußerlich war dem Ding nichts anzusehen, aber ich kannte jemanden, der das viel besser einschätzen konnte.

Der Waffenmeister war etwas brummig: „Warte hier! Ich muss das in meinem Arbeitsraum prüfen. Meine Werkstatt ist übrigens mein Heiligtum. Da darf kein anderer rein. Also schön hiergeblieben!" Es dauerte ziemlich lange, und ich dachte schon daran, das Heiligtum zu entweihen, als mein Waffenwart wieder auftauchte. Er hatte die Stirn in Falten gelegt: „Sabotage! Mit dem Apparat schießt du auf einen Meter ungefähr drei Millimeter zu tief. Woher hast du das Ding?" Ich schob ihm einen Geldschein in die Hand: „Ich war nie hier!"

Wieder im Büro, griff ich zum Telefon, in der Hoffnung, dass Richard Ritter noch nicht völlig blau war. Er hörte sich zum Glück ganz vernünftig an. Ich holte tief Luft: „Also, Sie waren nie schuld am Tod Ihrer Frau. Das Visier an der Armbrust war manipuliert, damit der Pfeil tiefer als der angepeilte Zielpunkt landet. Alles andere besprechen wir, wenn ich Ihnen morgen die Armbrust zurück bringe!" Er lachte hysterisch: „Darauf muss ich erstmal einen trinken!" Dann legte er auf. Ich beschloss es ihm gleich zu tun, und angelte die versteckte Flasche Bourbon aus meinem Bücherregal.

Am nächsten Tag drückte ich um die Mittagszeit mit meinem Daumen auf den Knopf von Ricos Klingel. Niemand hörte. Als ich zu Klopfen begann, trat der freundliche, ältere Nachbar aus seiner Tür. Er warf einen Blick auf die Armbrust in meiner Hand: „Ach, Sie sind auch Kunstschütze. Ich dachte schon, Sie wären dieser … Ist ja auch egal. Richard werden Sie nicht antreffen, den hat heute Morgen die Polizei abgeholt". Mir fiel die Kinnlade herunter: „Was? Wieso das denn?" Der Alte wackelte mit dem Kopf: „Na ja, wir haben gestern Abend noch bei mir ein Gläschen zusammen getrunken. Da hat er mir erzählt, dass sein Bruder Ernst ihn so hassen würde, dass er ihn ins Gefängnis bringen wollte. Dazu hätte Ernst sogar einen bekloppten Privatdetektiv engagiert, um zu beweisen, dass der Unfall in Wahrheit ein Mord gewesen sei. Aber in Wirklichkeit hätte sein Bruder vor dem Auftritt die Armbrust manipuliert, damit die arme Fernanda ihr Leben lassen musste. Sie hatte nämlich diesen Ernesto gewaltig abblitzen lassen, als der ihr mal an die Wäsche wollte. So sieht's aus! Ja und dann ist Richard gegangen. Ich dachte ins Bett. Aber er hat seinen Bruder aufgesucht, und den Drecksack auf der Stelle erwürgt. Und heute Morgen haben ihn dann die Bullen abgeholt. Die Welt ist schlecht!" Der Alte drehte sich um, und verschwand in der Wohnung. Und ich stand mit meiner Armbrust da, wie ein begossener Pudel. Ich hatte zwar einen Fall gelöst, fühlte mich aber danach zum ersten Mal hundeelend.

Gummibärchen

„Papa?"

„Jetzt nicht, meine Süße! Papa muss arbeiten".

„Papa, krieg ich eine Tüte Gummibärchen?"

„Gummibärchen? Wie kommst du jetzt auf Gummibärchen? Außerdem kann ich gerade nicht. Ich muss arbeiten".

„Aber du arbeitest doch gar nicht. Du sitzt doch nur vorm Computer!"

„Das ist Homeoffice. Das ist auch Arbeit, und heißt ganz einfach Homeoffice".

„Das verstehe ich nicht".

„Homeoffice ist sowas wie Heimarbeit. Du weißt doch, dass Mami auch mal Heimarbeit gemacht hat".

„Ja, da hat sie Kugelschreiber zusammengebaut. Aber du hast doch da gar keine Kugelschreiber".

„Nein, meine Hübsche, bei der Heimarbeit kann man verschiedene Sachen machen, nicht nur Kugelschreiber zusammenbauen".

„Und was baust du da gerade?"

„Sei bitte still! Ich baue nichts, ich recherchiere".

„Was sind resche Tiere?"

„Nicht resche Tiere. Ich recherchiere".

„Das verstehe ich nicht".

„Recherchieren bedeutet Suchen. Ich suche etwas. Und jetzt lass mich bitte arbeiten!"

„Mutti hat neulich einen Ohrring gesucht. Ich hab ihr dabei geholfen, aber wir haben den Ohrring nicht gefunden".

„Ich suche hier auch etwas, aber im Gegensatz zu Euch, werde ich es finden. Und jetzt geh bitte spielen!"

„Findest du da auch Ohrringe?"

„Nein, das ist das Internet. Da findet man nur Daten und keine Ohrringe".

„Du lügst!"

„Vorsicht kleine Lady! Ich bin dein Vater. Ich lüge nicht".

„Doch! Du hast zu Mami gesagt, dass du ihre Ohrringe im Internet gefunden hast".

„Aber das ist doch etwas ganz anderes. Ich habe damals nur die Daten von den Ohrringen gefunden. Also Bilder, Beschreibungen und Preise".

„Prcisc?"

„Ja. Und nun sei still, ich will weiterarbeiten!"

„Wie genau gewinnt denn ein Ohrring einen Preis? Macht der Sport?"

„Ohrringe können keinen Sport machen. Die haben auch nichts gewonnen, die haben halt nur einen bestimmten Preis. Das bedeutet einfach nur, dass sie Geld kosten, Herrgott nochmal!"

„Mami hat gesagt, man darf nicht fluchen, und dass es Gott in Wirklichkeit gar nicht gibt".

„Dann werde ich ja wohl auch später Mami nie im Himmel treffen".

„Warum? Was hast du denn ausgefressen?"

„Ich hab nichts ausgefressen. Aber im Gegensatz zu Mami bin ich als Baby getauft worden. Da kommt man dann eben später in den Himmel. Mami nicht".

„Als Baby getauft? Das glaub ich dir nicht!"

„Wieso denn nicht?"

„Als unser Boot getauft wurde, hat Mami eine Flasche dagegen geworfen. Das hält doch kein Baby aus. Oder?"

„Himmel, Arsch und Zwirn! Jetzt hau endlich ab, und lass mich gefälligst arbeiten!"

„Du bist gemein. Das sag ich Mami! Du darfst mich nicht anschreien!"

„Von mir aus sag es doch deiner Mutter. Hauptsache ich kann weiterarbeiten".

„Aber wenn ich das Mami erzähle, dann kannst du dir den Sex abschminken".

„Bitte was? Jetzt hauts mich um! Wer bringt dir denn so etwas bei, um Himmels willen?"

„Mami".

„Ich glaube mit der muss ich mal ein ernstes Wort reden! In deinem Alter muss man noch nichts von Sex wissen".

„Papa?"

„Ja doch, mein Engel! Ich bin immer noch fassungslos".

„Papa, was ist Sex?"

„Aber … aber ich denke, das hat dir Mami schon erklärt?"

„Nö, ich hab nur gehört, dass Mami gesagt hat, du kannst dir künftig den Sex abschminken, wenn du sie weiter so anschreist. Aber ich wusste gar nicht, dass du dir was ins Gesicht schmierst. Ist Sex Lidschatten oder Lippenstift?"

„Weder noch. Abschminken heißt etwas ganz anderes. Und nun lass mich bitte, bitte arbeiten! Weißt du was? Du gehst jetzt einfach zu Mami, und stellst Mami deine komischen Fragen! Einverstanden?"

„Nein, das geht nicht".

„Warum?"

„Weil mich Mami zu dir geschickt hat. Sie hat gesagt, wenn ich sie in Ruhe lasse, und dafür dich nerve, dann bekomme ich eine Tüte Gummibärchen. Aber ich geh wieder zu Mami zurück, wenn du mir jetzt sofort zwei Tüten gibst. So!"

Ach Werner

Die teure Kaffeemaschine tat geräuschvoll ihre Arbeit, der kalte Orangensaft ließ die beiden Gläser von außen leicht beschlagen, das Toastbrot wartete geduldig vor dem Röster, die kleine Blumenvase prahlte mit einer dunkelroten Rose und die Erdbeerkonfitüre funkelte in der Morgensonne wie ein großer Rubin. Fehlten nur noch die Frühstückseier. Kommissar Riemer füllte einen kleinen Topf mit Wasser, und legte die Eier hinein. Er gehörte zu der Fraktion, die ihre Frühstückseier mit kaltem Wasser aufsetzte, weil dadurch angeblich das Platzen verhindert wird. In früheren Zeiten hatte der Kommissar immer einen Eierkocher benutzt, aber seit dieser wegen eines technischen Defekts abgebrannt war, und ihm die ganze Küche verrußt hatte, griff er doch lieber wieder zu der klassischen Kochmethode. Er stellte den Topf auf die Herdplatte und legte sicherheitshalber zwei Topflappen daneben, denn er war vor Kurzem schmerzhaft an die Temperatur des Eierkochtopfs erinnert worden. Eigentlich hatte er ja schon mehrmals darüber nachgedacht, sich einen neuen Herd mit einem Ceranfeld zuzulegen, aber ihn reute das Geld. Solange die vier runden Kochplatten seines jetzigen Küchenherds noch einwandfrei funktionierten, würde er wohl diesen alten Ofen weiterhin behalten. Riemer stellte den Regler für das Kochfeld auf Stufe sechs, und ging ins Schlafzimmer, um Frauke zu wecken. Die war aber bereits wach, und räkelte sich behaglich in den warmen Kissen. Riemer setzte sich auf die Bettkante und wollte sich gerade für einen Kuss zu ihr hinunterbeugen, als sich die Frau jäh aufrichtete: „Hier riecht doch was!" Riemer sog die Luft ein und bemerkte jetzt auch einen schwachen Brandgeruch. Er stürmte in die Küche und kam gerade recht, um zu sehen, wie die Topflappen in Flammen aufgingen. Er hatte vorhin die falsche Kochplatte eingeschaltet. Mit einer zufällig herumliegenden Gabel beförderte er den qualmenden Stoff ins Spülbecken. Dann öffnete er den Wasserhahn. Frauke Wiegand beobachtete, barfuß und im Negligé, die Szene vom Türrahmen aus: „Du sollst doch nur die Eier abschrecken, und nicht auch noch die Topflappen. Ach Werner, dich kann man einfach nicht alleine lassen!"

Nach dem Frühstück setzte Frauke Wiegand ihren Werner vor der Dienststelle ab, um schnell noch einen Parkplatz zu finden. Riemer betrat sein Büro und warf wie immer seinen Hut in Richtung Garderobenständer. Und wie immer landete die unschuldige Kopfbedeckung auf dem Fußboden. Nachdem der Kommissar seinen Mantel über die Stuhllehne gehängt hatte, zog er aus alter Gewohnheit das linke Schubfach seines Schreibtisches auf. Lediglich zwei alte Kugelschreiber schauten ihm stumm

entgegen. Früher hatten sich hier die verschiedensten Süßigkeiten getummelt. Riemer murmelte angesäuert in
seinen nicht vorhandenen Bart: „Soll doch der Teufel abnehmen. Heute Nachmittag kaufe ich mir endlich wieder
eine schöne Tafel Schokolade! Oder vielleicht Karamell-
Bonbons. Oder vielleicht auch ein paar hübsche Schoko-
Riegel". Das Telefon riss ihn aus seinen Gedanken. Ohne
den Kopf zu wenden blickte er aus den Augenwinkeln
auf das klingelnde Gerät: „Leck mich!" Dann schupste er
das Schreibtischfach wieder zu, und starrte das Telefon
an, als wollte er es hypnotisieren. Scheinbar schien das
zu wirken, denn das Läuten hörte auf. Keine zwei Minuten später öffnete sich seine Tür und Frauke Wiegand
steckte ihren Kopf ins Zimmer: „Hast du eventuell das
Telefonieren verlernt? Wir müssen los! Hohlbach hat uns
beiden einen Fall zugeteilt. Eine Männerleiche in der
Beethoven-Straße. Seine Schwester hat den Toten gefunden. Komm, im Auto erzähl ich dir alles Weitere!"

Als sie ankamen, stand die Tür des kleinen Hauses offen.
In der Küche saß eine Frau zusammengesunken auf ei-
nem der weiß lackierten Stühle: „Er … er liegt im Wohn-
zimmer. Es ist mein Bruder. Ich gehe da nie wieder hin-
ein". Sie schnäuzte sich in ein bereits arg mitgenomme-
nes Zellstofftaschentuch. Frauke Wiegand begab sich ins
Wohnzimmer, während Riemer sein Notizbuch zückte:
„Wie ist der Name des Toten?" Die Frau legte das zu-
sammengeknüllte Taschentuch behutsam auf den Tisch:
„Fabian. Fabian Brümmer. Und ich heiße Gerlinde
Weißmann. Aber ich nehme demnächst den Namen
Brümmer wieder an. Ich bin geschieden". Inzwischen

176

hatte Kommissarin Wiegand auf Knien achtsam die Leiche inspiziert. Der Mann lag mit eingeschlagenem Schädel neben dem Kamin, und nahe bei ihm lag ein blutiger Schürhaken, der eindeutig beim Kaminbesteck fehlte. Die Kommissarin stand auf, zückte ihr Handy und rief in die Küche: „Stumpfe Gewalt. Ich rufe jetzt die Gerichtsmedizinerin an!" Kommissar Riemer steckte den Notizblock ein: „Haben Sie die Leiche Ihres Bruders bewegt, oder sonst etwas angefasst?" Die Frau richtete ihren Oberkörper auf: „Nein, ich hab wirklich nichts berührt". Durch die Veränderung ihrer Körperhaltung sah der Kommissar das erste Mal den Kragen ihrer Bluse. Er war mit Blutspritzern übersät. Riemer zog langsam seine Handschellen aus dem Mantel: „Ich glaube, Sie sagen nicht die Wahrheit. Sie werden mich jetzt begleiten müssen!" Die Frau stand auf, doch als sich der Kommissar ihr näherte, trat sie ihm derb in die Weichteile und rannte ins Freie. Riemer sackte mit einem Schmerzenslaut zusammen. Frauke Wiegand kam aus dem Wohnzimmer gehastet und half ihrem Werner auf die Beine. Der setzte sich mit verzerrtem Gesicht auf die Kante eines Küchenstuhls, und quetschte gequält zwischen den Zähnen hervor: „Ruf in der Dienststelle an und löse eine Fahndung nach dieser hinterhältigen Mistbiene aus! Und dann gibst du eine Beschreibung der Frau an alle Medien!" Die Kommissarin griff erneut zu ihrem Handy: „Ach Werner, dich kann man wirklich nicht alleine lassen!"

Auf dem Weg zur Gerichtsmedizin hielt Werner Riemer vorher noch bei einem kleinen Süßwarenladen an. Zuerst mokierte er sich darüber, dass es dort Schokoladen-

Ostereier gab, auf denen ein Weihnachtsmann abgebildet war, dann kaufte er, abweichend von seinem Vorsatz, nicht etwa Schokolade oder Karamellbonbons oder Schokoriegel, sondern Schokolade *und* Karamellbonbons *und* Schokoriegel. Und das alles in mehrfacher Ausführung. Das erklärte auch seine ausgezeichnete Stimmung, als er den weiß gekachelten Wirkungsbereich von Frau Dr. Mertens betrat. Die Laune wurde ihm aber sofort von der schlanken Frau wieder verhagelt: „Schau an, der Riemer! Singen Sie jetzt im Knabenchor? Ich habe nämlich gehört, dass man Ihre Testikel geschrottet hat". Der Kommissar versuchte die spitze Bemerkung der Pathologin abzuschwächen: „Einen derart stabil gebauten Mann wie mich, kann doch ein Tritt in die Cochones nicht beeindrucken". Die Pathologin grinste schief: „Wer's glaubt! Und jetzt wenden wir uns lieber der Sache zu, wegen der sie wahrscheinlich gekommen sind. Der verblichene Herr Brümmer hat ein massives SHT. Er war aber nicht sofort tot. Durch die unmittelbare Folge der Verletzung hat erst nach einigen Minuten seine Atmung ausgesetzt. Kein schöner Tod. Der Schürhaken passt übrigens haargenau in die Wunde, und ist wohl somit die Mordwaffe. Zufrieden?" Riemer kratzte sich am Kinn: „Das wäre ich sicherlich, wenn Sie mir noch verraten würden, was SHT eigentlich bedeutet". Dr. Mertens bedachte ihn mit einem strafenden Blick: „Das sollten Sie als langjähriger Kriminalbeamter eigentlich wissen. SHT heißt schlicht und einfach Schädel-Hirn-Trauma". Riemer nickte: „Also Loch im Kopf". Martina Mertens drehte sich zur Seite: „Sie haben das natürlich wie immer streng wissenschaftlich formuliert".

Der Kommissar grämte sich immer noch, dass ihm die Tatverdächtige auf diese peinliche Art und Weise entwischt war. Da konnte auch selbst eine Tafel Vollmilch-Nuss keine Abhilfe schaffen. Morgen würde er garantiert in der Dienststelle Spießrutenlaufen müssen. Jeder seiner Kollegen hätte bestimmt eine dreckige Bemerkung auf den Lippen. Er griff zum Smartphon und rief Frauke Wiegand an. Als sie sich meldete sagte er leise: „Schatz, ich wollte dir nur Bescheid sagen, dass ich heute Abend ausnahmsweise nicht vorbei komme". Die Kommissarin entgegnete spitz: „Aha, du fühlst dich sicherlich an einer bestimmten Stelle nicht ganz wohl. Macht nichts! Dann besuche ich eben heute mal meine Tochter. Das hatte ich sowieso schon lange vor. Ich will mal wieder schauen, wie es der Guten mit ihrer Schwangerschaft geht!" Riemer legte wortlos auf, und starrte eine ganze Weile ins Leere.

Der Kommissar hatte noch keine zwei Stunden geschlafen, als sich lautstark sein Smartphon bemerkbar machte. Die fleischige Hand des Kriminalkommissars grabschte widerwillig nach dem Quälgeist: „Das Wort Feierabend hat man wohl aus eurem Vokabular entfernt, oder?" Der Mann von der Zentrale gab seiner Stimme einen spöttischen Unterton: „Wir dachten, wenn wir hier um diese Zeit arbeiten müssen, dann kann das ein gewisser Herr Riemer auch. Also, wir haben eben einen Anruf vom Concierge des Hotels ‚Maritim' erhalten. Eure Zielperson ist dort für eine Nacht abgestiegen. Soll ich Kommissarin Wiegand vielleicht ebenfalls verständigen?" Riemer sprang in die Hose und hastete mit dem Telefon am

Ohr zur Flurgarderobe: „Schon gut, das mache ich selbst!" Er warf sich den Mantel über und wählte im Laufen Fraukes Nummer: „Unsere Verdächtige hat ein Zimmer im ‚Maritim'. Wir treffen uns dort!"

Der Concierge wartete schon ungeduldig, als Riemer an die Rezeption trat und seinen Dienstausweis vorzeigte. Der Mann deutete aufgeregt in den hinteren Teil der Hotellobby: „Dort sind die Fahrstühle! Sie hat Zimmer 227 und hat eben ihre Rechnung beglichen. Ich glaube, die will abhauen". Der Kommissar drückte den Knopf für die zweite Etage, dann trat er vorsichtig aus dem Fahrstuhl heraus, und schlich so leise wie möglich den Gang entlang. Vor dem Zimmer 227 stand ein Koffer, die Tür war geöffnet, und Riemer sah den Rücken einer Frau, die irgendetwas in eine Reisetasche stopfte. Der Kommissar trat einen knappen Schritt in das Zimmer hinein: „Wie geht's?" Die Frau wirbelte herum. In ihrer Hand blinkte eine Pistole. Die typischen Ausfräsungen am Schlitten der Waffe wiesen das Schießeisen als Beretta APX aus. Riemers Griff zur Achsel machte dem Kommissar bedauerlicherweise klar, dass er in der Eile des Aufbruchs seine Waffe zu Hause in der Nachttischschublade liegen gelassen hatte. Die Frau hob langsam die Beretta an, zielte genau auf Riemers Kopf, und sagte verächtlich: „Diesmal kommst du nicht mit einem einfachen Tritt davon!" Man hörte einen Schuss, die Waffe flog quer durch das Hotelzimmer, und die Frau rieb sich mit schmerzverzerrtem Gesicht ihr Handgelenk. Frauke Wiegand trat hinter Riemers Rücken hervor und steckte routiniert ihre Dienstpistole wieder ein. Sie zog mit der Linken die

Handschellen aus der Tasche ihrer Kostümjacke, und legte die Rechte auf Riemers Schulter: „Ach Werner, dich kann man echt nicht alleine lassen!"

Björalfs Schicksal

Björalf Rintson war das, was man zu den damaligen Zeiten einen Sonderling, Eremiten, Außenseiter oder Eigenbrötler nannte. Er war kein Misanthrop, er liebte Murkel, schätzte aber hin und wieder seine Ruhe. Sein windschiefes Häuschen stand etwas entfernt vom Rand des Dörfchens Vandehlen, welches seinerseits zur Gemarkung Räkengart gehörte, und die wiederum zählte zum Land Fensenden. Das Land war vor kurzem der globalen Vereinigung des Planeten Kowant beigetreten, was aber auf das Leben von Björalf zunächst keinen Einfluss hatte. Die neuen Gesetze betrafen nur Mitglieder der Gesellschaft, die über ein gewisses Vermögen verfügten. Diese wurden zu höheren Abgaben verpflichtet, erhielten aber im Gegenzug weit mehr Privilegien als bisher. Björalf besaß kein Vermögen. Der ehrenamtliche Bürgermeister von Vandehlen hatte ihn pro forma als Amtsboten angestellt, was mit einer warmen Mahlzeit pro Arbeitstag vergolten wurde. Da auf Kowant eine Woche neun Tage dauerte, und acht davon als Arbeitstage zählten, musste Björalf lediglich nur einen Tag in der Woche fasten. Die Medizingesandten sagten, dass diese Lebensweise sogar sehr gesund sei. Allerdings fastete seltsamerweise keiner von denen, nicht einmal an einem Tag im Jahr. Die

Ranken an Björalfs Häuschen waren unbeschnitten, nicht so wie die Ranken an den Häusern der Reichen. Aber er konnte ja einen Schneidarbeiter nicht bezahlen, und besaß auch nicht das nötige und teure Werkzeug dafür, um es vielleicht selbst zu versuchen.

Die kleinen Murkel des Dorfes liebten Björalf. Sie durften in seinem Häuschen spielen, und wurden wegen keines Streiches und keiner Unordnung gescholten. Am Abend, wenn die größere der beiden Sonnen vom Himmel verschwand, erzählte Björalf seinen kleinen Besuchern oft noch eine Geschichte, bevor alle nach Hause mussten. Es waren häufig von ihm spontan erdachte Novellen, manchmal aber auch blumig ausgeschmückte Begebenheiten aus seinem eigenen Leben. Die Murkel hörten mit weit geöffneten Augen und Mündern zu, und es störte sie auch nicht im Geringsten, dass Björalf sich nicht gerade regelmäßig wusch.

Die Bewohner des Dorfes wussten also tagsüber ihre Kinder gut behütet, und konnten getrost ihrer Arbeit nachgehen. Alles in Vandehlen ging somit seinen geregelten Gang, und hätte auch mindestens solange weiter gehen können, wie jemand brauchen würde, um zweimal bis Unendlich zu zählen. Doch dann kam der Tag, an dem die Planetenregierung wechselte. Fortan wurde das Leben von jedermann akribisch protokolliert und kontrolliert. Wer sein Leben, seinen Hausstand und seine Gesundheit nicht amtlich versichert hatte, nicht versichern wollte, oder vielleicht auch nicht versichern konnte, der wurde trotz Gegenwehr in ein behördliches Lager überführt. So kamen auch eines Tages die hoheitlichen Staatsdienstnehmer in das bescheidene Dorf Vandehlen.

Björalf wurde in ein Kraftmobil geschubst, die Murkel wurden nach Hause geschickt und das kleine Häuschen versiegelt. Und während die Kleinsten des Dorfes langsam verwahrlosten, musste sich Björalf in einem extra dafür eingerichteten Bewahrungshaus ein Zimmer mit einer anderen Person teilen. Der Mann hieß Raandöhn und redete ohne Pause, vom Erwachen bis zum Schlafengehen. Der nach Ruhe lechzende Björalf dachte schon daran, seinen Selbsttötungsprozess zu beginnen, aber das wäre nicht recht gewesen. Man tötete sich in der Regel frühestens im fünfundfünfzigsten Lebensjahr, und auch nur dann, wenn die Beine versagten. Sollte man morgens erwachen und nicht mehr laufen können, war dies das Zeichen, alsbald aus der Welt zu scheiden. Man brauchte dazu nur mit beiden Händen auf die zwei Knorpel an den Ohren zu drücken. Es war ein schnelles und schmerzfreies Ableben. Sollte man allerdings dieses Ritual versäumen, dann würden auch noch die Arme bewegungsunfähig werden, und man starb einen sehr langwierigen und auch qualvollen Tod.

Es war etwa ein Jahr vergangen, als Björalf sein jetziges Leben einfach nicht mehr aushalten konnte. Spazierengehen in der Natur war allen strengstens verboten, und seine geliebten Murkel hatte er auch nicht mehr um sich. Das Gerede von Raandöhn raubte ihm ebenfalls täglich den Nerv. Björalf beschloss deshalb zu fliehen. Als Raandöhn einmal im Ausscheidungszimmer war, nestelte er eilig einen stabilen Faden aus dem Schlaftuch, befestigte diesen am Mechanismus des Rundfensters, kletterte hinaus und zog von außen mit dem Faden den Schließriegel wieder zu. Danach kletterte er an den gepflegten Ranken des Hauses geschickt abwärts. Auf dem Boden angekommen, machte er sich vorsichtig, um keineswegs aufzufallen, auf den Weg in die Richtung, in der er sein Heimatdorf vermutete. Er musste dabei eine weite Ebene durchqueren, und befürchtete schon, von den Staatsdienstnehmern entdeckt zu werden, als seine Ohren ein donnerndes Geräusch vernahmen. Eine riesige Metallröhre glitt feuerspeiend vom Himmel herab. Björalf warf sich zu Boden, und traute sich nicht mehr zu bewegen, auch nachdem das Getöse schon lange verstummt war. Zwei Gestalten hoben ihn hoch. Die beiden waren äußerst seltsam anzuschauen. Etwas dicker und größer als Björalf, aber ihr Kopf war viel kleiner, und ihr Gesicht hatte nicht das gewohnte, schöne Grau, sondern leuchtete irgendwie rosa. Auch waren ihre Augen viel zu klein, als dass diese Lebewesen zu Björalfs Rasse gehören konnten. Die zwei schleppten Björalf in den Metallzylinder, setzten ihn auf einen wundersamen Schemel und legten verschiedene Gegenstände vor ihn auf eine Platte. Dann öffneten sie ihre Mäuler und zeigten wiederholt mit den viel zu kurzen Fingern in ihre Mundöffnungen. Björalf war sofort klar, dass ihn die beiden jetzt ohne Erbarmen auffressen würden. Das konnte und wollte er nicht erdulden. Entschlossen drückten seine Hände auf die Ohrenknorpel. Die Umgebung verschwamm langsam vor seinen Augen, und knapp darauf klappte auch sein Körper kraftlos zusammen.

Der Raumschiffkapitän war außer sich: „Scheiße! Der Kerl ist uns verreckt. Was machen wir jetzt mit dem Kadaver?" Bordbiologe Thompson beruhigte ihn: „Den legen wir erst einmal in die Kühllast. Wenn wir dann glücklich zu Hause angekommen sind, überstellen wir ihn schleunigst in die Area fifty one. Dort ist er sicher, und niemand auf der Erde wird jemals von ihm auch nur das kleinste bisschen erfahren".

Geldstrafe

Es gibt Tage, an denen sollte man lieber im Bett bleiben. Nun bin ich ja von Natur aus tollpatschig, soll heißen, nicht jeder Fehler haut mich auch gleich um, denn schließlich habe ich seit Jahren große Erfahrung im Scheitern. Aber die Tage, von denen ich hier rede, waren echt der Hammer, obwohl ich es doch gewohnt war, im übertragenen als auch im wörtlichen Sinne, auf die Nase zu fallen. Es begann an einem Montag morgens im Bad. Nachdem ich mein Geschäft verrichtet hatte, glaubte wahrscheinlich meine Wasserspülung, sie müsse unbedingt mit ihrer Tätigkeit ins Guinness-World-Records Buch aufgenommen werden. Egal was ich auch unternahm, das Wasser hörte nicht auf zu fließen. Im Gegenteil, die Flut schien sich im Laufe der Zeit noch zu verstärken. Als Folge dieses Tsunamis spritzte das Wasser unablässig über den Rand der Keramik und verwandelte den Boden meines Bades in eine Art Forellenteich. Zu meiner Schande muss ich gestehen, dass ich nicht die allerkleinste Ahnung hatte, wo sich das Absperrventil befand. Zwar hatte ich vor Zeiten im Keller einen Haupthahn bewundern können, besaß aber nicht die geringste

Ambition, nur mit einer Pyjamajacke bekleidet durch das Treppenhaus zu flattern, um vor den Augen meiner Mitmenschen als Flitzer zu gelten. Außerdem hätten bei Absperrung des Hauptventiles alle angeschlossenen Haushalte unter einer gewissen Dürre leiden müssen. Also durchsuchte ich fieberhaft meine Wohnung, um nach einiger Zeit ernüchtert feststellen zu müssen, das sich das Absperrventil die ganze Zeit vor meiner Nase befand. Nämlich hinter der Klappe, hinter welcher ich Vollpfosten die Sicherungen vermutet hatte. Woher soll das auch ein Ungebildeter wissen, bei dem es bisher noch nie einen Kurzschluss zu beheben galt. Nach dem ich unter größter Kraftanstrengung das verrostete Ventil überredet hatte, dem unkontrollierten Wasserfluss im wahrsten Sinne des Wortes den Hahn abzudrehen, tappte ich, künstlerisch Abdrücke nasser Füße in der ganzen Wohnung hinterlassend, in die Küche, und holte Eimer und Scheuerlappen. Nachdem ich, in gebückter Haltung, gefühlt zweitausendmal den Lappen in den Eimer ausgewrungen hatte, wollte ich letzteren entleeren. Als ich mich aufrichtete, schlug mir böswillig die vordere Kante des Waschbeckens an die hintere Kante meines Kopfes. Im Ergebnis dieser Ruchlosigkeit, setzte ich mich zunächst benommen auf den Hosenboden, um gleich darauf ohnmächtig nach hinten umzukippen. Die kalte Nässe des Bodens brachte jedoch einerseits meine Lebensgeister zurück, andererseits die Erkenntnis, dass eine wasserdurchtränkte Pyjamajacke äußerst unangenehm auf der Haut klebt. Nachdem ich das triefende Kleidungsstück kunstvoll auf meiner Wäscheleine zum Trocknen drapiert hatte, schüttete ich schwungvoll den Inhalt des

Wischeimers ins Waschbecken. Diese Euphorie meinerseits, verleitete das Wasser seinerseits, rechts und links
dynamisch über den Rand des Beckens hinaus zu schnellen, um erneut den Boden in einen Swimmingpool zu
verwandeln. In diesem Moment begriff ich, was mein Bi-
ologielehrer seiner Zeit mit dem Begriff Wasserkreislauf
meinte. Kurz und gut, nach zwei Stunden hatte ich die
Sache einigermaßen im Griff, und beschloss, das Frühstück ausfallen zu lassen, damit ich nicht zu spät im Büro
erscheinen würde. Auf dem Weg dorthin, verführte mich
aber ein gewisses, unangenehmes Gefühl namens Hunger, vor einem Bäckerladen zu parken. Nachdem ich
zehn Minuten später mit belegten Brötchen und Coffee
to go bewaffnet beschwingt aus dem Laden heraus mar-
schierte, machte mich eine Politesse zuvorkommend darauf aufmerksam, dass ein Abstellen von Autos laut §12
Abs. 3 StVO in bestimmten Zonen des öffentlichen Ver-
kehrsraums untersagt ist, insbesondere direkt hinter einem Parkverbotsschild. Somit kostete mich diese ver-
trackte Wasserspülung schon mal 35 Euro, bevor ich
überhaupt den Klempner meines Vertrauens von ihrem
Versagen unterrichtet hatte. Im Büro stellte ich dann, immer noch innerlich aufgewühlt, den Becher mit dem Kaffee so günstig ab, dass beim ersten Versuch ihn zu ergrei-
fen, der Becherinhalt unbedingt die Konsistenz des Fuß-
bodens ergründen wollte. Nach Behebung des Schadens
war mein Papierkorb voll, jedoch der Behälter für Zellstofftaschentücher gähnend leer. Das anschließende Telefonat mit meinem Klempner verlief auch eher suboptimal. Erst nach massiven Einschüchterungsversuchen
meinerseits, erklärte er sich dann bereit, innerhalb der

nächsten vierzehn Tage eventuell einen Kostenvorschlag zu erstellen. Frustriert schlug ich meine Zähne in das mitgebrachte Salamibrötchen, als sich quietschend meine Bürotür öffnete. Meine Tür hatte bis dato noch nie gequietscht, aber beim Anblick des Eintretenden konnte ich sie gut verstehen. Es gibt Leute, die sind mir auf Anhieb sehr sympathisch. Dieser Besucher hingegen gehörte zu der anderen Körperschaft. Nun soll man ja Leute nicht nach ihrem Äußeren beurteilen, aber ich erkenne Überheblichkeit, wenn sie mir ungeschminkt gegenüber steht. Der Kerl musterte minutenlang mein bescheidenes Büro, um dann mit seinem Blick an meinem Brötchen hängenzubleiben: „Ist da etwa Salami drauf?" Um gewichtiger zu erscheinen, richtete ich meinen Oberkörper kerzengerade auf: „Aber nicht doch, das ist Wellblech in Salami-Optik. Hat mir mein Zahnarzt empfohlen, damit meine Schneidezähne nicht zu lang werden. Wollen Sie mal kosten?" Der Mensch setzte sich auf meinen Besucherstuhl, als wäre er eine Primaballerina: „Abgesehen davon, dass ich schon bessere Gags gehört habe, würde ich nie tierische Produkte zu mir nehmen. Ich bin Veganer". Nun muss man wissen, dass ich nicht im Geringsten etwas gegen Veganer habe. Jeder soll leben, wie er mag. Aber die Erfahrung zeigt, wo Menschen sind, sind auch Arschlöcher. Das Dumme ist nur, wenn ein Veganer ein Arschloch ist, und man reagiert entsprechend, gilt man automatisch als Veganerfeind und nicht etwa als Arschlochfeind. Jedenfalls war mir der Kerl derart unsympathisch, dass ich meine Synapsen beauftragte, schnellstens eine angemessene Antwort zu generieren. Die fanden dann auch irgendwo im Hinterkopf einen Satz, den meine

Zunge durchaus bereit war zu formulieren: „Warum geben eigentlich vegane Mütter ihren Säuglingen die Brust? Das kann doch auf keinen Fall pflanzlich sein, oder?" Bums, schon hatte ich einen neuen Freund. Dieser verlor augenblicklich den größten Teil seiner grazilen Körperhaltung: „Ich will das mal überhört haben. Aber nur, weil ich Ihre Hilfe brauche". Wenn man, wie ich eben, einen Menschen derart brüskiert hat, sollte man meinen, er würde stante pede verärgert das Weite suchen. Mein Gast jedoch nicht. Das hätte mich zum ersten Mal stutzig machen müssen. Tat es aber nicht, denn die Geldsammelstelle meines Gehirns schaltete wieder einmal den gesunden Menschenverstand aus: „Und was für eine drängende Hilfe wäre das denn wohl?" Er zog ein Foto aus der Jacke: „Meine Frau hat mich wegen einem anderen verlassen". Als Freund des Genitivs korrigierte ich ihn: „Wegen eines anderen". Er guckte mich ungläubig an: „Das hab ich doch gesagt. Wegen einem anderen. Jünger als ich, schwarze Haare und Vollbart. Ich sage Ihnen, der Kerl hat Dreck am Stecken. Das will ich meiner Frau beweisen. Selber habe ich keine Zeit, diesen Vogel zu beschatten, also werden Sie das tun! Hier auf dem Bild ist er drauf. Das ist für Sie. Hinten habe ich die neue Adresse meiner Frau aufgeschrieben. Die Adresse von dem Kerl weiß ich leider nicht, aber er kommt jeden Abend gegen Sieben zu meiner Ex. Ich zahle Ihnen genau Dreitausend, wenn Sie den Kerl exakt vierzehn Tage beschatten, und akribisch seinen Tagesablauf notieren. Alles klar?" Andere Klienten beauftragten mich, ihre Ehegatten solange zu observieren, bis ich einen Erfolg in ihrem Sinne aufweisen konnte. Oder auch, bis ihr Geld alle war. Dass aber jemand verlangte, seinen Nebenbuhler genau vierzehn Tage zu beschatten, war mir in meiner langjährigen Arbeit noch nie untergekommen. Das hätte mich eigentlich zum zweiten Mal stutzig machen müssen. Tat es aber nicht. Ich bastelte mir eine siegessichere Miene ins Gesicht: „Tausendfünfhundert vorher, den Rest am Ende der vierzehn Tage!" Er zog überheblich ein gerolltes Bündel Geldscheine aus der Tasche, und warf es auf meinen Tisch. Das hätte mich nun das dritte Mal stutzig machen sollen. Welcher normale Mensch trägt schon tausendfünfhundert Piepen mit sich herum, zumal heutzutage selbst ein Frisörbesuch mit EC-Karte bezahlt wird. Ich ließ das Geld in meinem Schreibtisch verschwinden: „Und wie, wenn ich fragen darf, ist Ihr Name, und wie erreiche ich Sie?" Er stand auf: „Sie dürfen nicht fragen, und Sie erreichen mich nicht! In vierzehn Tagen bin ich wieder hier, und dann erwarte ich ihren detaillierten Bericht!" Das hätte mich zum vierten Mal stutzig machen müssen. Als er meine Bürotür hinter sich schloss, schepperte der obere Glasteil, als wolle er mir vor die Füße springen. Ich stand gemächlich auf, und zog den Wälzer ‚Kriminaltechnik und Spurensicherung' aus dem schmalen Bücherregal. Hinter diesem Buch stand nämlich seit Urzeiten immer eine viereckige Flasche mit goldbraunem Bourbon. Viel von ihrem Inhalt war nicht mehr da, aber um einen gewinnbringenden Fall zu feiern, würde es wohl reichen. Als ich das unhandliche Druckerzeugnis mit einer Hand an seinen angestammten Platz zurückfummeln wollte, rutschte mir die Flasche aus der anderen, und zerbröselte in Zeitlupe auf meinem gequälten Büroboden. Nun, was vorhin dem Kaffee recht war, durfte jetzt wohl dem Bourbon nicht verwehrt werden. Und falls ich mich nicht ganz täuschte, atmete in diesem Moment meine Leber erleichtert durch.

Man sagt ja im Allgemeinen, Schönheit läge im Auge des Betrachters. Als ich jedoch am Abend das erste Mal die Exfrau meines Klienten vor Augen bekam, konnte ich mich des Gedankens nicht erwehren, dass er eigentlich richtig froh sein sollte, dieses Geschöpf nicht mehr an seiner Seite zu haben. Sofort rügte ich mich selbst, derartig gemeine Gedanken zu hegen. Aber diese Selbstgeißelung dauerte nicht besonders lange, denn der Mann neben ihr, das Ziel meiner Observierung, nahm meine ganze Aufmerksamkeit in Anspruch. Irgendwie kam mir nämlich dieser Bartträger bekannt vor. Allerdings weigerte sich mein Gehirn standhaft, eine entsprechende Erinnerung an die Oberfläche zu spülen. Die zwei spazierten derart relaxt durch die Fußgängerzone, als gäbe es in der Hektik dieser Zeit überhaupt keinen Stress. Eis essen, Schaufenster begutachten und Ausruhen auf einer Bank, schien alles zu sein, was man in dieser Welt braucht. Nachdem der Kerl seine Begleiterin vor ihrem Heim abgesetzt hatte, konnte ich ihn unbemerkt bis zu seinem Haus verfolgen. Dann trollte ich mich nach Hause, um etwas zu schlafen, denn am nächsten Morgen wollte ich sehr früh wieder vor Ort sein. Schließlich musste ich ja seinen Tagesablauf beobachten. Zwangsläufig würde ich dabei dann irgendwann auf eine Sache stoßen, die meinem Kunden helfen sollte, seine Frau von der dunklen Seite des Bärtigen zu überzeugen.

Die Tage verstrichen, aber nichts Weltbewegendes passierte. Meine Zielperson schien eine Atomuhr verschluckt zu haben. Jeden Tag zu genau der gleichen Zeit verließ er die Wohnung, um mit dem Bus zu seiner Arbeitsstelle zu fahren, einem kleinen, unscheinbaren Labor. Wie ich ermitteln konnte, war er seit einigen Jahren der Leiter dieser Einrichtung. Pünktlich auf die Minute machte er Feierabend, und genau um sieben Uhr traf er sich wochentags mit der Ex meines Klienten. Am Samstag erledigte er im Supermarkt seinen Wocheneinkauf, und sonntags ging er immer in das gleiche Restaurant, um dort sein Mittagessen einzunehmen. Einen einfallsloseren Menschen konnte ich mir kaum vorstellen. Als die langweiligsten vierzehn Tage meines Lebens verstrichen waren, schneite tatsächlich mein Auftraggeber mit weiteren tausendfünfhundert Mäusen in mein Büro. Er las sich aufmerksam meine Notizen durch, und schien seltsam zufrieden zu sein. Was soll's, für mich war das halt wieder ein erfolgreich abgeschlossener Fall. Wenn nur nicht der darauf folgende Montag gewesen wäre.

Ich weiß nicht, ob ich es schon erwähnt habe, aber in meiner Küche liegt ein ehemals weißer Flokati auf dem Fußboden. Den hatte ich einst geschenkt bekommen, wusste aber nicht, wohin damit. Jetzt wärmt er mir während des täglichen Frühstücks die Füße. Aber er reißt leider auch an meinen Nerven, wenn ich wieder einmal gekleckert habe, und das fusselige Ding umständlich säubern muss. An dem eben erwähnten Montag saß ich also wie immer am Frühstückstisch und studierte die Morgenzeitung. Nach dem ersten Umblättern drängten sich buchstäblich zwei Abbildungen in meine Augen. Es war einerseits das Konterfei des von mir observierten Bartträgers, andererseits die überhebliche Visage meines Klienten. Der Text darunter gab Auskunft, dass vor Kurzem in das Labor, sowie in die Wohnung des Bartmenschen eingebrochen worden war. Der Täter hatte die Formel eines revolutionären Waschmittels gestohlen, welches wohl kurz vor der Markteinführung stand, und das einem potenziellen Hersteller Millionen einbringen könnte. Man ging davon aus, dass der Einbrecher genau den Tagesablauf des Opfers studiert haben musste, denn die Einbrüche erfolgten genau in dem Zeitraum, in welchem der Abgebildete mit seiner Schwester einen täglichen Spaziergang absolvierte. Ich sprang auf. Das hätte ich lieber nicht tun sollen. Aus Versehen stieß ich nämlich dabei heftig an den Tisch, was meine Kaffeekanne animierte umzufallen. Beim Griff danach streifte mein Ellenbogen die Vase, welche ihrerseits meiner Kaffeetasse dazu verhalf, sich in Richtung Flokati in Bewegung zu setzen. Das wollte ich verhindern, indem ich versuchte, die Tasse noch im Flug zu erfassen. Hatte ich eventuell schon erwähnt, dass ich ein wenig tollpatschig bin? Statt der Tasse ergriff meine Hand die herabhängende Tischdecke. Da ich aber leider meine spontane Bewegung nicht mehr bremsen konnte, zog ich die Decke ein Stück weit vom Tisch herunter. Worauf das Honigglas quietschvergnügt seinen klebrigen Inhalt auf Teppich und Fußboden ausbreitete. Das wiederum erzeugte unbegreiflicherweise in meinem Hirn so etwas Ähnliches wie einen Wutanfall. Fuchsteufelswild trat ich fluchend gegen das nächstgelegene Bein meines unschuldigen Tisches. Daraufhin beschloss ich, mir einen neuen Küchentisch zu kaufen, da ein dreibeiniger nicht besonders stabil steht. Dass ich anschließend auf einer Honiglache ausrutschte, und mir dabei kräftig den Steiß prellte, empfand mein derzeit demoliertes Ego schon wieder als völlig normal. Woher allerdings die Polizei wusste, dass meine Person den Bestohlenen ausgekundschaftet hatte, ist mir bis heute noch schleierhaft. Mein Klient, der übrigens nie verheiratet gewesen war, darf nun gefilterte Luft durch die schwedischen Gardienen seiner Zelle atmen. Mit mir ging der zuständige Richter etwas milder um. Er meinte, ich Naivling hätte nicht einfach glauben dürfen, was mir mein Klient brühwarm erzählt hatte. Ich wurde zwar aufgrund meiner Dummheit als Helfer eingestuft, bekam aber zum Glück nur eine Geldstrafe aufgebrummt. Dreitausend Euro.

Drei Wünsche

Der von allen als etwas seltsam verschriene Konditormeister Carl Maria Voigt hatte sich eigentlich noch nie im Leben so richtig Gedanken über Trolle, Elfen, Feen, Hexen, Kobolde oder sonstige Fabelwesen gemacht. Am ehesten noch in seiner Kindheit, denn da war er, wie fast alle von uns, mit einschlägigen Märchen und Mythen in Berührung gekommen. Zunächst dadurch, dass ihm seine Eltern vor dem Einschlafen etwas vorlasen, und später dann, als er selbst des Lesens mächtig war, durch eigenständiges Blättern in einschlägiger Literatur, oder auch durch das besinnliche Betrachten von entsprechenden

Märchenfilmen. Im Erwachsenenalter jedoch verloren sich bei ihm die Gedanken an die verschiedenen Phantasiewesen, und die einst so plastischen Bilder von deren Erscheinung verblasten gänzlich. Da er selbst noch keine Kinder hatte, nahmen die alltäglichen Probleme und die beruflichen Angelegenheiten jenen Bereich in seinem Gehirn ein, der einst der Tummelplatz von Phantasie und Träumerei gewesen war. Doch dann, eines schönen Tages, wurde er unerwartet wieder mit den Legenden seiner Kinderzeit konfrontiert. Und das kam so:

Carl hatte eine bildungsstarke Erziehung genossen, denn er stammte aus einer intellektuellen Familie, die der Natur sehr zugewandt war. Und was man sich in der Entwicklungsfase von den Eltern abgeschaut hat, das verlässt einen in der Regel sein restliches Leben nicht mehr. Deshalb vollzog Carl auch gern an den Wochenenden ausgedehnte Waldspaziergänge, so es das Wetter einigermaßen zu lies. Leider vermochte er das nicht immer, denn hin und wieder setzten ihm seine schmerzenden Knie gar arg zu. Da er oft schon die selben Wege der umliegenden Wälder beschritten hatte, gelüstete es ihn, einmal etwas Neues vor den Blick zu bekommen. Also schlug er sich jetzt gelegentlich durch das dichte Unterholz. Das brachte ihm zwar den einen oder den anderen Kratzer auf der Haut ein, bereitete aber auch jede Menge Spaß, besonders zu den Zeiten, zu denen die Pilze vorwitzig ihre Köpfe durch das Erdreich bohrten. Da aber in diesen stark bewachsenen Regionen nicht immer gleich das Auge erspäht, was sich unter der laubbedeckten Oberfläche des Waldbodens verbirgt, ließ plötzlich ein unbedachter Fehltritt des Spaziergängers denselben in eine Grube hinein stolpern. Noch während des Fallens offenbarte sich diese ausgedehnte Senke als dunkler Gang zu einer unterirdischen Höhle. Mit leichten Blessuren an Kopf und Händen landete Carl auf dem steinernen Boden der Kaverne, deren Wände die verschiedensten Abbildungen von überirdischen, beflügelten Wesen zierten. Etwa in der Mitte des seltsamen Ortes flackerte ein munteres Feuer, dessen unstetes Licht die skizzierten Figuren in trügerische Bewegungen zu versetzen schien. An der hinteren Wand lehnte eine weibliche Gestalt, die über das unverhoffte Erscheinen von Carl offensichtlich nicht so ganz glücklich war. Der Gestürzte raffte sich mühsam auf, denn seine Knie meldeten sich des Sturzes wegen mit akuten Schmerzen zurück. Carl erblickte erstaunt die im hinteren Teil des Raumes befindliche Person. Seine kultivierte Erziehung ließ ihn trotz seiner Verwunderung kundtun: „Bitte verzeihen Sie mein Eindringen! Es war keineswegs mein Trachten hier unangemeldet anzulangen. So etwas widerstrebt meiner Natur, und ist nur einem dummen Zufall zuzuschreiben. Gestatten Sie bitte, dass ich mich vorstelle! Mein werter Name ist Carl Maria Voigt. Bitte nicht verwechseln mit einem gewissen Pianisten namens Immanuel Carl Maria Voigt! Mein Metier ist eher die Confiserie und die Patisserie". Die Frau löste sich von der Wand und trat ein paar Schritte auf Carl zu: „Möchte er angängig behaupten, nur durch des schnöden Zufalls Willen hier angelandet zu sein? Das kaufe ich ihm nicht um drei Taler ab. Mag er seine faden Entschuldigungen im Halse behalten, und endlich die drei Wünsche nennen, damit sich unser beider Wege wieder voneinander entfernen mögen. Also, was begehrt er?" In Carls Kopf schien sich ein Mühlrad zu drehen. Er verstand ganz und gar nicht, was gegenwärtig mit ihm geschah. Angestrengt versuchte er seine Gedanken zu sammeln: „Ich bitte nochmals um Verzeihung, aber wenn ich ihr Gebaren richtig einzuordnen vermag, dann stellen Sie so etwas wie eine Fee dar. Liege ich da richtig?" Die Angesprochene legte ihre Stirn in tiefe Falten: „Erstens liegt er nicht mehr, sondern er steht, wie man deutlich sehen kann. Zweitens ist das Wort Fee allzu unbestimmt für meine Existenz. Wie er wissen sollte, gibt es derzeit viel zu viele Wesen, die mit diesem Wort umschrieben werden. Da wäre zum Beispiel die Feuerfee, die eigentlich gar keine Fee, sondern ein Elementar ist, und auf unergründliche Weise Bienenhonig liebt. Dann gibt es noch die Wasserfee sowie die Wasserfallfee, die sich beide dem nassen Element zugewandt haben. Auch zu erwähnen wäre die Blumenfee, eine sehr verspielte Feenart. Dann hätten wir noch die Lichtfee, die eher einem Engel gleicht. Die Königsfee hingegen ist kaum bekannt und lässt sich meist nur in den Residenzen der Feenstädte blicken. Die Tierfee ist ihrerseits für alles, was da kreucht und fleucht, mit Freude verantwortlich. Weniger beliebt ist die Dunkelfee, da sie bekanntermaßen einen böswilligen Charakter an den Tag legt, und die sogenannte schwarze Magie beherrscht. Dann gibt es fernerhin noch die Fee der Jahreszeit, genauer gesagt, es sind deren vier. Die leuchtende Fee wird ob ihrer Kleinheit nachts gern mit Glühwürmchen verwechselt. Dann hätten wir noch die Pflanzenfee, die sich wohlwollend mit allen Pflanzen beschäftigt, welche nicht zu den

Obliegenheiten der Blumenfee gehören. Die Zahnfee hingegen ist eine dümmliche Erfindung der Menschen. Ebenfalls ist die Wunschfee, auch gute Fee genannt, der menschlichen Phantasie entsprungen. Alle Feen, mögen sie nun gut oder böse sein, können Wünsche erfüllen. Auch die Waldlandfee. Die ist eine unbeachtete, aber am weitesten verbreitete Feenart. Sie lebt meist in Graslandschaften, Ebenen, Dörfern oder verlassenen Häusern. Bleibt nur noch die Pixie. Diese hat einen entstellten Körper, und ist von Grund auf nur böse. Nicht zu vergessen die Höhlenfee, mich!" Carl schwirrte der Kopf: „Soll das heißen, Sie könnten mir drei Wünsche erfüllen?" Die Fee blickte angesichts solcher Begriffsstutzigkeit ziemlich von oben herab: „Nicht können, müssen! Jedermann, der in dieses Refugium eindringt, hat nach Feengesetz drei Wünsche frei, wobei er sich aber nicht irgendwelche Möglichkeiten für weitere Wünsche erbitten darf. Also, was begehrt er? Aber bedenke er seine Wünsche gut, damit die selben nicht sinnlos verschenkt werden!" Über Carls Gesicht huschte ein Lächeln. Gedenk seiner Knieschmerzen sagte er euphorisch: „Ich wünsche mir als Erstes Gesundheit!" Die Höhlenfee nickte: „Dein Wunsch sei hiermit und gleich erfüllt!" Aber die Schmerzen in Carls Knien blieben. Er sagte verärgert: „Moment mal! Meine Knie tun immer noch weh. Da stimmt doch etwas nicht!" Die Fee machte mit ihren Händen eine weit ausladende Bewegung: „Ach ihr Menschen! Selbst wenn man euch darauf aufmerksam macht, vermögt ihr nicht recht zu denken. Du hast dir Gesundheit gewünscht. Es gibt aber auch eine schlechte Gesundheit. Und diese hast du nun. Du hättest dir einfach nur eine gute Gesundheit wünschen müssen!" Carl war stinksauer: „Das ist doch hinterhältig. Hinterhältig und verachtungswürdig! Und wieso reden Sie mich plötzlich mit ‚Du' an? Vorhin war es doch noch ein gepflegtes ‚Er'. Zumindest soweit ich mich erinnern kann". Die Fee lehnte sich wieder lässig an die Wand: „Weil ich aufgrund deiner Unfähigkeit den Respekt vor deiner Person verloren habe. Aber jetzt äußere deinen zweiten Wunsch! Oder willst du mich hier bis in alle Ewigkeit belästigen?" Carl war ein wenig verärgert: „Sehr freundlich scheinen Höhlenfeen aber nicht zu sein. Jedoch meine Erziehung verbietet es mir, in gleicher Münze zurückzuzahlen. Ich bitte deshalb hiermit ergebenst um beste Gesundheit!" Zack, waren die Schmerzen in seinen Knien wie weggeblasen. Auch schienen die Plomben in den zwei Backenzähnen echtem Zahnmaterial gewichen zu sein. Während Carl hocherfreut den Rest seines Körpers abtastete, fragte die Fee scheinbar gelangweilt: „Und wie lautet nun dein dritter Wunsch?" Carl zögerte: „Kleinen Moment! Du hast mich schon einmal aufs Glatteis geführt. Ich muss noch überlegen". Das schien der Fee rein gar nicht zu gefallen: „Wünsch dir doch ein großes Auto! Oder eine hübsche Frau. Oder gesellschaftliches Ansehen. Oder einfach nur Reichtum!" Carl lächelte: „Warte! Ich glaube, jetzt habe ich die richtige Idee! Es gibt Menschen, die lieben Butter-Croissants. Andere wiederum mögen lieber Margarine-Croissants. Und dann gibt es noch Leckermäulchen, die schwören auf Schoko-Croissants. Ich wünsche mir, ein Croissant zu erfinden, das allen Menschen schmeckt!" Die Fee atmete auf: „Na endlich! Dein primitiver Wunsch sei dir gewährt. Gehe hin, und erfinde, was dein schwacher Geist sich vorstellt! Und jetzt hau ab, und lass mich wieder in Ruhe!" Die Fee drehte Carl den Rücken zu, und dieser krabbelte unter Aufbietung seiner Kräfte zurück an die Oberfläche. Kaum zu Hause angekommen, begann er zu experimentieren. Nach vielen Versuchen glaubte er die richtige Rezeptur aus Schmalz, Kakaobutter, Zitronenöl, Zucker, Marillenbrand und Avocado-Blätterteig gefunden zu haben. Im Gegensatz zu den klassischen Backwaren formte er aus seinem speziellen Blätterteig ein Croissant mit fünf Zipfeln, ähnlich der Form eines Seesterns, und nannte seine Kreation liebevoll ‚Stern-Croissant'. Es dauerte auch nicht lange, da war seine Erfindung im wahrsten Sinne des Wortes in aller Munde. Bald wurde das Gebäck auch über die Grenzen des Landes hinweg bekannt. Das brachte ihm eine hohe gesellschaftliche Anerkennung ein. Dadurch bestärkt wuchs auch sein Selbstbewusstsein, und ermöglichte es ihm endlich, eine wunderschöne Stammkundin um eine Verabredung zu bitten. Sein hervorragendes Backwerk brachte ihm im Laufe der Zeit auch noch einen erklecklichen Reichtum ein. Er kaufte sich ein erstklassiges Auto und machte seiner Angebeteten einen Heiratsantrag, welchen diese wohlwollend annahm. Und damit hatte er auch all das erreicht, was er sich von der Höhlenfee hätte wünschen können. Woraus man letztendlich ableiten kann, dass man immer seine Wünsche gründlich überdenken sollte, um im richtigen Moment auch auf die richtige Idee zu kommen.

Robert

Ja, ich weiß, ich weiß! Viel Bourbon trinken ist wenig gut, nur Spinner legen sich einen Flokati in die Küche, und Tollpatsche wie ich sollten kein Privatdetektiv sein. Aber mit irgendeiner Sache muss man doch seine Brötchen verdienen, wenn einen schon die meisten Arbeitgeber wegen Ungeschicklichkeit auf die Straße setzen. Nun will ich hier nicht endlos jammern, aber ich hätte doch ganz gern ein paar Groschen zurückgelegt, falls der Kühlschrank mal kaputt geht, oder das Auto streikt. Aber was nicht ist, das ist eben nicht. Zumindest habe ich ein warmes Bett, genug zu essen, und für die Büromiete reicht es meistens auch. Und wenn ich mal einen fetten Fisch an Land ziehen konnte, waren da auch gelegentlich zwei oder drei Flaschen drin. Ansonsten tröstete ich mich stets mit dem Lieblingsspruch meines verstorbenen Freundes Max, der immer zu sagen pflegte: „Hauptsache in der Rübe brennt genug Licht!" Das schien man indessen von dem jungen Mann, der zusammengesunken in meinem Büro saß, nicht unbedingt sagen zu können. Er redete zusammenhanglos und konnte mir einfach nicht in die Augen sehen. Wenn er sprach, blickte er zur Seite, und wenn er zuhörte, senkte er die Augen nach unten. Entweder war der Kerl übernatürlich schüchtern, geistig zurückgeblieben, Autist oder schlichtweg besoffen. Ich versuchte ihm etwas zu helfen: „Nun mal ganz langsam! Entspannen Sie sich! Ich bin ihr Freund. Es wird Ihnen hier nichts zu leide getan. Ich meine hier in meinem Büro!" Er verdrehte die Augen extrem nach rechts oben: „Büro, Lehnwort von dem französischen Wort bureau,

Schreibstube, Kontor, Geschäftszimmer, Amtszimmer, Kanzlei". Dann blickte er wieder nach unten. Ich wurde allmählich ungeduldig: „Wenn Sie mir nicht genau sagen, warum Sie hier sind, kann ich Ihnen auch keine Hilfe zu teil werden lassen!" Wieder der Blick nach rechts: „Hilfe, Hilfsbereitschaft, Beistand, Teil der Kooperation zwischenmenschlicher Beziehungen. Dient dazu, Notlagen zu verbessern. Ich brauche eine solche Hilfe!" Dann wieder der Blick Richtung Boden. Ich war kurz davor, mir die Haare büschelweise auszureißen: „Dann sagen Sie doch bitte endlich, wobei Sie meine Hilfe brauchen, zum Teufel!" Augen rechts: „Teufel, Antichrist, Luzifer, Höllenfürst, Beelzebub, das Böse verkörpernde Gestalt. Er kommt zu mir. Jeden Abend". Ich war mir nicht sicher, ob ich das richtig gehört hatte: „Wollen Sie damit sagen, dass Sie jeden Tag der Teufel heimsucht?" Sein Blick richtete sich erneut in die rechte Zimmerecke: „Heimsuchung, Schicksalsschlag, bedrohliches Ereignis, religiöse Prüfung. Ja, er kommt. Immer abends. Neun Uhr. Er besucht mein Heim, mein Zimmer. Er will mich in die Hölle holen. Ich brauche viel Hilfe!" Ich versuchte erneut meinen geheimnisvollen Gast etwas zu beruhigen: „Sie leben doch aber noch. Der Teufel holt sich nur Tote". Blick nach rechts: „Tod, Ende des Lebens, Hirntod, Hinscheiden, Abberufung. Nein, ich bin nicht tot". Ich war von dieser Entwicklung schon fast begeistert: „Na bitte! Ihnen droht also keine Gefahr". Sein Blick blieb auf den Boden gehaftet. In der Hoffnung, dass der Ärmste jetzt wieder gehen würde, stand ich auf. Seine Augen wanderten nach rechts: „Gefahr, Bedrohung, Risiko, Gefährdung. Keine Gefahr mehr. Gut!

Aber der Teufel? Was kann man machen? Er soll nicht kommen! Brauche Hilfe, viel Hilfe!" Verzweifelt nahm ich wieder Platz: „Gut, gut! Ich werde heute Abend zu Ihnen kommen, und mir den Teufel mal zur Brust nehmen. Wie ist Ihre Adresse?" Seine Augen schienen rechts kleben geblieben zu sein: „Adresse, Wohnung, Anschrift, Aufenthaltsort, Unterschlupf, Heimstätte, Appartement. Webergasse 6, zweiter Stock, Meyer, Robert". Ich erhob mich, ging zur Tür und hielt sie weit auf: „Also bis heute Abend! Auf Wiedersehen!" Mit starrem Blick auf den Boden ging er an mir vorbei. Als er am Fuß der Treppe angekommen war, hörte ich ihn noch sagen: „Wiedersehen, Zusammenkunft, Meeting, Rendezvous, Stelldichein, Verabredung."

Es war gegen zwanzig Uhr, als ich den Knopf der Wohnungsklingel betätigte. Eine ältere Frau mit einer geblümten Küchenschürze öffnete, die weißen Haare zu einem Dutt zusammengesteckt. Sie blickte mich verwundert an: „Wer sind Sie, und was wollen Sie?" Ich versuchte meiner Stimme einen freundlichen und verbindlichen Ausdruck zu verleihen: „Ich heiße Levin Baer. Und ich möchte gern Robert besuchen!" Ihr Blick verfinsterte sich: „Mein Sohn Robert empfängt niemanden! Woher kennen Sie ihn überhaupt?" Bevor ich antworten konnte, kam mein potenzieller Klient ebenfalls zur Tür: „Einladung, Besuch, Gast. Bitte eintreten!" Die Frau drehte sich böse zu ihrem Sohn um: „Wie kannst du es nur wagen, jemanden einzuladen, ohne mich zu fragen!" Diesmal blickte er nicht nach rechts, sondern seiner Mutter direkt ins Gesicht: „Keine Gefahr mehr. Levin Baer

Hilfe! Viel Hilfe! Eintreten! Bitte in mein Zimmer!" Ich ließ die Frau erst gar nicht antworten, und drängte mich an ihr vorbei in die Wohnung. Robert zeigte auf eine abgeschabte Tür: „Zimmer, Raum, Wohnraum, Aufenthaltsraum. Eintreten! Bitte setzen!" Von Weitem waren leise Schimpftiraden seiner Mutter zu hören. Das Zimmer war sauber und wohnlich eingerichtet. Robert ging zu einer Art kleiner Schrankwand, und kam mit einer Flasche Orangensaft und zwei sauber gespülten Gläsern zu mir an den Tisch. Er goss den Saft behutsam ein, und blickte wieder nach rechts: „Trinken, warten! Neun Uhr". Wir tranken, warteten, schwiegen, und warteten wieder. Gegen Zehn sagte ich dann: „Ich glaube nicht, dass der Teufel jetzt noch kommt. Ich werde nach Hause gehen!" Er griff in die Tasche und holte fünfzig Euro heraus: „Keine Gefahr! Hilfe geholfen! Bezahlen!" Das hatte ich nicht erwartet. Erstaunt fragte ich: „Woher haben Sie das Geld?" Er hielt mir den Schein direkt unter die Nase: „Taschengeld, Monatsrate, Salär. Meins!" Ich wollte ihn nicht mit einer Ablehnung verärgern, hatte aber das unbestimmte Gefühl etwas Unrechtes zu tun, als ich das Geld wegsteckte.

Drei Tage später saß Robert wieder in meinem Büro: „Keine Hilfe. Teufel kommt wieder. Geld zurück, bitte!" Er tat mir leid. Also gab ich ihm den Fünfziger zurück: „Gibt es eine Möglichkeit, dass ich Sie besuchen kann, ohne dass es jemand bemerkt?" Er nickte: „Bemerken, erkennen, beobachten, feststellen, entdecken. Fenster, Hof, heute".

Es war wieder zwanzig Uhr. Ich musste eine Weile suchen, bevor ich den Eingang zum Hof gefunden hatte. Robert erwartete mich schon am offenen Fenster: „Einsteigen, Einbruch, vorsichtig sein, Verletzungsgefahr!" Es folgte das bekannte Ritual mit Orangensaft und langem Schweigen. Kurz vor Neun schlug ich dann vor, dass ich mich besser unter dem Tisch verstecken sollte. Er nickte sehr ernsthaft: „Verstecken, verkriechen, tarnen, unsichtbar". Also krabbelte ich unter den Tisch, während Robert sich ängstlich bis zum Fenster zurückzog. Kurz darauf öffnete sich die Tür und eine schwarz verhüllte Gestalt trat ein. Vor dem Gesicht trug sie eine Gummimaske, die man mit etwas gutem Willen als Teufelsfratze anerkennen konnte. Die Erscheinung ging langsam auf Robert zu. Als sie am Tisch vorbei war, rutschte ich hervor und zog ihr von hinten die Maske vom Kopf. Mir leuchtete ein weißer Dutt entgegen. Wenn ich alles erwartet hätte, aber nicht Roberts Reaktion. Es war das erste Mal, dass ich ihn lächeln sah. Er ging auf seine Mutter zu und umarmte sie: „Nicht Teufel, Mama! Keine Gefahr! Alles gut!" Er holte wieder den Geldschein aus der Tasche und hielt ihn mir hin: „Verdienst, Honorar, Einkommen, Entlohnung. Gute Hilfe!" Ich fasste die Frau an die Schulter, und drehte sie zu mir um: „Kann ich Sie unter vier Augen sprechen?" In der Küche angekommen, begann sie zu weinen: „Ich wusste mir nicht anders zu helfen. Er will und will nicht ins Heim. Ich dachte, wenn ich ihm sein Zuhause vergraule, dann geht er. Ich kann mich nicht mehr um ihn kümmern. Ich hab doch Krebs. Aber das begreift er nicht. Ich möchte ihn immerhin noch persönlich ins Heim bringen, bevor es irgend so ein fremder Sozialarbeiter macht. Trotz Chemo gibt mir der Arzt noch drei Monate. Was soll ich denn nur machen?" Ich war wie vor den Kopf geschlagen: „Soll ich mal mit ihm sprechen?" Sie konnte vor Tränen nicht antworten, nickte aber. Also ging ich wieder zu Robert. Er schien mich erwartet zu haben, und versuchte angestrengt seinen Blick auf mich zu lenken. Es gelang ihm nicht ganz. „Alles gehört. Weiß schon lange. Mama stirbt. Will bei ihr bleiben. Nicht weggehen. Mama braucht Robert! Mama tot, Robert in Pflegeheim. Nicht vorher!"

Nach vier Monaten war die Beerdigung. Ich fühlte mich zuinnerst verpflichtet, dabei zu sein. Robert weinte nicht. Als ich ihm mein Beileid bekundete, sagte er: „Beileid, Mitleid, Anteilnahme, Bedauern. Mama jetzt Ruhe. War gute Hilfe. Robert im Heim besuchen?" Ich versprach es, und verdrückte mir eine Träne. Als sich die Trauergemeinde aufgelöst hatte, fuhr ich schnell noch zu meinem Lieblingsladen. Ich kaufte mir eine Flasche Bourbon. Aber nur eine einzige, denn man weiß ja, viel Bourbon trinken ist wenig gut.

Der Schmetterlingseffekt

Gekürztes Zitat aus dem Internet-Lexikon Wikipedia:
Der Schmetterlingseffekt ist ein Phänomen der Nichtlinearen Dynamik. Er äußert sich dadurch, dass nicht vorhersehbar ist, wie sich beliebig kleine Änderungen der

Anfangsbedingungen langfristig auf die Entwicklung eines Systems auswirken.

Die namensgebende Veranschaulichung dieses Effekts am Beispiel des Wetters stammt von Edward N. Lorenz: „Kann der Flügelschlag eines Schmetterlings in Brasilien einen Tornado in Texas auslösen?"

Ende des Zitats.

Der richtige Name von Luc war Lucas Modriczek. Die meisten Menschen aus seinem Umkreis behaupteten, Luc wäre eine selbstverliebte Nervensäge. Alfredo hingegen war der Spitzname von Alfred Wenderer, wahrscheinlich deshalb, weil seine Hautfarbe eine Spur dunkler war, als die der meisten Europäer. Er war eher ruhig, aufmerksam und hilfsbereit. Alfredos Meinung von Luc wich um eine winzige Nuance vom Mainstream ab, und zwar nach unten. Er war nämlich der Ansicht, dass Luc ein absolutes Riesenarschloch sei. Luc, Alfredo und Uma Behring besuchten dieselbe Abiturklasse. Die Eltern von Uma waren Filmfreaks und hatten ihre Tochter nach der US-amerikanischen Schauspielerin Uma Karuna Thurman genannt. Und seltsamerweise sah sie ihrem Vorbild auch irgendwie ähnlich. Besonders wenn sie lächelte. Bei Gott, es war ein herrliches Lächeln. Vor einiger Zeit hatte sie Luc abblitzen lassen. Seitdem versuchte der Verschmähte das Ziel seiner ehemaligen Begierde zu moppen. So nannte er sie beispielsweise nicht mehr Uma, sondern Oma, versteckte ihre Schulsachen, oder beschmierte die vordere Kante ihres Sitzplatzes mit Sekundenkleber. Alfredo aber stand ihr stets mit Rat und Tat zur Seite. Er half ihr suchen, tröstete sie, wenn sie traurig war, und war auch bei der Reinigung ihrer Kleidung behilflich. Uma bemerkte schon, dass Alfredo heftig in sie verliebt war, aber Alfredo war viel zu schüchtern, ihr das einzugestehen. Wie nicht anders zu erwarten, kam die Zeit der Abiturprüfung heran. Uma gab sich verhalten optimistisch, was ihr Abschneiden anging. Luc jedoch protzte seinerseits, dass er die beste Prüfung aller Zeiten hinlegen würde, und Alfredo sagte wie meistens gar nichts. Zum Schluss erreichte Alfredo das beste Ergebnis und Uma landete knapp im oberen Drittel. Luc dagegen wurde mit einer Reihe von Spickzetteln erwischt. Als er daraufhin einen Lehrer tätlich angriff, flog er ohne Abschluss von der Schule. Uma belegte zunächst einen Studienplatz im Fach ‚Medien- und Kommunikationswissenschaft‘, wechselte aber etwas später zur Fachrichtung ‚Regie‘. Nach ihrer Ausbildung bekam sie eine Anstellung beim heimatlichen Lokalsender, inszenierte aber in ihrer Freizeit einige Stücke am Theater des Nachbarortes. Alfredo seinerseits studierte Journalismus, mit Augenmerk ‚Investigative Orientierung‘. Nach seinem äußerst erfolgreichen Abschluss ging er in die Selbstständigkeit, und schrieb als freier Mitarbeiter für mehrere, zum Teil sehr renommierte Zeitungen. Luc hingegen kam in der Werbefirma seines Vaters unter, und war ab diesem Zeitpunkt für die Erstellung und Vermarktung von Fernsehspots verantwortlich. Eine Arbeit, die er ohne die Protektion seines Erzeugers nie im Leben bekommen hätte. Aber keiner von den dreien konnte ahnen, dass Lucs untragbarer Charakter, ähnlich dem Schmetterlingseffekt, später einmal ihr Schicksal auf ziemlich drastische Art beeinflussen würde.

Es dauerte gar nicht lange, da hatte sich Uma einen recht guten Namen erarbeitet, und konnte zu einem überregionalen Fernsehsender wechseln. Dort bekam sie die Aufgabe, eine Dokumentation über Unregelmäßigkeiten bei Organtransplantationen zu erstellen. Dafür suchte sie einen investigativen Journalisten, und fand, wie es der Zufall wollte, Alfredo. Die zwei waren berührt von dem Leid, dass viele Menschen ertragen müssen, die gezwungen sind, jahrelang auf ein Spenderorgan zu warten. Gemeinsam beschlossen sie, einen Organspendeausweis zu erwerben. Während ihrer Arbeit kamen sie sich näher, und Alfredo, der inzwischen einiges an Selbstvertrauen getankt hatte, machte seiner Uma an einem Sonntag den erwarteten Antrag. Am Mittwoch darauf war die Verlobung. Zur gleichen Zeit tauchte ein ziemlich blasser Luc bei dem Sender auf, um über die Platzierung einiger seiner Werbespots zu verhandeln. Auf dem Flur der Anlage begegnete er Uma und Alfredo. Sofort begann er mit der Frau zu flirten, als wäre ihr Verlobter gar nicht anwesend. Alfredo stieß Luc zur Seite, und drohte ihm Schläge an. Feige lächelnd machte sich Luc von dannen. Er war zu diesem Zeitpunkt schon viel zu kränklich, um sich mit Alfredo prügeln zu können. Seine Nieren gaben langsam ihren Dienst auf, und er musste wöchentlich zur Hämodialyse. Ohne Spenderniere würde er über kurz oder lang den Löffel abgeben. Das hielt ihn aber nicht ab, sich direkt nach der Auseinandersetzung in einer nahegelegenen Kneipe zu betrinken. Als Uma zum Feierabend, kurz nach Alfredo, an dem Zebrastreifen vor dem Sendegebäude die Straße überquerte, erfasste sie ein Wagen, welcher mit stark überhöhter Geschwindigkeit den

Fußgängerüberweg missachtet hatte. Der Mann hinter dem Lenkrad beging Fahrerflucht. Zwei Stunden später starb Uma im Krankenhaus. Die Polizei hatte anhand von Zeugenaussagen Luc in Verdacht, konnte es aber nicht beweisen, da an dessen Auto keine Spuren zu finden waren. Für Alfredo aber stand es felsenfest, dass dieser verhasste Luc seine Uma auf dem Gewissen hatte.

Es ging ein weiterer Tag ins Land. Alfredo hatte sich bereits eine Grabstätte für Uma gesichert, als man dem am Boden Zerstörten mitteilte, dass die Nieren seiner Verlobten zu einem Mann auf der Warteliste passten, und deshalb entnommen worden wären. Wer der Empfänger war, wollte man ihm jedoch nicht sagen. Da aber Alfredo, aufgrund seiner Arbeit an der vorangegangenen Dokumentation, die meisten Leute des Krankenhauspersonals kannte, und auch gute Beziehung zu den Transporteuren der Organspenden hatte, erfuhr er, dass Luc die Nieren von Uma bekommen sollte. Das wollte er auf gar keinen Fall zulassen, und schmiedete einen üblen Plan. Er besorgte sich eine typische Kühlbox, lenkte den zuständigen Fahrer ab, indem er die Luft aus einem der Vorderräder des Transporters ließ, und vertauschte heimlich die Boxen miteinander. Dann ging er zum Friedhof und vergrub Umas Nieren in dem angemieteten Grab. Inzwischen hatte die Polizei die Suche nach den verschwundenen Organen aufgenommen. Da aber keinerlei Anhaltspunkte vorhanden waren, an denen die Ermittler ansetzen konnten, verliefen die Untersuchungen zunächst im Sande.

Einige Wochen später verstarb Luc infolge seiner Niereninsuffizienz. Alfredo kämpfte tagelang mit seinem schlechten Gewissen. Dann stellte er sich den Strafbehörden. Man konnte ihm zwar nicht direkt Organhandel vorwerfen, aber er kam trotzdem ins Gefängnis. Eines Tages rempelte er beim Hofgang aus Versehen einen Lebenslänglichen an, der ihm daraufhin wütend mit dem Tod drohte. Kaum drei Tage später fand man die Leiche von Alfredo in der Gefängniswäscherei. Jetzt waren alle drei tot. Theoretisch könnte man nun vermuten, dass dies alles nicht geschehen wäre, wenn Luc eine bessere Erziehung genossen hätte. Der Flügelschlag eines Schmetterlings kann unter Umständen einen Tornado auslösen, und ein guter Charakter womöglich Leben retten.

Die große Flasche

Kommissar Riemer lag in seinem Bett und starrte Löcher ins Dunkle. Seit einer guten Stunde versuchte er einzuschlafen, aber es wollte ihm einfach nicht gelingen. Ursprünglich hätte er die Nacht bei Frauke verbringen wollen. Da das aber nicht möglich war, schien ihm förmlich die Decke auf den Kopf zu fallen. Frauke Wiegand hatte sich ein paar Tage frei genommen, um ihre Tochter Carla zu besuchen, da diese, aufgrund von Komplikationen im Verlauf ihrer Schwangerschaft, entsprechend ärztlicher Anordnung bettlägerig war. Hauptkommissar Hohlbach wollte ihr eigentlich den Urlaub verwehren, aber Riemer führte daraufhin ein lautes Zwei-Augen-Gespräch mit dem Alten. Das Ergebnis war, dass Frauke doch die Genehmigung für ihren Urlaub bekam, und außerdem, das sich die Affenfresse, wie Riemer seinen Chef insgeheim nannte, wieder einmal für vierzehn Tage krankschreiben ließ. Aber selbst trotz energischen Drängens von Frauke Wiegand, verriet Riemer nicht, was zwischen den beiden zur Sprache gekommen war. Und jetzt wälzte sich Riemer auf seiner Lagerstätte hin und her, ohne auch nur einen einzigen Zipfel vom lang ersehnten Schlaf zu erhaschen. Nach einer Weile wurde es dem Kommissar zu bunt. Er rollte sich ächzend aus dem Bett, und tappte barfuß in die Küche. Die Hoffnung, sich mit einem Schnaps die entsprechende Bettschwere zu holen, zerplatzte leider an der leeren Flasche. Da er nur äußerst selten harte Sachen konsumierte, hatte er einfach nicht daran gedacht, sich neuen Wodka zu besorgen. Auf Wein hatte er jedoch nicht die geringste Lust, und im Kühlschrank wartete lediglich eine Flasche alkoholfreies Bier. Also tappte er frustriert mit einer Tüte Chips und der Flasche Bleifrei ins Wohnzimmer, ließ sich schwungvoll aufs Sofa plumpsen, und schaltete den Fernseher ein. Natürlich wieder mal ein Krimi. Riemer konnte Fernsehkrimis nicht leiden. Da wurden immer nur die drei ‚V' gezeigt: Verfolgen, Verhaften, Verhören. Von dem großen ‚P' wie Papierkram, wurde kaum etwas erwähnt. Aber gerade Kugelschreiber und Computertastatur stellten den größten Teil der Arbeit dar. Langsam aber sicher begann der Kommissar zu frieren. Er zog sich die Sofadecke bis unter das Kinn, und wollte eigentlich auf einen anderen Sender umschalten. Aber die Fernbedienung lag außer Reichweite, und er wollte sich nicht wieder aufdecken.

Allmählich wurde ihm warm, und mit der Wärme kam die Müdigkeit. Schläfrig drehte er sich auf die Seite. Da aber die Couch nicht für so einen korpulenten Mann gedacht war, fiel er mit einem dumpfen Geräusch auf den Boden. Die Folge war, dass ihm, im wahrsten Sinne des Wortes, die Decke auf den Kopf fiel, wenn es auch nur die Sofadecke war.

Als Kommissar Riemer die Dienststelle betrat, kam ihm sein Freund Schimmler entgegen: „Mein Gott, du siehst ja aus wie ein Panda mit Durchfall. Wenn ich nicht genau wüsste, dass Kommissarin Wiegand nicht zu Hause weilt, würde ich sagen, du hast eine besonders stürmische Nacht hinter dir. An deinen Augenringen könnte ein Turner mühelos den Kreuzhang üben!" Riemer winkte ab: „Ich hab nur beschissen geschlafen. Am besten, ich werde erst mal in der Kantine einen Kaffee trinken". Kommissar Schimmler hielt ihn am Ärmel fest: „Tut mir leid! Wir müssen gleich los! Irgendwer hat vor dem Chinarestaurant eine Leiche geklaut. Die Feuerwehr ist auch schon vor Ort". Riemer begriff nicht ganz: „Was hat denn die Feuerwehr damit zu tun?" Schimmler drängte seinen Freund zum Ausgang: „Schon mal was von der österreichischen Stadt Lustenau gehört? Liegt kurz vor Liechtenstein. Die haben da wohl die größte Weinflasche der Welt, und lustigerweise auch in einem chinesischen Restaurant. 1590 Liter. Und diese Buddel war auf einmal undicht. Die Feuerwehr musste den ausgelaufenen Wein aus dem Restaurant abpumpen. Halt, du steigst auf der Beifahrerseite ein! Dich lasse ich heute nicht fahren!" Riemer war sogar froh, in seinem übermüdeten Zustand nicht kutschieren zu müssen. Aber ihm war immer noch nicht der Zusammenhang zwischen Lustenau und dem aktuellen Fall klar. Während Schimmler auf die Tube drückte, fragte Riemer halblaut: „Wurde denn bei den Österreichern auch eine Leiche geklaut?" Kommissar Schimmler lachte: „Nein. Aber unsere Chinesen hier hatten ebenfalls so eine nette Flasche. Zwar kaum so groß wie die in Österreich, aber einige hundert Liter waren da wohl auch drin. Du hast die Pulle bestimmt schon gesehen. Sie stand gleich hinter dem dicken Buddha, nahe des Eingangs". Riemer verstand immer noch nicht: „Und was hat das mit dieser verschwundenen Leiche zu tun?" Schimmler antwortete etwas verzögert, weil er erst den Wagen um eine enge Kurve zwingen musste: „Nach Aussage eines Augenzeugen wurde ein Mann direkt vor dem Restaurant, und zwar vom gegenüberliegenden Haus aus, von einem Scharfschützen umgenietet. Die Kugel flog glatt durch die Zielperson hindurch, kratzte dem Buddha etwas Gold von der Schulter, und zerbrach die Flasche. Die Feuerwehr ist immer noch mit Aufwischen beschäftigt. Inzwischen hielt ein Lieferwagen vor dem Gebäude, zwei Typen stiegen aus, schleiften den Toten ins Auto, und machten sich mit überhöhter Geschwindigkeit von dannen". Riemer war nicht gerade begeistert: „Wenn das alles schon bekannt ist, was sollen dann wir beide dort noch machen?" Sein Freund lächelte: „Das, was du am Wenigsten magst. Tatort absichern und stundenlang Leute befragen".

Kommissar Schimmler saß schlecht gelaunt vor Riemers Schreibtisch: „Die Nummernschilder des Lieferwagens gibt es überhaupt nicht. Oder der Augenzeuge hat sich geirrt. Ich würde Letzteres annehmen, denn der Mensch hatte eine Alkoholfahne, die einem die Gesichtshaut verätzen konnte. Deswegen ist möglicherweise auch das Phantombild nicht zu gebrauchen, das unser Zeichner mit ihm zusammen angefertigt hat. Der angebliche Schütze auf dem Bild hat eine dermaßen schiefe Nase, dass wir wohl aller Wahrscheinlichkeit nach einen der drolligen ‚Nasalis larvatus‘ aus unserem Zoo verhaften müssen. Das Projektil, das unsere Spurensicherung in der großen Flasche gefunden hat, wurde wahrscheinlich mit einem Barrett-Modell verschossen, Kaliber 12,7 × 99". Riemer schluckte: „Heißt das, hier geht es um internationale Kriminalität?" Und Kommissar Schimmler ergänzte: „Vielleicht auch um Spionage. Ich befürchte, wir beide sind den Fall ziemlich bald los!" Riemer schien erleichtert: „Warum sollte man so etwas befürchten? Ich würde mich freuen, wenn wir mit einer landesübergreifenden Sache nichts mehr zu tun haben. Mit so etwas kann man sich nur in die Nesseln setzen".

Gegen neunzehn Uhr betrat Kommissar Riemer mit einem Einkaufsbeutel in der Hand seine Wohnung. Er warf nach alter Manier die Schlüssel auf das Tischchen der Flurgarderobe, um danach umständlich seinen Mantel aufzuhängen, und ächzend die Schuhe zu wechseln. Anschließend schlurfte er in die Küche, holte eine Flasche aus dem Beutel, und verstaute diese im Kühlschrank. Dabei sprach er aus Spaß leise mit dem Wodka: „Heute Abend werde ich dich wieder besuchen. Dann sorgst du gefälligst für meine Bettschwere. Hast du verstanden?"

Danach ging der Kommissar zurück ins Wohnzimmer und ließ sich auf die Couch fallen. Das Möbelstück kommentierte das Körpergewicht seines Besitzers mit lautem Knarren. Riemer wollte just den Fernsehapparat einschalten, als sein Handy surrend eine Art Tango auf dem Tisch tanzte. Wenn der Kommissar eines garantiert nicht leiden konnte, dann waren es Anrufe nach Feierabend. Fuchsig griff er nach dem Friedenstörer: „Vorsicht! Ich schieße auf alle, die in meiner Freizeit anrufen. Legen Sie lieber auf!" Es war sein Freund Schimmler: „Das juckt mich nicht. Wie du weißt, hat mich damals in der alten Garage auch ein Kerl angeschossen. Du warst dabei. Und hat mich das abgehalten dich zu nerven? Nein! Also lausche meinen Worten! Wir beide werden morgen früh pünktlich um 6:30 Uhr von Hohlbach in seinem Büro erwartet. Es gibt etwas Dringendes im Fall der geklauten Leiche zu besprechen. Und lass dir nicht einfallen zu spät zu kommen, es ist jemand vom BND da!". Riemer staunte: „Bei Hohlbach? Ich dachte das alte Affengesicht ist krankgeschrieben". Schimmler antwortete mit einem sardonischen Tonfall: „Die angekündigte Anwesenheit eines Vertreters vom Nachrichtendienst hat den Alten skurriler Weise auf der Stelle gesund werden lassen!"

Als die beiden Kommissare eintraten, saß der Mann vom BND lässig am Konferenztisch, während Hohlbach wie ein Gockel auf und ab stolzierte. Nach der obligatorischen Begrüßung nahmen alle Platz. Hohlbach begann: „Das ist der Herr Schneider. Sie dürften ihn noch vom Fall mit der Zehn-Euro-Münze kennen. Herr Schneider, bitte!" Der Angesprochene richtete seinen Oberkörper auf: „Also, meine Herren, es tut mir leid, aber ich muss Ihnen den Fall entziehen. Sämtliches Material, das bisher aufgelaufen ist, wird ausnahmslos dem BND übergeben. Ich glaube, ich brauche nicht zu betonen, dass alle Aktivitäten in diesem Zusammenhang von Ihnen prinzipiell zu unterbleiben haben. Sind wir uns da einig?" Riemer nickte sofort: „Aber sicher". Dann wandte sich der Kommissar an seinen Chef: „Und damit ich gar nicht erst in Versuchung gerate, nehme ich mir ein paar Tage frei. Ich muss dringend jemanden besuchen. Sie sind doch bestimmt einverstanden, Herr Hauptkommissar?" Hohlbach überlegte. Wenn er Riemer nicht frei gab, würde der bestimmt in dem Fall herumpfuschen, und das brächte unweigerlich Ärger für die Dienststelle. Also antwortete er mit einer Träne im Knopfloch: „Von mir aus!" Worauf sich Schimmler erboste: „Und ich bekomme dann wieder die ganze Arbeit auf den Tisch. Na prima!"

Beim Anlassen von Riemers Auto war zunächst ein ungutes Rasseln zu hören, welches kurz darauf in einen trockenen Knall mündete. Danach war Stille. Fluchend zückte der Kommissar das Smartphon und rief seine Vertragswerkstatt an. Man versprach ihm, bereits am Abend das Auto abzuholen. Allerdings müsse er, im Falle der Abwesenheit, den Schlüssel bei einem Nachbarn hinterlegen. Riemer antwortete, dass er sogar den Schlüssel stecken lassen würde, denn man könne ja sowieso die Karre nicht starten. Dann bestellte er sich ein Taxi zum Bahnhof. Frauke würde Augen machen, wenn er plötzlich bei ihr und ihrer Tochter auftauchte. Am Zielbahnhof angekommen, schaute er sich zunächst nach einem

Blumenstand um. Plötzlich zuckte er zusammen. Neben ihm studierte ein Mann den Fahrplan, dessen große Nase ungewöhnlich schief geformt war. Der Kommissar erinnerte sich an Schimmlers Worte, das Phantombild betreffend. Als sich der Mann in Bewegung setzte, folgte ihm Riemer vorsichtig. Sie gingen aus dem Bahnhof hinaus, um mehrere Ecken, bis hin zu einer verlassenen Gasse, in der zwei abgesperrte, baufällige Häuser auf ihren Abriss warteten. Der Mann schien die Verfolgung bemerkt zu haben, denn er sprang unerwartet über die Absperrung und rannte in eins der Abrisshäuser. Riemer folgte ihm, so gut es sein adipöser Körper erlaubte. In dem Haus herrschte Halbdunkel, es roch unangenehm und überall hingen Spinnweben. Eine staubige Treppe führte nach oben. Der Kommissar nahm langsam Stufe für Stufe, immer nach allen Seiten Ausschau haltend. Eine der morschen Stufen gab plötzlich nach, und der Kommissar strauchelte. Er versuchte sich mit der linken Hand am Treppengeländer festzuhalten. Dort stand aber ein rostiger Nagel hervor, der dem Stolpernden den Handballen aufritzte. Riemer saugte die Wunde aus, holte sein Taschentuch hervor, und wickelte es um die Hand. Dann stieg er behutsam weiter nach oben. Auf halber Treppe befand sich eine schmale Tür. Wahrscheinlich zu einer Besenkammer. Trotz mehrfachen Rüttelns ließ sie sich nicht öffnen. Als dann der Kommissar im ersten Stock angelangt war, hörte er hinter sich ein Geräusch. Er zog die Dienstwaffe aus dem Holster und drehte sich um. Der Verdächtige war aus der Besenkammer herausgetreten, und wollte sich nach unten aus dem Staub machen. Als er merkte, dass Riemer mit einer Waffe auf ihn zielte, sprang er athletisch zur Seite, knallte gegen das Geländer, und rollte zusammengekauert die Treppe hinunter. Unten angekommen sprang er auf, und rannte wie der Blitz auf die Straße. Der Kommissar verzichtete darauf, ihn zu verfolgen. Erstens wäre er sowieso viel langsamer als der Flüchtende, und zweitens bestand die Gefahr, dass er mit seinem Gewicht durch die alte Treppe brechen könnte, wenn er allzu forsch auf die Stufen treten würde. Langsam und ziemlich verärgert ging er die Treppe wieder hinunter. Als er an dem vermaledeiten Nagel vorbei kam, entdeckte er daran einen Stofffetzen. Der Schiefnasige war dort wahrscheinlich bei seiner Flucht mit der Kleidung hängengeblieben. Eine sterile Beweismitteltüte hatte Riemer zwar nicht dabei, aber ein Zellstofftaschentuch würde es auch tun. Dann rief er Schimmler an: „Du musst mich hier schnellstens mit dem Auto abholen. Ich habe etwas, das sofort ins Kriminallabor gehört. Meine Karre ist kaputt, und mit der Bahn dauert es viel zu lange!"

Diesmal saß Riemer vor Schimmlers Schreibtisch. Er hielt seine linke Hand hoch, damit sein Freund das großflächige Wundpflaster begutachten konnte: „Die Kollegen vom Labor waren etwas enttäuscht, als ich ihnen gesagt habe, dass das Blut an dem Stück Stoff von mir stammt. Aber sie haben zum Glück noch mehr gefunden, nämlich Silberiodid und Aceton". Kommissar Schimmler kratzte sich nachdenklich am Kinn: „Aceton kenne ich als Nagellackentferner, oder für die professionelle Reinigung von Autos vor dem Lackieren. Heißt das, dass unser Mann in der Kosmetik- oder Autobranche zu finden ist?" Riemer schüttelte den Kopf: „Wohl kaum. Du vergisst nämlich das Silberiodid. Das ist faktisch unlöslich, außer in Aceton. Und eine derartige Lösung versprühen dann sogenannte Hagelflieger, um die Bildung von übergroßen Hagelkörnern in Gewitterwolken zu verhindern. Das machen aber nicht gerade sehr viele Firmen. Und dazu kommt noch, dass heute mehrheitlich Silberbromid dafür eingesetzt wird. Also gehe ich davon aus, dass unser Verdächtiger bei einer der älteren Firmen arbeitet, was den Kreis auch nochmal einschränkt. Ich denke, wir können bald eine wunderschöne Verhaftung vornehmen!" Kommissar Schimmler intervenierte: „Warte mal! Du weißt genau, dass wir in dieser Sache nichts unternehmen dürfen". Riemer schaute seinen Freund vergnügt an: „Ich habe da schon einen Plan. Wir beide wurden angewiesen, die Finger von dem Fall zu lassen, aber nicht etwa der Kollege Straubinger. Wir machen ihn mit der Akte vertraut, und geben ihm die Laborergebnisse. Und wenn wir dann unseren Verdächtigen gefunden haben, lassen wir Straubinger den Kerl verhaften. Genial, oder etwa nicht?"

Hohlbach war krebsrot im Gesicht: „Riemer, Sie wollen mir doch nicht erzählen, dass das Ganze auf Straubingers Mist gewachsen ist. Der war doch gar nicht in den Fall involviert. Und rein zufällig hat er natürlich von der schiefen Nase erfahren, und aus lauter Zufall war er auch noch in der Stadt, in der Frauke Wiegands Tochter wohnt. Und wenn Sie mir jetzt auch noch sagen wollen, dass Straubinger zufällig auf diese Firma für Agrar- und Hagelflug gestoßen ist, dann könnte es passieren, dass ich Sie zufällig zu den Hottentotten strafversetzen lasse. Falls nicht der BND durchsetzt, dass ich vorher selbst dorthin verpflanzt werde. Und jetzt raus hier!"

Kommissarin Wiegand war einigermaßen überrascht, als sie die Tür öffnete, und Werner Riemer davor erblickte: „Wo kommst du denn her? Ich dachte du hättest einen verzwickten Fall zu bearbeiten! Außerdem ist meine Tochter ab morgen gesundgeschrieben, da wäre ich sowieso wieder nach Hause gekommen". Kommissar Riemer grinste fröhlich über das ganze Gesicht: „Siehst du, so unterschiedlich geht es auf der Welt zu. Deine Tochter ist gesund, was mich freut, und Hohlbach, die alte Affenfresse, hat sich erneut vom Arzt seines Vertrauens vierzehn Tage krankschreiben lassen. Was mich übrigens auch freut! Aber leider ist mein Auto, nach Aussage der Werkstatt, ebenfalls noch vierzehn Tage krank. Und das freut mich nun ganz und gar nicht!"

Hausaufgaben

Nein mein Sohn, kommt gar nicht in Frage! Das sind schließlich deine ganz persönlichen Hausaufgaben und nicht die meinigen. Ich habe zu tun. Bitte? Der Vater von Kevin geht mich doch nichts an. Der kann mit seinem Sohn machen was er will. Der hat ihn ja auch schließlich Kevin genannt. Was? Das wirst du nicht tun! Außerdem ist das eine Lüge, und du willst doch deiner Mutter keine Lügen über mich erzählen. Es geht doch hier wohl um

Schularbeiten, und nicht um irgendwelche Nachbarinnen. Also gut, ich helfe dir. Was liegt an? Theaterstück? Da bist du leider bei mir nun wirklich an der falschen Adresse. Das einzige Theater, das ich kenne, ist das, was deine Mutter veranstaltet, wenn ich sonntags vom Frühschoppen heimkomme. Mein Bester, dort geht es um Pilsbier und nicht um Shakespeare. Moment! Ich darf doch wohl auch mal einen Scherz machen. Natürlich hat ein gebildeter Vater wie ich schon mal von Shakespeare gehört. Da staunst du, stimmts? Von wann bis wann? Woher soll ich das wissen? Bin ich Geschichtsprofessor? Nein, frag ruhig, sonst lernst du ja nichts. Was? Du Mistbolzen hast gewusst, dass Shakespeares Geburtstag unbekannt ist? Wenn du mich nochmal reinlegst, dann lege ich dich auch, und zwar übers Knie! Das ist keine Gewalt gegen Kinder, das ist Erziehung. Welcher Name? Nein, wir sind hier in Deutschland, und da wird immer noch Deutsch gesprochen. Es heißt Nathan und nicht Nehßen. Immer diese Anglizismen. Was doch der kleine Professor nicht alles weiß! Ja, Anglizismus ist auch ein Fremdwort. Was? Latinisierte Form, soso, aha! Das weiß der feine Herr, aber die Schularbeiten kann er nicht alleine stemmen. Außerdem geht es hier gar nicht um Fremdwörter! Also Herr Neunmalklug, um welches Schauspiel handelt es sich bei deiner Hausaufgabe? Wie, du hast das schon gesagt? Warte mal, es gibt immerhin einige Nathans auf dieser Welt, da weiß man eben nicht sofort, um welches Schauspiel es sich handelt. Ja, das hatten wir auch in der Schule, aber das ist nicht von Shakespeare, sondern von Messing. Hab ich Messing gesagt? Ich meinte natürlich Lessing. Rassismus? Hä? Wie kommst du denn da drauf? Soviel ich weiß, ist das ein Drama und hat rein gar nichts mit Rassismus zu tun. Mensch, bist du doof! Der Titel heißt doch ‚der Weise‘ und nicht ‚der Weiße‘. Also Nathan der Weise, klar? Nein, zum Kuckuck, das hat nichts mit der Hautfarbe zu tun. Na ja, weise bedeutet so etwas wie klug. So, jetzt schmiere ich dir dann gleich eine! Du kannst durchaus auch mit mir über Klugheit reden. Moment, auch wenn dieser Nathan zehnmal Jude war, es geht in dem Stück nicht um Rassismus, sondern um Religion. Was heißt hier welche? Lies doch selber nach! Ach der Herr hat keine Lust! Ich hab auch nicht immer Lust dich durchzu-füttern, mache es aber trotzdem. Ja sicher verdient bei uns deine Mutter das Geld. Das nennt man Gleichberech-tigung. Es gibt eben Hausfrauen und Hausmänner. Ich bin halt ein Hausmann. Hoppla, mein Freund, nicht frech werden! Deine Mutter hat ausdrücklich darauf bestan-den, den Haushalt selbst zu machen. Du, pass ja auf! Von wegen, ich mache alles kaputt. Außerdem geht es dich überhaupt nichts an, was zwischen deinen Eltern ist. Re-den wir lieber mal über dich! § 1619 BGB verpflichtet nämlich Kinder dazu, im Haushalt zu helfen. Kinder, und nicht etwa Väter! Na und? Nachbarschaftshilfe muss auch sein. Stopp! Wollten wir nicht über das Theater-stück reden? Wieso Mathematik? Nein, hier ist keine ma-thematische Parabel gemeint. Bedeutung? Weißt du, eine Parabel ist … nun ja ... das ist etwas ganz anderes. Es geht ja in dem Stück auch um eine Ring-Parabel. Das hat also etwas mit Schmuck zu tun. Da fragst du am besten den Juwelier, bei dem deine Mutter immer so teures Zeug kauft. Wieso ich? Was gehen mich denn die Ohrringe unserer Nachbarin an? Vorsicht, mein Freund! Du solltest tunlichst nur über Dinge reden, die du auch beweisen kannst. Und lenke nicht immer vom Thema ab! Es geht hier einzig und allein um deine Schulaufgaben. Bitte was? Erst Rassismus, dann Mathe und jetzt Backen? Wieso Backen? Das ist doch Quatsch mit Soße! Der Sultan Saladin hat nichts mit den Sultaninen zu tun. Wie erkläre ich dir das am besten? Also ein Sultan ist so etwas Ähnliches wie ein König. Aber das hilft dir vielleicht auch nicht weiter. Es gibt ja heutzutage keine Könige mehr. Sei nicht immer so vorlaut! Ich spreche nicht von anderen Ländern, sondern von Deutschland. Bei uns gibt es keinen König, und damit basta! Können wir uns jetzt vielleicht dem Inhalt von deinem blöden Theaterstück zuwenden? Also, bei dem Juden Nathan hatte das Haus gebrannt. Und … Nein, das waren nicht die Nazis. Die gab es damals zum Glück noch nicht. Also das Haus hat gebrannt, und ein vom Sultan begnadigter Tempelritter hat Nathans Tochter Recha aus den Flammen gerettet. Nicht begnadeter, sondern begnadigter. Äh, begnadigen ist, wenn jemand verschont wird, obwohl er eigentlich schuldig ist. Ja, von mir aus, deine Mutter handhabt das auch so. Was? Du musst doch nicht unbedingt jedes einzelne Wort hinterfragen. Tempelritter sind Ordensritter. Kennst du auch nicht? So, so! Also das sind … die waren … ähm … also das hat mit dem Christentum zu tun. Keine Ahnung, ich bin aus der Kirche ausgetreten. Na jedenfalls brauchte der Sultan dringend einen Kredit. Ja, das ist das, was uns die Bank verwehrt hat. Und da wollte eben dieser Sultan den reichen Nathan anpumpen. Nicht aufpumpen, sondern anpumpen, also Geld leihen. Aber um nicht gleich mit der Tür ins Haus zu fallen, fragte der Sultan erst, welche Religion die beste ist. Welche? Ich hab dir doch schon gesagt, dass ich aus der Kirche ausgetreten bin. Einen toten Hasen kannst du auch nicht mehr nach dem besten Möhrenfeld befragen. Nein, zum Teufel, ein Hase kommt in dem Drama nicht vor. Also, wo war ich? Ach so, Nathan erzählt dem Sultan ein Märchen von einem Vater, welcher drei Söhne besitzt, und nicht so genau weiß, welchen Sohn er am liebsten mag. Bitte? Ja, es ist ein großes Glück, dass ich nur einen einzigen Sohn habe. Aber diese Tochter, diese Recha, die war gar nicht die Tochter, sondern eine Pflegetochter. Und der Tempelritter war der Bruder. Nicht vom Nathan. Nein, verdammt, auch nicht vom Sultan. Hör doch mal zu! Der Tempelritter war der Bruder der Tochter, und wollte sie aus Unwissenheit heiraten. Und der Vater war außerdem noch der Bruder des Sultans. Quatsch, was soll denn daran kompliziert sein? Nimm doch bloß mal das Märchen vom Aschenputtel. Die neue Frau des Vaters ist Aschenputtels Stiefmutter und deren Töchter wurden dadurch die Schwestern von ihr. Hätte nun der Bruder von Aschenputtels Vater eine der Schwestern geheiratet, dann wäre dadurch diese Schwester gleichzeitig ihre Tante gewesen. Hätte diese dann auch noch einen Sohn bekommen, wäre Aschenputtels Cousin putziger Weise gleichzeitig ihr Neffe. Hörst du überhaupt zu? Ich ringe mir hier ein leicht verständliches Beispiel ab, und mein Herr Sohn bohrt sich in der Nase. Wenn ich dir schon bei den Hausaufgaben helfe, dann solltest du dich auch etwas bemühen, mir zu folgen. Was heißt hier, worum es eigentlich geht? Hab ich doch gesagt. Um Religion. Und natürlich, wie immer, um Liebe. Ja, mein Sohn, ich hab dich auch lieb. Natürlich habe ich auch deine Mutter lieb. Nein, Kreuzdonnerwetter nochmal, die Nachbarin nicht!

Vergesslichkeit

Nicht nur, dass ich ziemlich ungeschickt bin, ich bin auch vergesslich. Das ist meinem Geschäft als Privatdetektiv leider nicht immer zuträglich. Nun ist es so, dass jeder in unserem Haus eine personengebundene Mülltonne besitzt. Und diese habe ich mit einem Vorhängeschloss gesichert. Als ich das noch nicht hatte, war meine Tonne meistens innerhalb eines Tages mit Fremdmüll vollgestopft. Jetzt passiert es allerdings leider sehr häufig, dass ich mit prall gefülltem Müllbeutel vor der Tonne stehe, und der Schlüssel wartet immer noch geduldig in der Wohnung an meinem Schlüsselbrett. Was also lag näher, als zum Baumarkt zu fahren, um dort ein Zahlenschloss zu erstehen. Vier kleine Ziffernräder in die richtige Stellung gebracht, und schon ist das Schloss auf, ganz ohne Schlüssel. Allerdings zauberten die Gedanken an den Baumarkt noch ein ganz anderes Wort unter meine Hirnschale, nämlich das betörende Wort Schlagbohrmaschine. Der Grund dafür war mein Versagen von vergangener Woche. Bei dem Versuch ein neues Bücherregal anzubringen, hatte es meine alte, handliche Bohrmaschine vorgezogen, lieber in Rauch aufzugehen, als die Betonwand zu perforieren. Hätte ich Dummbeutel in letzter Zeit nicht so viele Bücher gekauft, hätte ich auch kein weiteres Regal gebraucht, und dann wäre logischerweise eine neue Bohrmaschine ebenfalls nicht von Nöten gewesen. Vielleicht kann mir mal ein Psychologe erklären, warum ein Mensch, der nicht gerade über viele finanzielle Mittel verfügt, sich ständig Bücher kaufen muss. Zumal auf ein modernes Computer-Tablet um die 2500 elektronische Bände passen. Geht man nun davon aus, dass ein Buch durchschnittlich 350 Seiten hat, und ich konsequent jeden Tag volle acht Stunden lesen würde, dann bräuchte ich bei meiner mittelmäßigen Lesegeschwindigkeit ganze 299 Jahre, bevor ich so ein Tablet komplett ausgelesen hätte. Ich bin allerdings der Meinung, dass das eine exorbitante Altersvorsorge bedingt, falls man während des Lesens nicht verhungern oder verdursten möchte.

Eigentlich habe ich etwas gegen Klischees, aber als ich den Baumarkt betrat, wurde meine Denkweise Opfer eines solchen. Da stritten sich zwei Frauen lautstark um den letzten, verbilligten Winkelschleifer. Ein Mitarbeiter wollte den Streit schlichten, und bekam einen Schlag auf die Nase. Man bedenke, zwei Frauen, Baumarkt, Winkelschleifer und Boxen. Manchmal hasse ich meine Gedankengänge. Bevor ich dem Angeschlagenen zu Hilfe kommen konnte, hatte ein zweiter Angestellter die beiden Streithühner bereits voneinander getrennt. Also begann ich lieber die Abteilung mit den Vorhängeschlössern zu suchen, da ich dort wohlweißlich auch die Zahlenschlösser vermutete. Wie ich feststellen konnte, gab es unzählige Arten von Schlössern mit Schlüssel. Große, kleine, ganz große, ganz kleine und auch mittlere, aber von

Vorhängeschlössern mit einer Zahlenkombination waren nur wenige zu finden. Zum einen ein paar recht zierliche, mit nur drei Zahlenrädern bestückte Teile, zum anderen aber jede Menge elektronischer Apparate. Zwar besaßen diese immer noch den typischen Bügel eines Vorhängeschlosses, aber die unterschiedlichsten Methoden, wie man sie bedienen musste. Die meisten von ihnen waren nur mit Hilfe des Smartphons zu öffnen. Na prima! Da würde ich also zukünftig vor meinem Müllkübel stehen, um festzustellen, dass ich statt des Schlüssels mein Handy in der Wohnung vergessen hatte. Das nennt sich dann technischer Fortschritt. Die zweite Ausführung dieser modernen Schließgeräte hatte auf der Frontseite einen Fingerabdrucksensor. Da müsste ich also vor dem Müllrunterbringen immer gründlich die Hände waschen, da ich sehr schwach ausgeprägte Fingerkuppen mein Eigen nenne. Es kommt nämlich leider auch regelmäßig zu Problemen bei der Fingerabdruckerkennung an meinem Laptop. Wahrscheinlich sind die Tasten an dem Ding nur deshalb noch so sauber, weil er sich mit angeschmutzten Fingern gar nicht erst entsperren lässt. Ich sah mich also in Gedanken schon fluchend vor meiner Mülltonne stehen, um danach grollend zurück zum Waschbecken zu traben. Blieb nur noch ein einziges Schloss übrig. Das war zwar ebenfalls über das Smartphon ansteuerbar, hatte aber auch gottseidank zusätzlich ein Tastenfeld. Man konnte es per Bluetooth mit einer App, oder halt offline per Pin Code öffnen. Es war aus Edelstahl, wasser- und staubdicht. Nachdem leider keine anderen ‚offline-Schlösser' verfügbar waren, kaufte ich schweren Herzens so ein Ding, und verzichtete damit auf die

Schlagbohrmaschine, weil ich sonst erst einen Kredit hätte aufnehmen müssen. Zu Hause angekommen, lud ich mir die zugehörige App herunter, und freute mich wie ein Schneekönig, dass ich mit meinem Smartphon vom Wohnzimmer aus, mein neuerworbenes, in der Küche liegendes Schloss auf funktechnischem Weg auf- und zumachen konnte. Männer und ihre Spielzeuge!

Am nächsten Tag im Büro freute ich mich schon auf den Abend, weil ich dann endlich den Müll zu meiner elektronisch gesicherten Tonne tragen konnte. Und dann war er da, der lang ersehnte Feierabend. Ich stand gut gelaunt mit dem Müllbeutel vor meiner Tonne, und … hatte die Zahlenfolge vergessen. Das Handy mit dem eingespeicherten Code lag natürlich oben in der Wohnung. Das hatte zur Folge, dass meine Laune verständlicherweise nicht mehr so richtig optimal war. In dieser Nacht träumte ich dann noch von einer Schlagbohrmaschine, die sich selbständig immer weiter von mir entfernte, während lachend im Hintergrund der Hersteller eines gewissen Schlosses pausenlos Geldscheine zählte.

Am Morgen programmierte ich sofort nachdem ich das wärmende Bett verlassen hatte, mein Schloss auf eine neue, leicht zu merkende Zahlenfolge. Zunächst auf 1, 2, 3, 4, 5, 6, 7, 8. Das erschien mir dann aber doch etwas zu einfach. Der zweite Versuch belief sich auf 0, 1, 2, 3, 4, 5, 6, 7. Auch das war immer noch nicht so ganz zufriedenstellend. Also drehte ich die Reihenfolge um. Und somit war dann 7, 6, 5, 4, 3, 2, 1, 0 der Zahlencode meiner Wahl. Ich beglückwünschte mich überschwänglich für diese fast genial zu nennende Geistesblüte. Leider hatte ich im Moment keinen Müll vorrätig, um die neue Programmierung auch ausprobieren zu können. Der Rest des Tages konnte mit seiner Eintönigkeit leider in keiner Weise meinen elektronischen Geistesblitz vom Morgen in irgendeiner Form überstrahlen. Als ich dann gegen Abend gähnend mein Badezimmer betrat, schlängelten sich einige wenige Geruchsmoleküle in meine kampferprobte Nase. Mit anderen Worten, etwas roch unangenehm. Nachdem ich wie ein Straßenköter an allen Gegenständen geschnüffelt hatte, konnte ich den Badvorleger als Ursache ausmachen. Also ab mit dem Ding in die Waschmaschine. Ich besitze, wie ich mit stolz geschwellter Brust berichten kann, eine richtig moderne Waschmaschine. Sie wiegt selbstständig die eingelegte Wäsche, und berechnet danach die dafür benötigte Wassermenge. Man kann also theoretisch auch schnell mal nur ein einzelnes Hemd darin waschen. Oder sogar einen einzelnen Badvorleger. Da es allerdings schon reichlich spät war, und ich nicht der Ruhestörung bezichtigt werden wollte, stellte ich die integrierte Schaltuhr der Maschine auf den nächsten Morgen ein. Noch während ich im Bett lag, würde meine metallene Haushaltshilfe bereits ihre Arbeit beginnen.

Mein Wecker holte mich wie immer zuverlässig aus dem Schlaf. Auf dem Weg zum Bad reckte und streckte ich mich, dass es wohlig in allen Gelenken knackte. Im Badezimmer angekommen bemerkte ich genervt, dass zwar die Schaltuhr an meiner Waschmaschine ordnungsgemäß gestellt war, ich aber bedauerlicherweise vergessen hatte, diese Einstellung mit der OK-Taste zu bestätigen. Aber das kann man ja nachholen. Dann betrachtete ich interessiert die Falten meines noch müden Gesichts in dem großen Spiegel, während ich freizügig die Zahnpasta auf der zugehörigen Bürste verteilte. Was ich jedoch an diesem Morgen nicht bedacht hatte, war meine empfindliche Reaktion auf kalte Füße. Da nun aber mein Badvorleger in der Waschmaschine rumorte, kroch die Kälte des Bodens langsam und unaufhaltbar in meine nackten Fußsohlen. Haben Sie schon einmal mit einer umfassenden Menge von Zahnpastaschaum im Mund geniest? Nicht nur, dass der komplette Spiegel, sowie die Armaturen samt Waschbecken weiß eingesprüht waren, nein, ich verschüttete auch noch die Hälfte des Inhalts meines Zahnputzbechers auf den gekachelten Badfußboden. Scheinbar ruhig, aber innerlich vor Wut zitternd, spülte ich mir den Mund aus, und wollte gerade den Spiegel putzen, als ich von fern das Klingeln meines Telefons wahrnahm. Nun gehöre ich zu den Menschen, die auf das Läuten eines derartigen Apparates sofort und bedingungslos reagieren. Es könnte ja eventuell ein geschäftlicher, und damit Geld einbringender Anruf sein. Also machte ich blitzartig kehrt, um schnellstens an mein Telefon zu gelangen. Dummerweise sind nasse Kacheln nicht unbedingt rutschfest. Als ich wieder zu mir kam, war das Läuten schon längst verstummt. Dafür hatte meine Nase den Boden vollgeblutet. Aber auch mit zwei Wattebällchen in der Nase kann man uneingeschränkt duschen. Die Vorbereitungen für mein Frühstück ließen meine Laune langsam wieder ansteigen. Allerdings wurde die frohe Erwartung abermals allgewaltig getrübt, als ich die

Pfirsichmarmelade auf den Tisch stellen wollte. Normalerweise ist es nur mit großem Aufwand möglich, das Etikett von einem Marmeladenglas zu entfernen. Aber es gibt einen einzigen Menschen auf dieser Welt, der es fertig bringt, urplötzlich nur noch das Etikett in der Hand zu halten, während das Glas aus derselben rutscht, und an der Tischkannte zerschellt. Ich kratzte, anstößige Flüche brabbelnd, die Marmelade mit dem Messerrücken vom Teppich. Ja, in meiner Küche liegt ein Teppich. Na und? Nachdem ich etwas Schaumreiniger auf der bekleckerten Unterlage verteilt hatte, klingelte es wieder. Diesmal jedoch an der Tür. Da ich mir erst die Hände waschen musste, öffnete ich nicht sofort. Die Folge war, dass jemand ungeduldig meine Wohnungstür mit der Faust bearbeitete. Nach dem Öffnen sah ich mich zwei Uniformierten gegenüber, einem Mann in meiner Größe, und einer furchteinflößend großen Frau. Die Polizistin fragte streng: „Sind Sie Herr Levin Baer?" Meine Antwort: „Zumindest trage ich seine Unterwäsche", schien sie nicht zu amüsieren. Diesen Ausspruch hatte ich vor einiger Zeit in einer Fernsehsendung gehört. Ich fand's lustig. Der männliche Vertreter der Staatsmacht wohl nicht. Er sagte mit bitterbösem Gesicht: „Ziehen Sie sich Schuhe und Jacke an, und folgen Sie uns nach draußen!" Sein weibliches Pendant ergänzte: „Und nehmen Sie Ihr Handy mit!" Mein Gesichtsausdruck war in diesem Moment nicht unbedingt von Verständnis geprägt, aber ich wollte mich auch nicht des Widerstandes gegen die Staatsmacht bezichtigen lassen. Also folgte ich den beiden lammfromm und mit hängendem Kopf. Unser Spaziergang endete vor meiner Mülltonne. Die Uniformierte deutete auf mein brillant programmiertes Schloss: „Aufmachen!" Dann holten die beiden nacheinander zwei in Plastikfolie eingeschweißte Pakete aus meiner Tonne. Es handelte sich dabei unbestreitbar um Drogen. Auf dem Weg zum Polizeirevier hatte ich ausreichend Zeit mich zu ärgern. Nicht genug, dass heutzutage Computer gehackt werden, jetzt sind auch schon Elektronikschlösser dran.

Der Beamte, der mir im Verhörraum gegenüber saß, entschuldigte sich langatmig für meine erlittenen Unannehmlichkeiten. Aber man habe mich in aller Öffentlichkeit verhaften müssen, damit es für andere so aussah, als wäre ich der wahre Verdächtige. Man sei nämlich schon lange einer Bande auf der Spur, die elektronische Schlösser an Lagerhallen, Müllkübeln oder Geräteschuppen knackt, um darin zeitweilig Drogen zwischenzulagern. Also bäte man mich dringend, mindestens eine Nacht in einer Gefängniszelle zu verweilen. Naiv, wie ich nun mal bin, stimmte ich zu. Schließlich hatte ich aktuell keinen Fall zu bearbeiten, und dadurch jede Menge Freizeit. Als ich am Morgen danach auf meiner Pritsche erwachte, fühlte ich mich wie gerädert. Wenn mir Blödmann da bewusst gewesen wäre, dass man mich nicht wirklich eingeschlossen hatte, hätte ich mich auch nicht an die Zellentür gelehnt. Aber es ist ja auch völlig egal, ob meine Nase auf dem Boden meines Badezimmers oder auf dem Gang des Zellentrakts blutet. Jedenfalls hatte die Polizei in der Nacht die Burschen hochgehen lassen, und ich durfte wieder nach Hause. Nachdem ich das sauteure Schloss meiner Mülltonne in dieselbe versenkt hatte, kaufte ich mir im Baumarkt ein billiges Vorhängeschloss mit drei Schlüsseln, welche ich dann an den verschiedensten Plätzen deponierte. Ich durfte halt nur nicht wieder vergessen wo.

4 ist 6 weniger als 2

Grundgedanken

Kennen Sie das auch? Ein Mensch hört irgendwann ein Sprichwort, ein Bonmot, eine alte Volksweisheit, einen Aphorismus oder einen lustigen Spruch. Ihm gefällt die Wortwahl oder der tiefere Sinn, oder vielleicht auch beides. Zukünftig benutzt er vermutlich diese Formulierung auch seinerseits, ohne gleich zu wissen, wo der Ursprung des Ganzen zu finden ist. Solche Menschen kann man gewöhnlich in drei Kategorien einteilen. Die einen recherchieren so lange, bis sie die Quelle der Worte ermittelt haben. Die zweiten warten, bis sie rein zufällig die Herkunft erfahren. Die dritte Gruppe jedoch will es gar nicht wissen. Denen ist es einfach scheißegal, wer das zuerst gesagt oder geschrieben hat, bzw. was es eigentlich bedeutet. Natürlich gibt es Sprüche, mit denen man bereits im Deutschunterricht konfrontiert wird. Ich möchte hier nur mal zwei der bekanntesten Urheber anführen. Friedrich Schiller zum Beispiel bescherte der Menschheit vieles, was nahezu täglich von uns verwendet wird, ohne dabei an diesen genialen Autor zu denken. Beispiele gefällig? «Drum prüfe, wer sich ewig bindet», «Wehe, wenn sie losgelassen», «Was nicht verboten ist,

ist erlaubt», «Der kluge Mann baut vor», usw. usw. Der Dichterfürst Johann Wolfgang von Goethe trug ebenfalls seinen Teil bei: «Auch aus Steinen, die einem in den Weg gelegt werden, kann man Schönes bauen», «Es irrt der Mensch, solang er strebt», «Wo viel Licht ist, ist auch starker Schatten», «Er kann mich im Arsche lecken». Wobei wohl der letzte Spruch am meisten variiert wurde.

Eine Karriere

Ein gewisser Mann namens Friedrich, der von jedem eigentlich nur Fritz genannt wurde, war, wie man so schön sagt, ein Sprücheklopfer vor dem Herrn. Ihm war vollkommen egal, wann, warum und vom wem ein Zitat in diese Welt gekommen war, Hauptsache er konnte es zum Besten geben. Ob von Georg Christoph Lichtenberg, Eugen Roth, Jean-Paul Sartre, Friedrich Nietzsche, Karl Kraus oder Gaius Julius Cäsar, jede Äußerung, die auch nur den geringsten Sinn vermuten ließ, wurde von Fritz aufgesogen, und zu jeder passenden und unpassenden Gelegenheit hinausposaunt. Leider verfügte er auch über ein riesiges Reservoir von ziemlich dummen Ausdrücken, und deshalb hatte sein Werdegang praktisch mit Beleidigungen begonnen, wie etwa: «Dein Gesicht sollte auf ein Poster für Empfängnisverhütung», «Du hast einen IQ von 29, Knäckebrot hat 30», «Du hast Füße wie ein Reh. Nicht so graziös, aber so behaart». Als er merkte, dass man ihn zunehmend nicht mehr richtig leiden mochte, verlegte er sich auf klassische Zitate, wie zum Beispiel: «Tatsachen schafft man nicht dadurch aus der Welt, dass man sie ignoriert», «Wenn zwei Menschen immer die gleiche Meinung haben, taugen beide nichts»,

«Glaube denen, die die Wahrheit suchen, und zweifle an denen, die sie gefunden haben». Diese und ähnliche geflügelten Worte brachten ihm dann doch noch einen gewissen Glanz von Intellekt ein. Im Laufe der Zeit bemerkte er immer wieder, dass bestimmte Sprüche auf die verschiedensten Begebenheiten angewendet werden konnten, und, obwohl sie keiner so richtig verstand, für weise gehalten wurden. Das brachte Fritz zunächst dazu, die Menge seiner Sprüche drastisch zu reduzieren, um dann schlussendlich nur noch mit einer einzigen Wortgirlande hausieren zu gehen. Sein Lieblingsspruch war fortan: „Auch Chendriten bestehen nur aus Chondrulen". Kein Schwein, außer vielleicht ein Astrophysiker, konnte damit etwas anfangen. Aber zumindest klang diese Redewendung irgendwie gescheit. Wenn jemand beispielsweise die Frage in den Raum stellte: „Warum unterstützt die Regierung finanziell immer nur die Konzerne, und lässt die Kleinbetriebe vor die Hunde gehen?", dann sagte Fritz im Brustton der Überzeugung: „Auch Chendriten bestehen nur aus Chondrulen". Und da keiner der Anwesenden zugeben wollte, dass er den Sinn des Ganzen überhaupt nicht begriffen hatte, nickten alle wissend mit ihren Köpfen. Niemand wollte halt als Einziger für blöd angesehen werden. Und sollte wirklich jemand einmal nachfragen: „Was soll das eigentlich heißen?", dann wurde er von den anderen dermaßen überheblich belächelt, dass er im Endeffekt doch verstummte. Bald galt Fritz als der Heilbringer, der auf jede Frage eine Antwort wusste. Viele hofierten ihn, und man konnte ihn schließlich als Mitglied für eine bestimmte Partei gewinnen. Dort stieg er dann beständig die Karriereleiter nach oben, bis ihn das Peter-Prinzip bremste, also die These von Laurence J. Peter, die besagt, dass man solange aufsteigt, bis man die Stufe seiner Unfähigkeit erreicht hat. Man kaufte Fritz seinen stereotyp angewendeten Spruch nicht mehr ab. Ergo musste er sich etwas Neues einfallen lassen. Da kam ihm ein sogenannter Versprecher aus einer Fernsehshow gerade recht. Es gibt ja eine ganze Reihe von ungewollten Wortverdrehungen, aber diese Formulierung konnte man getrost als diejenige bezeichnen, die am meisten sinnbefreit war: „Vier ist sechs weniger als zwei". Fortan galt Fritz sogar als Erneuerer, da er, wie man allgemein verlauten ließ, einen alten Zopf abgeschnitten hätte, und ab sofort mit frischen Gedanken seine Partei ganz nach oben bringen würde. Und Fritz erreichte nun doch noch die oberste Stufe der Karriereleiter. Einfach nur durch eine ungewollt entstandene Sinnverdrehung.

Nachtrag
Ich, also der Schreiberling des soeben angeführten Textes, gebe hiermit unumwunden zu, den sinnlosen Spruch aus der Überschrift, welchen wahrscheinlich niemand absichtlich verwenden würde, lediglich benutzt zu haben, um ein ganz bestimmtes Prinzip ins rechte Licht zu rücken. Und wenn Sie, lieber Leser, liebe Leserin, einmal genau den derzeitigen Reden von einigen etablierten Politikern zuhören, dann werden Sie ganz bestimmt meinen Worthülsen schleudernden Fritz erkennen.

Der Linkshänder

Hauptkommissar Hohlbach drehte Kommissar Riemer den Rücken zu und trat ans Fenster. Er begann leise zu sprechen, während er den Verkehr auf der Straße beobachtete: „Hören Sie Riemer! Wir beide wissen ganz genau, dass wir uns gegenseitig nicht besonders gut leiden können. Aber es geht um einen äußerst diffizilen Fall, den ich nicht jedem anvertrauen kann. Dafür kommen in unserer Dienststelle nur zwei Kollegen in Frage, Kommissar Schimmler und Sie. Da aber Kollege Schimmler zurzeit auf Lehrgang ist, bleibt eben nur einer übrig. Warum setzen Sie sich nicht?" Riemer zog sich geräuschvoll einen Stuhl heran, und ließ seine Körperfülle darauf plumpsen: „Da hätte ich zwei Fragen. Erstens: Haben Sie Augen im Hinterkopf, oder woher wussten Sie, dass ich immer noch stehe? Und Zweitens: Worum geht es in dem Fall genau?" Sein Chef drehte sich zu ihm um: „Ein Polizist, also ein Kollege, hat seine Frau erschossen. Schon das alleine macht den Fall schwierig. Aber dieser Kollege ist auch noch einer der Cousins unseres Innenministers. Und die Tat wurde blöderweise in Gerlingen, im Landkreis Ludwigsburg, begangen". Riemer stutzte: „Was? Das fällt doch in den Regierungsbezirk Stuttgart. Falls ich mich nicht sehr täusche, dann sind wir da wohl kaum zuständig". Hohlbach wand sich wie ein Regenwurm: „Nun ja, die Sache ist aber so, dass unser Innenminister mit dem dortigen ausgemacht hat, dass ich die Kollegen vor Ort unterstützen soll, da ja der Täter mit unserem … ach, Sie verstehen schon! Aber ich kann doch hier nicht weg. Ich muss den Laden am Laufen halten.

Da dachte ich, dass Sie ..." Kommissar Riemer hielt den Kopf schief: „Was läuft denn hier? Wir sind doch nicht die einzige Dienststelle in unserem schönen Bundesland. Wieso gerade Sie, respektive ich?" Hohlbach wackelte etwas unsicher mit dem Kopf: „Na ja, also, die Frau des Ministers und meine Frau ... ach Quatsch, das geht Sie eigentlich gar nichts an. Sie fahren nach Gerlingen, und damit Schluss der Debatte!" Riemer lenkte ein: „Na gut. Aber wo ist die entsprechende Akte? Ich will dort ja nicht unwissend wie ein Sechstklässler erscheinen". Hohlbach trat hinter seinen Schreibtisch: „Darf ich Ihnen nicht aushändigen. Datenschutz. Aber ich werde Ihnen jetzt alles Notwendige erzählen". Riemer musste lachen: „Das ist doch Haarspalterei. Ob ich das nun lese oder vorgelesen bekomme, das ist doch genau das Gleiche". Sein Chef schüttelte energisch den Kopf: „Was ich Ihnen sage, bleibt hier im Raum. Gebe ich Ihnen die Akte, kann ich mir da nicht so ganz sicher sein". Kommissar Riemer verschränkte seine Arme vor der Brust: „Vielen Dank für Ihr Vertrauen!" Hauptkommissar Hohlbach überhörte die Bemerkung und nahm hinter seinem Schreibtisch Platz: „Die Sache ist eigentlich ganz klar. Unsere Kollegen in Gerlingen haben ermittelt, dass die Frau mit einer Kugel des Kalibers 9-mm-Parabellum erschossen wurde. Dieses Kaliber hat auch die Dienstwaffe des Täters. Allerdings war die Kugel derart verformt, dass man sie nicht eindeutig der Waffe zuordnen konnte. Ob und wann mit der Waffe geschossen wurde, bleibt auch unsicher, da die Frau erst zwei Tage nach ihrem Tod aufgefunden wurde. Der Mann wohnte nämlich getrennt von ihr, und hat angeblich nichts von ihrem Ableben gewusst. Er will sie nach den besagten zwei Tagen wegen der Regelung von Scheidungsmodalitäten besucht und gefunden haben. Somit hatte er genügend Zeit, die Waffe gründlich zu reinigen, und auch das Magazin wieder aufzufüllen". Kommissar Riemer unterbrach ihn: „Ich dachte, Sie hätten zu Anfang gesagt, dass alles klar sei. Aber das sind doch alles nur unbestätigte Vermutungen". Hohlbach blickte auf: „Immer mit der Ruhe! Es geht ja noch weiter. Also, bei den beiden gab es schon seit längerer Zeit mehrere Auseinandersetzungen mit tätlichen Übergriffen. Sie leben in Scheidung, seit der Mann ausgezogen ist. Auf seine Frau läuft eine hohe Lebensversicherung, die ihren Ehemann als Begünstigten ausweist. Das sind starke Motive. Außer den Motiven hatte der Mann ja wohl noch die Mittel und die Gelegenheit. Diese drei Dinge stellen nun mal die Heilige Dreifaltigkeit unserer Ermittlungen dar. Und außerdem ist er Linkshänder". Riemer drehte den Kopf beiseite, wie ein Huhn, dass nach einem Weizenkorn Ausschau hält: „Hä? Seit wann ist denn Linkshändigkeit ein Motiv für Mord?" Sein Chef wehrte ab: „Das habe ich ja nicht gesagt. Aber es ist zusätzlich ein sehr starkes Indiz. Er hat nämlich auf der linken Wange einen Brandfleck, der garantiert von der heißen Patronenhülse herrührt, welche beim Schuss aus seiner Waffe ausgeworfen wurde. Haben Sie gut zugehört? Auf der linken Seite!" Kommissar Riemer stand auf: „Jetzt brauchen Sie mir bloß noch zu sagen, wie ich ohne die geringste Zuständigkeit in einer mir völlig fremden Stadt einen Täter überführen soll!" Hohlbach erhob sich ebenfalls: „Gar nicht. Der Minister wünscht lediglich, dass Sie einfach einen Punkt finden, der unter Umständen für die Unschuld seines Cousins sprechen könnte".

Kommissarin Frauke Wiegand schien verärgert: „Morgen? Nach Gerlingen? Und was wird mit der Oper?" Riemer hob die Schultern: „Was soll schon mit der Oper sein? Sie bleibt an dem Ort stehen, an welchem sie gebaut wurde". Frauke Wiegands Augen blitzten gefährlich auf: „Tu doch nicht immer so dumm! Du weißt ganz genau, dass wir morgen in Carmen wollten". Der Kommissar versuchte seine Frauke zu beruhigen: „Die Carmen kann ausnahmsweise auch mal ohne mich singen. Entweder verschieben wir den Opernbesuch bis zur nächsten Carmen, oder wir gehen einfach in eine andere Oper. Oder du gehst allein, und nimmst deine Freundin mit, die du mir im Übrigen immer noch nicht vorgestellt hast". Die Kommissarin drohte scherzhaft mit dem Zeigefinger: „Du willst bloß eine andere Frau kennenlernen, und ich soll dir auch noch dabei helfen. Kommt gar nicht in die Tüte!"

Der Verhörraum war blitzsauber, als hätte eine Putzkolonne die letzten acht Stunden hier ununterbrochen geschuftet. Riemer nahm sich vor, später davon ein Foto zu schießen, um es in der heimischen Dienststelle als nachahmenswertes Beispiel herumzuzeigen. Der Verdächtige saß angespannt auf seinem Stuhl und blickte Riemer prüfend entgegen: „Wer sind Sie denn? Sie habe ich hier doch noch gar nicht gesehen!" Der Kommissar legte die ihm von den Kollegen anvertraute Akte auf den Tisch, und setzte sich: „Mein Name ist Kommissar Werner

Riemer, und ich bin auf den speziellen Wunsch Ihres Innenministers hier". Der Mann drückte sich mit beiden Händen von der Tischkante ab, und rutschte dadurch etwas mit seinem Stuhl nach hinten: „Ich hab alles schon meinen hiesigen Kollegen gesagt. Ich wars nicht!" Riemer schlug den Aktendeckel auf, und sagte ganz ruhig: „Ich habe Sie doch noch gar nicht einer Straftat bezichtigt". Der Verdächtige zog sich wieder an den Tisch heran: „Sie wissen doch genauso gut wie ich, dass es hier um meine tote Frau geht. Oder wollen Sie mich vielleicht verhören, weil ich einmal zwei Tage lang die selbe Unterhose getragen habe?" Kommissar Riemer beugte sich vor: „Wann war denn das mit der Unterhose?" Sein Gegenüber schien kurz irritiert, dann sagte er: „Und wenn Sie mir zehnmal mit Humor kommen, ich war es nicht. Ich habe meine Frau nicht erschossen". Der Kommissar blätterte in der Akte: „Also von Anfang an! Sie sind Polizeimeister Eckhardt Mühlmann, in Gerlingen geboren, noch verheiratet aber getrennt lebend, sechsundzwanzig Jahre, keine Kinder. Ist das soweit richtig?" Der Blick des Verdächtigen drückte Abweisung aus: „Wenn es da steht". Kommissar Riemer fuhr fort: „Wie ich Ihren bisherigen Worten entnehmen konnte, werden Sie zu Unrecht beschuldigt. Wollten Sie das so sagen?" Der Mann nickte. Riemer blätterte weiter: „Es soll zwischen Ihnen und Ihrer Frau tätliche Auseinandersetzungen gegeben haben". Sein Gegenüber schlug mit der Faust auf den Tisch: „Ich habe ihr nichts getan, im Gegenteil, meine Frau war gewalttätig mir gegenüber. Sie hat mit Tellern nach mir geworfen, mit einem Spazierstock auf den Hinterkopf geschlagen, und mir heiße Suppe in den Schoß gegossen. Aber das glaubt mir einfach keiner. Gewalt in der Ehe muss schließlich immer vom Mann ausgehen. Scheinbar ist das gesetzlich geregelt. Was glauben Sie denn, warum ich ausgezogen bin und die Scheidung eingereicht habe?" Riemer kratzte sich nachdenklich am Kinn: „Sie wissen schon, dass Sie mir damit ein Motiv geliefert haben? Also, wo waren Sie zur Tatzeit?" Der Polizeimeister wurde sichtlich böse: „Wie oft soll ich das noch sagen? An dem Tag, an dem meine Frau starb, war ich zum ermittelten Todeszeitpunkt in einer Kneipe und habe ein bisschen Alkohol getrunken. Und bevor Sie fragen, nein, niemand hat das bis jetzt bestätigt. Ich habe halt ein Allerweltsgesicht". Riemer blätterte die nächste Seite um und zog plötzlich die Brauen zusammen: „Hoppla! Herr Mühlmann, was für eine Waffe tragen Sie?" Der Gefragte antwortete mürrisch: „Eine Walther P5. Diese Waffe haben alle hier in Baden-Württemberg. Das spielt aber keine Rolle, denn die deformierte Kugel konnte keinem Pistolentyp zugeordnet werden". Der Kommissar klappte die Akte zu: „Für mich spielt das schon eine Rolle. Das sagt mir nämlich, dass dieses Verhör hiermit beendet ist".

Hauptkommissar Hohlbach blickte seinen Untergebenen erwartungsvoll an: „Nun, wie ist es gelaufen? Raus mit der Sprache!" Riemer setzte sich lässig vor Hohlbachs Schreibtisch: „Sie wollten doch, dass ich einen Punkt finde, der die Überlegungen unsere Amtsbrüder ins Wanken bringt. Und genau das habe ich gemacht". Hohlbach rutschte wie ein ungeduldiges Kind auf seinem Sitz hin und her: „Und?" Riemer genoss den Augenblick: „Man hat doch als Tatwaffe die Dienstpistole des Polizeimeisters genannt. Und das ist in Baden-Württemberg sowie in Rheinland-Pfalz immer eine Walther P5". Hohlbach platzte förmlich vor Neugier: „Ja gut. Und weiter? Was meinen Sie damit!" Riemer breitete theatralisch seine Arme aus: „Na, die P5 ist doch eine der wenigen Waffen, die ihre Hülsen nach links auswirft. Und der Mann ist Linkshänder. Die Patronenhülse hätte ihm somit nie und nimmer die linke Wange ansengen können. Und das genau war der Punkt, den ich gefunden habe, und der auch alle nachdenklich gemacht hat. Was aber daraus folgt, wird die Staatsanwaltschaft zu beurteilen haben. Auf jeden Fall können Sie dem Minister mitteilen, dass unsere Ermittlungen etwas Entlastendes in die Waagschale geworfen hat!" Hohlbach stieß hörbar die Luft aus: „Riemer, Sie haben etwas bei mir gut!" Der Gelobte erhob sich grienend: „Hervorragend! Ich werde Sie auf jeden Fall daran erinnern, wenn Sie mich zukünftig wieder einmal abmahnen wollen!"

Leon und Verona

Leon hatte vor zwei Monaten seinen vierundzwanzigsten Geburtstag gefeiert. Er war gut gewachsen, blond und blauäugig. Verona hingegen war gerade einundzwanzig geworden, brünett, und hatte große, braune Augen. Die beiden trafen sich zufällig an einem Samstagabend im Club. Sie tanzten, tranken und quatschten. Als Leon um ihre Telefonnummer bat, lehnte sie ab. Auch sein

Angebot, sie nach Hause zu begleiten, wies sie zurück. Trotzdem konnte Leon in den folgenden Tagen immer nur an dieses holde Wesen denken. Seinen arglosen Freunden gegenüber äußerte er, er würde gern in Verona sterben, meinte damit aber keineswegs die Stadt in der Region Venetien im Nordosten Italiens. Er wollte unbedingt seine Angebetete wiedertreffen, denn sonst, so glaubte er, würde wohl sein Leben aufgrund von Überschuss an Hormonen elendiglich enden. Gegenüberliegend des Clubs befand sich eine Haustür mit einer kleinen Überdachung. Von nun an stand Leon bei Anbruch der Dunkelheit, mit tief ins Gesicht gezogener Schildmütze, unter diesem winzigen Dach und wartete. Der humoristische Zeichner und Dichter Wilhelm Busch hat einmal gesagt: „Ausdauer wird früher oder später belohnt – meistens aber später". Das musste auch Leon am eigenen Leib erfahren. Aber er gab nicht auf. An einem weiteren Samstag, nach vierzehn durchwarteten Abenden, sah er endlich, wie seine Verona aus dem Club kam. Er folgte ihr in gebührendem Abstand, und konnte gerade noch mit einem Blick erhaschen, in welchem Häuserblock sie verschwand. Nachdem er eine Weile gewartet hatte, schlich er sich zu der Haustür, notierte die Adresse sowie alle Namen von den Klingelschildern. Den Rest erledigte eine einfache Suche im Internet. Bereits der dritte Name, den sich Leon notiert hatte, brachte in Kombination mit dem Vornamen Verona und der korrekten Adresse den erhofften Treffer. Am nächsten Tag ließ Leon einen Strauß roter Rosen an seine Angehimmelte schicken. Neununddreißig Stück. Er hätte gern noch mehr gehabt, aber der Blumenladen hatte an diesem Tag leider nur noch neununddreißig Rosen vorrätig. Auf das beiliegende Kärtchen schrieb er: „Wenn dein Charakter nur halb so gut ist wie dein Aussehen, dann möchte ich mein Leben mit dir verbringen". Nur diesen Satz. Keinen Namen, keine Unterschrift.

Verona arbeitete als Assistentin in einem biochemischen Labor. Die Belegschaft bestand, bis auf Turan Sharma, nur aus Frauen. Turan war indischer Herkunft, und kam mit der deutschen Sprache nicht immer so ganz zurecht. So redete er beispielsweise von „herausputzen", an Stelle von „herunterputzen". Oder er sprach gelegentlich vom „Vier-Rhythmus-Motor", wenn er den „Vier-Tackt-Motor" meinte. Wenn jemand ein ziemlicher Angeber war, dann sagte Turan, er solle nicht so „auf den Schmutz hauen", anstatt „auf den Putz". Ansonsten war er eher zurückhaltend. Und er war schwul. Es war also kaum möglich, dass Verona auf ihrer Arbeitsstelle Männerbekanntschaften machen würde. Außerdem war sie sehr vorsichtig, was den Kontakt mit dem anderen Geschlecht anging. Mit neunzehn hatte sie einen Mann in einer Bar kennengelernt, von dem sie dachte, dass er der Richtige sei. Nach zwei Tagen stellte sich heraus, dass er Alkoholiker war, und nie länger als einen Tag trocken bleiben konnte. Als er eine Entziehungskur ablehnte, hatte sie sich von ihm getrennt. Seit dieser Zeit war ihr Motto: Flirten ja, Anfassen nein. Als ihr der riesengroße Rosenstrauß ins Haus geliefert wurde, wusste sie im ersten Moment nicht so genau, wie sie das bewerten sollte. Sie hielt sich für eine moderne Frau, die eigentlich über solchen Dingen steht. Auf der anderen Seite war sie doch etwas beeindruckt, und ganz unromantisch war sie ja auch nicht. Der Spruch auf dem Kärtchen erschien ihr anfangs ebenfalls etwas dümmlich. Als sie aber an die anderen, ziemlich blöden Anmachsprüche dachte, von denen sie schon einige zu hören bekommen hatte, fand sie den Text dann doch gar nicht so schlecht. Obwohl es ja eine Frechheit war, einfach zu unterstellen, dass ihr Charakter hinter ihrer Schönheit hinterherhinken würde. Was ihr jedoch überhaupt nicht gefiel, war die Tatsache, dass der Blumenspender anonym blieb.

Leon wartete ein paar Tage, dann ging er abermals in den Blumenladen, und bestellte für Verona einen Strauß Chrysanthemen. Wieder neununddreißig Stück. Wenn er nun schon mit dieser Anzahl begonnen hatte, wollte er auch dabei bleiben, obwohl sich damit eine verflixt teure Tradition anbahnte. Auf die Karte schrieb er dieses Mal: „Halte mich ruhig für unmodern, aber ich glaube an die Liebe!" Und im Gegensatz zur ersten Botschaft, unterschrieb er mit dem Buchstaben „L". Dann ließ er erneut einige Zeit ins Land gehen, um danach einen Strauß Gerbera an Verona schicken zu lassen. Selbstverständlich neununddreißig Stück. Auf dem Kärtchen stand jetzt: „Ich würde dich gern sehen!", und die Unterschrift „Leon".

Obwohl sie es eigentlich gar nicht so recht wahrhaben wollte, wurde Verona doch langsam neugierig auf diesen Leon. Irgendwann hatte sie einmal mit einem Jungen getanzt, der wohl Leon geheißen hatte. Aber war er auch der Blumenmann? Wenn der Kerl schon ihren Namen und ihre Adresse kannte, warum kam er nicht einfach vorbei, oder rief wenigstens an? Schließlich stand ihre Nummer im Telefonbuch, und war somit auch im Internet zu erfahren. Wollte er vielleicht nur mit ihr spielen, oder meinte er es tatsächlich ernst? Wie sah er aus? War es der Blonde von damals aus dem Club? Der könnte ihr schon gefallen. Und er hatte es geschafft, sich mit den Blumen auf hinterhältige Weise in ihre Gedanken einzuschleichen. Männer!

Leon ließ nur zwei Tage vergehen. Länger hätte er es auch nicht ausgehalten. Diesmal mussten neununddreißig weiße und rote Nelken dran glauben. Auf der beiliegenden Karte stand: „Diesen Samstag, 19:00 Uhr. Restaurant La fleur. Leon“.

„Der traut sich was!“ dachte Verona, überlegte aber sofort, was sie wohl anziehen würde. Also Schrank auf und Modenschau! Die lachsfarbene Bluse wäre schon mal nicht schlecht. Aber was passte dazu am besten? Im Endeffekt entschied sie sich für die enge, weiße Jeans. Jetzt konnte der Samstag kommen. Als sie sich bedächtig vor dem großen Spiegel hin und her drehte, sagte sie halblaut zu sich selbst: „Seit wann mache ich mich denn für einen Mann schick, den ich nicht einmal kenne?“ Aber sie blieb sich selbst die Antwort schuldig.

Leon wartete mit vier Blumen in der Hand vor dem Restaurant; einer Rose, einer Gerbera, einer Chrysantheme und einer Nelke. Beide mussten über die Blumenzusammenstellung lachen. Sie lachten überhaupt viel an diesem

Abend. Auch über Dinge, über die sie alleine nie im Leben gelacht hätten. Und dieses Mal ließ sich Verona von Leon nach Hause bringen. Sie wusste selbst nicht genau warum, aber vor ihrer Haustür fragte sie leise: „Kommst du noch mit rein?" Leon setzte alles auf eine Karte: „Kaffee oder Sex?" Verona schien wider Erwarten von dieser Frage überhaupt nicht schockiert zu sein: „Glaubst du vielleicht, ich lege in unserem Alter gesteigerten Wert auf Kaffee?"

Nach knapp drei Monaten gab Leon seine Wohnung auf, und zog bei Verona ein. Weitere vier Monate später war die Hochzeit. Als schließlich ein Jahr vergangen war, kündigte der Schwangerschaftstest zuverlässig Nachwuchs an. Aber bereits im fünften Schwangerschaftsmonat kam es zu Komplikationen. Blutungen, extremes Erbrechen, Hypertonie, Zervixinsuffizienz. Es endete in einer Fehlgeburt. Nicht nur Verona, auch Leon kam mit der Situation überhaupt nicht zurecht. Hatten sie früher stundenlang miteinander geredet, so vergingen jetzt endlose Tage, an denen sie sich nur anschwiegen. Als endlich wieder einige Worte zwischen ihnen fielen, waren es immer nur Worte des Streits. Irgendwann wurde es dann für beide unerträglich, und Leon zog aus. Zwei Jahre später ließen sie sich scheiden.

Wie heißt es so schön? „Das Leben geht weiter". Und natürlich geht es weiter, mindestens solange, wie unser Heimatplanet bestehen bleibt. Aber sagt dieser Spruch auch aus, mit welcher Qualität das Leben weitergeht? Nein. Weder Verona noch Leon wollten eine andere

Beziehung eingehen. Die Jahre vergingen. Sie hatten sich längst aus den Augen verloren, und ihr Leben verlief genauso wie das von vielen anderen Alleinstehenden. Arbeiten, essen, lesen, spazieren gehen, fernsehen, schlafen. Gelegentlich mit Freunden und Bekannten feiern. Man glaubt zufrieden zu sein, bis eines Abends plötzlich die Gedanken an frühere Zeiten im Kopf kreisen. Immer und immer wieder. Und sie lassen einen nicht mehr los. Wie wäre es, wenn man doch mit dem einst so geliebten Menschen wieder zusammen käme? Ein anderer kommt ja sowieso nicht in Frage. Nun ja, es ist halt nicht mehr möglich. Doch es gibt etwas, von dem viele Menschen sagen, dass es das angeblich nicht gibt. Es nennt sich Schicksal. Als sich Leon an einem Samstagvormittag an der Supermarktkasse anstellte, schob er in Gedanken den Einkaufswagen in die Kniekehlen der vor ihm stehenden Frau. Er wollte sich eigentlich sofort wortreich entschuldigen, aber als sie sich umdrehte, blieben ihm die Worte im Halse stecken. Es war Verona. Normalerweise sagen Menschen in so einer Situation etwas Belangloses, wie beispielsweise: „Wie geht es dir?" Nicht so bei den beiden. Ein starkes, unsichtbares Band schien sie immer noch miteinander zu verknüpfen. Und so schwieg Leon weiter, während Verona mit einem kleinen Anflug von Lächeln sagte: „Heute, 19:00 Uhr. Restaurant La fleur".

Leon wartete mit einer Pralinenschachtel in der Hand vor dem Restaurant. Als Verona kam, fragte sie: „Diesmal keine Blumen?" Leon öffnete die Schachtel. In ihr lagen eine Rose, eine Gerbera, eine Chrysantheme und eine Nelke. Beide mussten darüber lachen. Sie lachten überhaupt viel an diesem Abend. Als Leon sie dann später nach Hause begleitet hatte, fragte Verona leise vor der Tür: „Kommst du noch mit rein?" Und Leon sagte lächelnd: „Kaffee oder Sex?" Worauf Verona ebenfalls lächelnd antwortete: „Glaubst du vielleicht, ich lege in unserem Alter gesteigerten Wert auf Sex?"

Der 31. März

Ich bin, wie es scheint, ein ausgemachtes Rindvieh, und nicht unbedingt, wie ich immer glauben möchte, ein cleverer Privatdetektiv. Man kann wohl mit Fug und Recht behaupten, ich war und bin ein staatlich anerkannter Naturtrottel. Wer, außer einem hirnvernagelten Vollpfosten, kommt sonst auf die Idee, einen weißen Teppich braun einfärben zu wollen. Sie müssen wissen, bei mir liegt nämlich seit geraumer Zeit ein Flokati auf dem Küchenboden. War ein Geschenk. Längere Geschichte. Da ich Tollpatsch aber hin und wieder ganz gern kleckere, landet meist der größte Teil des Frühstücks auf dem Teppich, und nicht in meinem Mund. Na gut, zugegeben, das mit dem größten Teil ist etwas übertrieben. Sagen wir halbe, halbe! Vielleicht kennen Sie den Spruch: „Große Ereignisse werfen ihren Schatten voraus". Bei mir heißt das irgendwie anders. Nämlich: „Kleinere Mengen Essen lassen ihren Schatten zurück". Und das Ganze trotz eines sehr teuren Schaumreinigers. Also kam mir eines Tages die Schnapsidee mit dem Einfärben. In unserem Ort gibt es leider nur Drogerien mit Selbstbedienung. Mit

Beratung hätte ich vielleicht ein besseres Färbemittel erstanden, aber so war ich froh, ein solches Mittel überhaupt gefunden zu haben. Zu Hause las ich das Etikett sorgsam durch. Man sollte die entsprechende Textilie, wegen einer gewissen Aggressivität der Farblösung, nur in einem Edelstahlbehälter einfärben, und anschließend gut auswaschen. Aber welcher Normalbürger hat schon Edelstahlbehälter im Haushalt, die einen Teppich vollständig aufnehmen können? Ich nicht. Aber dann kam mir der grandiose Gedanke, dass doch die Trommel meiner Waschmaschine aus Edelstahl gefertigt ist. Und Waschen kann das Ding ja von Haus aus sowieso. Also begann ich, meinen leicht ergrauten Flokati mühsam in die Maschine zu stopfen. Natürlich verstauchte ich mir dabei den linken Zeigefinger. Alles andere hätte mich auch sehr gewundert. Nachdem ich, mit dem Finger im Mund, minutenlang eine merkwürdige Art Volkstanz aufgeführt hatte, half ich mit dem Besenstiel nach. Dann schüttete ich siegessicher die braune Farbe hinterher. Heute weiß ich, dass sich eine Waschmaschine zum Färben von Textilien eher suboptimal eignet. Wer sich der Tatsache nicht bewusst ist, dass meine Klamotten früher einmal weiß gewesen waren, der findet vielleicht braune Unterwäsche gar nicht so abstoßend. Aber die Umgestaltung meiner Leibwäsche war zeitlich gesehen erst viel später. Zunächst musste der eingefärbte Teppich wieder irgendwie aus der Waschmaschine raus. Dummerweise besitzt ein vollgesaugter Flokati ein weit größeres Volumen, als er es im trockenen Zustand jemals gehabt hat. Es verlangte deshalb mein gesamtes körperliches Vermögen, den recht nassen Teppich aus der Maschine wieder heraus zu quälen. Seither habe ich noch viel größeren Respekt vor Frauen, die ein Kind auf die Welt bringen müssen. Als ich anschließend das Ergebnis des Färbevorgangs betrachtete, war ich einigermaßen desillusioniert. Aufgrund der Zwangsfaltung war die Farbe kaum gleichmäßig an ihr vorbestimmtes Ziel gekommen. Das Ganze sah ähnlich wie der Tarnanzug eines Bundeswehrsoldaten aus. Helle Kleckse wechselten sich hemmungslos mit dunklen Stellen und mittelbraunen Flecken ab. Zukünftig würde ich eben beim Frühstück darauf achten müssen, nur auf die dunklen Flächen zu kleckern. Aber jetzt musste ich mir möglichst schnell erst einmal ein Szenario für das Trocknen des Teils einfallen lassen. Draußen wollte ich das Ding nicht hinhängen. Ich wäre unter Umständen aufgrund der speziellen Musterung dieser nassen Matte zum Gespött der gesamten Nachbarschaft geworden. Also faltete ich den Fussellappen in der Mitte zusammen, und quetschte ihn auf den Handtuchtrockner über meiner Badewanne. Danach saß ich eine geraume Weile entkräftet auf dem Badhocker, und schaute gebannt zu, wie mein Teppich braune Tropfen von sich gab, als würde es Kaffee regnen.

Am nächsten Morgen zerplatzte die Hoffnung, einen trockenen Flokati vorzufinden, wie eine altersschwache Seifenblase. Nebenbei bemerkt, ich besitze keine Duschkabine. Deshalb erledige ich normalerweise meine Morgenwäsche in der Badewanne stehend, hinter einem Duschvorhang, mit meiner Handbrause. Der Platz dafür war aber leider im Moment von einem eklig nassen Bodenbelag blockiert. Also drängelte ich meinen Kopf zwischen Wand und Teppich, um mir wenigstens die Haare ordentlich waschen zu können. Den Rest meines stählernen Körpers wischte ich einfach mit einem Lappen feucht durch, um danach flächendeckend Deospray aufzutragen. Am Anschluss an diese leidige Prozedur bereitete ich mein Frühstück zu, welches ich dann, mit nackten Füßen am Tisch sitzend, genüsslich mampfte. Ich gehe zu Hause immer barfuß. Immer. Wenn eines Tages die Hausschuh-Industrie Konkurs anmelden muss, dann bin ich garantiert daran schuld. Allerdings machte sich jetzt das Fehlen einer gewissen fusseligen Textilauflage negativ bemerkbar. Schon nach kurzer Zeit nahmen meine Fußsohlen die arktischen Temperaturen des gekachelten Küchenbodens an. Meine Nase benutzte diesen Umstand hinterhältiger Weise für mehrere neckische Miniexplosionen. Nach dem fünften Nieser kam mir endlich die Idee, eines meiner wunderbar flauschigen Handtücher unter meine gequälten Füße zu legen. Nun muss man wissen, dass ich immer kulturvoll frühstücke. Mir kommt nur das beste Geschirr auf den Küchentisch. Außerdem ist mein Frühstückstisch auch immer mit einer stilvollen Fransen-Tischdecke dekoriert. So bin ich halt. Als ich nun aufstand, um das Handtuch zu holen, hatte ich Blödmann nicht bemerkt, dass sich zwei von den Fransen in der Gürtelschnalle meiner Hose verfangen hatten. Logischerweise schloss sich die Tischdecke gewissenhaft meinem Gang zum Handtuch an. Und natürlich auch alles, was einstens brav auf ihr geruht hatte. Nach zwei Stunden war aber die Küche wieder sauber. Nur meine Füße waren danach bedauerlicherweise halbwegs dreckig. Da ich aus akutem Platzmangel nicht in meine Badewanne steigen konnte, schwang ich ein Bein in das Handwaschbecken, um das untere Ende der Stelze gründlich zu säubern, während ich auf dem anderen Bein geschickt herumtänzelte. Ich musste schließlich mein stets geschätztes Gleichgewicht bewahren. Nun kann man ja in so einer Situation leicht ausrutschen. Und wenn man etwas kann, dann mache ich das auch. Als es klingelte, öffnete ich die Tür mit einem sauberen und einem schmutzigen Fuß, sowie einer beachtlichen Beule am Hinterkopf. Vor der Tür stand die durchgedrehte Nervensäge Erna Singmann. Seit ich von Moni geschieden war, rückte sie mir unablässig auf die Pelle. Mal lud sie mich ins Kino ein, das nächste Mal schob sie mir Theaterkarten durch den Briefschlitz, und wieder ein anderes Mal stand sie mit selbstgemachtem Nudelsalat vor meiner Tür. Oder sie bedrängte mich telefonisch, mit ihr in dem teuersten Restaurant der Stadt das Abendessen einzunehmen. Allemal mit der generösen Bemerkung, dass nicht ich, sondern selbstverständlich sie die Zeche in jeder Höhe übernehmen würde. Obwohl ich ihr immer einen Korb gab, beziehungsweise stets die Tür vor der Nase zuschlug, gab das Luder einfach nicht auf. Etwas lauter als normal sagte ich: „Wenn du mich nicht endlich in Ruhe lässt, erwirke ich bei Gericht eine Verfügung, dass du mindestens hundert Meter Abstand zu mir halten musst!" Als ich dann die Tür wieder schließen wollte, drückte sie von außen dagegen: „Aber heute ist doch der einunddreißigste März, unser Jahrestag". Ich konnte in meinem Gehirn nichts Gleichlautendes finden: „Welcher Jahrestag sollte das wohl sein?" Ihre lächerliche Antwort war: „Heute vor einem Jahr hast du mich das erste Mal abblitzen lassen". Diese schwache Person entwickelte wider Erwarten eine enorme Kraft, die das Schließen der Tür vereitelte. Allerdings schien ihr langsam aber sicher die Puste auszugehen. Sie schnaufte hörbar: „Es geht jetzt aber gar nicht um mich. Ein Bekannter hat mich gebeten dich zu fragen, ob du ihm möglicherweise helfen kannst". Sie reichte mir einen Zettel durch die halboffene Tür: „Hier ist die Adresse. Er möchte dich morgen Abend bei sich empfangen. So um neunzehn Uhr". Ich nahm ihr den Zettel aus der Hand, und drückte endgültig die Tür zu. War das vielleicht wieder einer ihrer Tricks? Als ich in der Vergangenheit einmal geäußert hatte, längere Zeit keinen Fall mehr an Land gezogen zu haben, hat sie Puderzucker derart verpackt, dass es wie Rauschgift aussah. Dann schmuggelte sie die Päckchen in ein Kloster, und überredete den Abt, mir die Klärung der Umstände zu übertragen. Fantasie konnte man ihr also nicht absprechen. Aber verhielt sich das diesmal genauso? Ich beschloss, ihren Bekannten am folgenden Abend aufzusuchen. Da würde ich schon merken, wo der Frosch die Locken hat.

Am nächsten Morgen stellte ich befriedigt fest, dass der gemusterte Flokati in meiner Küche ein gewisses Flair von Moderne verbreitete. Meine Fußsohlen hingegen interessierte nur der wärmende Effekt dieses einmaligen Kunstwerkes. Ich war schon sehr gespannt, welchen Anblick der Teppich nach einer meiner Kleckertiraden mit anschließender Schaumreinigung bieten würde. Aber wie der Teufel es wollte, kleckerte ich an diesem Tag ausnahmsweise einmal nicht. Ich habe halt immer nur

Pech. Im Büro angekommen, genehmigte ich mir traditionsgemäß zwei Zentimeter Bourbon in einem zylindrischen Glas. Dann starrte ich stundenlang die verschiedensten Löcher in die angewärmte Zimmerluft. Es herrschte wieder einmal Flaute in der Arbeitswelt von exzellenten Privatdetektiven. Aber mit etwas Glück könnte ich vielleicht am Abend bei Ernas Bekannten einen gewinnbringenden Fall erhaschen. Man soll ja die Hoffnung nie aufgeben.

Mit Ernas Zettel auf den Knien, gab ich die dort vermerkte Adresse in mein Navi ein. Was haben bloß die Menschen früher gemacht, als es noch keine Navigationsgeräte gab? Oder bevor man überhaupt Satelliten in den Orbit geschossen hatte? Gemäß offizieller Statistiken kreisen derzeitig knapp dreitausend aktive Satelliten um die Erde, von inaktivem Schrott ohne jeden weiteren Gebrauchswert mal ganz abgesehen. Navigation, Kommunikation, Klimaüberwachung, Spionage, Fernsehen, digitale Datenübertragung, und weiß der Teufel was sonst noch, hängen von diesen Erdtrabanten ab. Da stellt sich doch für mich die Frage, was passiert denn, wenn sich diese Dinger mal gegenseitig aus der Bahn schubsen? Wahrscheinlich würde ich eingefleischter Navi-Benutzer in diesem Fall sonst wo ankommen, nur nicht bei Ernas Bekanntem. Aber ich kam an. Sogar pünktlich. Der Mann hieß Herbert Günzelt, und entschuldigte sich zunächst wortreich, dass er als Single nicht so gut im Aufräumen von Wohnungen sei. Anschließend bot er mir ein Glas Bourbon an. Ein sympathischer Mensch. Dumm war nur, dass ich mit dem Auto angereist war. Ich nahm mir vor, das nächste Mal ein Taxi zu chartern. Doch jetzt versuchte ich erst einmal behutsam, die Unterhaltung in Gang zu bringen: „Also, womit kann ich Ihnen helfen? Wenn ich Erna richtig verstanden habe, dann erwarten Sie doch eine gewisse Hilfe von mir, oder?" Er setzte sein Glas ab: „Nun ja, um es gerade heraus zu sagen, ich bekomme Drohanrufe. Natürlich mit unterdrückter Nummer. Jemand will mich umbringen. Und bevor Sie etwas entgegnen, natürlich war ich schon bei der Polizei. Die Bullen haben aber gesagt, dass sie den Anrufer nicht herausfinden könnten". Ich unterbrach ihn etwas misstrauisch: „Moment mal! Ich weiß, dass auch bei unterdrückten Nummern die Behörden wie Polizei oder Feuerwehr den entsprechenden Anschluss ermitteln können". Er schüttelte den Kopf: „In diesem Fall wohl nicht. Es würde sich angeblich um ein Handy aus dem Ausland gehandelt haben, von dem der Besitzer einfach nicht zu ermitteln gewesen sei". Er nahm einen großen Schluck Bourbon. Im gleichen Moment öffnete sich die Tür zu einem Nachbarraum. Es war wohl das Schlafzimmer, wie ich anhand des Anblicks eines aufgedeckten Bettes schließen konnte. Was dann jedoch geschah, stellte mir augenblicklich jedes Nackenhaar einzeln auf. Erna kam herein. In der Hand hielt sie eine Pistole, mit der sie zitternd auf ihren Bekannten zielte. Ich konnte gerade noch rufen: „Tu das nicht!", als der Schuss fiel. Herbert Günzelt kippte postwendend nach hinten um, und auf seinem Hemd zeichnete sich in der Herzgegend ein langsam größer werdender, roter Fleck ab. Nun weiß man ja, dass Menschen unterschiedlich schnell auf bedrohliche Situationen reagieren. Man spricht dabei landläufig von der sogenannten Schrecksekunde. Die meisten Psychologen sagen jedoch, dass diese Schreckstarre gar keine komplette Sekunde dauert, sondern im Durchschnitt nur etwa acht Zehntel davon. Ich glaube, ich brauchte in diesem Moment lediglich die Hälfte dieser Zeit, bevor ich meine Pistole aus dem Holster gezogen, und auf Erna gerichtet hatte. Sie riss sofort beide Hände nach oben, und ließ ihre Waffe fallen, als wäre es eine heiße Kartoffel: „Oh Gott, du hast eine Pistole?" Ich nickte: „Hab ich. Und mit der werde ich dich auch solange in Schach halten, bis ich die Polizei hergerufen habe!" Zu meiner großen Überraschung vernahm ich gleich danach von der Seite eine Stimme, welche zu mir sagte: „Das würde ich an Ihrer Stelle nicht tun!" Es war die Stimme des getöteten Herbert, der sich sehr lebendig aufrichtete, während Erna in ein schallendes Gelächter ausbrach. Entweder träumte ich gerade, oder die zwei hinterhältigen Mistbolzen hatten mich soeben granatenmäßig verarscht. Noch leicht benommen steckte ich meine Pistole wieder ein: „Kann mich mal einer aufklären, was das Ganze hier darstellen soll?" Erna erwiderte immer noch lachend: „Das habe ich mir als Strafe ausgedacht, weil du mich seit einem Jahr ignorierst. Erinnerst du dich, dass gestern der einunddreißigste März war?" Immer noch etwas begriffsstutzig erkundigte ich mich verärgert: „Und was hat das, wenn ich fragen darf, mit dieser geschmacklosen Inszenierung hier zu tun?" Und die beiden Drecksratten riefen unisono: „April, April!" Wie es scheint, bin ich wirklich kein cleverer Detektiv, sondern in der Tat ein ausgemachtes Rindvieh.

Der Kobold

Mirco Hartwaldt-Heimschütz war ein Weihnachtsmuffel. Schon immer. Bereits als Kind fand er es unerträglich, dass er freundlich zu seinen zwei Tanten sein musste, obwohl er die aufgeblasenen Puten nicht im Geringsten leiden konnte. Außerdem rochen sie unangenehm. Jede auf ihre Art. Tante Gerlinde müffelte nach altem Käse, und Tante Elfriede schien beständig in Veilchenparfüm zu baden. Erschwerend kam noch dazu, dass er von seinen Eltern mit der Androhung von Stubenarrest gezwungen wurde, sich höflich für die sinnlosen Geschenke zu bedanken, obwohl er den Mist am nächsten Tag sowieso in den Müll entsorgte. Da half auch kein Wunschzettel, nie bekam er das, was er gern gehabt hätte. Wünschte er sich eine Modelleisenbahn, bekam er einen selbstgestrickten Pullover. Und als er auf ein Fahrrad spekulierte, gab es Unterwäsche. Kein Wunder, dass er irgendwann ein Weihnachtslied zu seinem Favoriten erklärte, welches bereits 1970 von Procol Harum veröffentlicht wurde, und die Textzeile enthielt: „I'll blacken your Christmas and piss on your door" (Ich schwärze dir Weihnachten an und pisse an deine Tür). Auch das Schmücken und Abschmücken der Weihnachtstanne war für ihn der blanke Horror. Die angebliche Ehre, dem Baum den großen Stern aufzusetzen, empfand er einfach nur als langweilig. Fiel ihm aus Versehen eine Kugel aus der Hand, war er verpflichtet, sie von seinem Taschengeld zu ersetzen, und das Lametta musste er absammeln, glätten und für das nächste Jahr in einem kleinen Karton aufbewahren. Nachdem er dann in der Pubertät gegen diesen ganzen Firlefanz aufbegehrt hatte, strich ihm sein Vater das Taschengeld. Als Mirco achtzehn geworden war, zog er von zu Hause aus. Seine neue Bleibe bestand nur aus einem einzigen Zimmer in einem verfallenen Altbau, und die Toilette befand sich eine halbe Etage tiefer. Aber allein und beengt zu leben, empfand er allemal besser, als mit der Familie Weihnachten in einem riesigen Haus feiern zu müssen. Außerdem hätte er sich von seinem Hilfsarbeiterlohn sowieso keine anständigere Wohnung leisten können. Da das Zimmer recht klein war, reichte der Ölradiator auch völlig aus, um im Winter eine angenehme Atmosphäre zu erzeugen, und die zweiflammige Kochplatte tat auch zufriedenstellend ihren Dienst. Nur der Kühlwürfel unter dem Tisch schränkte die Beinfreiheit etwas ein. Aber woanders wäre halt kein Platz für das Ding gewesen. Sein Mini-Fernseher empfing zehn terrestrische Sender, und hätte gar nicht größer sein dürfen, denn Mirco saß nun mal direkt davor. Ein Smartphon besaß er nicht, und er hätte den monatlichen Tarif auch gar nicht bezahlen können. Wer sollte ihn schon anrufen? Mit seinem Elternhaus hatte er gebrochen, und Freunde bislang noch nicht gefunden. Trotzdem war seltsamerweise das Wort Weihnachten noch nicht gänzlich aus seinen Gedanken verschwunden, denn immer zu den Feiertagen kaufte er sich eine kleine Flasche Sekt.

Der Schnee hatte sich dieses Weihnachten wieder einmal recht rar gemacht. Auf den Bergkämmen ringsumher glitzerte es zwar gelegentlich herrlich weiß, aber im Tal, in dem sich Mircos Domizil befand, langweilten sich die Männer vom Räumdienst zu Tode. Den Autofahrern war es recht, während die Kinder lange Gesichter zogen. Es war der zweite Weihnachtsfeiertag, und Mirco hatte dieses Jahr ausnahmsweise einmal gute Laune, auch wenn das nicht unbedingt am Weihnachtsfest lag. Er hatte nämlich in der Abendschule erfolgreich seinen Berufsabschluss nachgeholt, und würde im nächsten Jahr eine Festanstellung als Florist in einer großen Blumenhandlung antreten können. Das galt es zu feiern. Er gönnte sich deshalb nach Jahren wieder einmal den Besuch in einer Gaststätte. Nicht gerade ein Nobelschuppen, aber das Essen war gut und das Bier kalt. Da er es aber nicht gewohnt war Alkohol zu trinken, kam er richtig schön beschwipst nach Hause. Nachdem er mühselig den Lichtschalter ertastet hatte, und die schwache Beleuchtung sein Zimmerchen einigermaßen erhellte, gewahrte Mirco ein kleines Männlein mit langen Fingern und spitzen Ohren, welches missmutig auf seinem Tisch kauerte. Er rieb sich die Augen und murmelte: „Scheiße, bin ich besoffen". Der Kleine guckte ihn ziemlich grimmig an: „Bist du nicht". Mirco stützte sich mit einer Hand am Türrahmen ab: „Und warum sehe ich dann einen Wurzelzwerg auf meinem Tisch hocken?" Das Männchen presste zwischen den Zähnen hervor: „Kobold. Kein Wurzelzwerg". Mirco trat zögerlich einen Schritt näher an den Tisch heran: „Wenn ich also nicht besoffen bin, wieso sehe ich dann einen Kobold? Ohne Alkohol habe ich noch nie einen gesehen". Das Fabelwesen drehte den Kopf abweisend zur Seite und blickte an die Zimmerdecke: „Bin neu hier". Furchtsam ging Mirco einen weiteren Schritt auf die seltsame Erscheinung zu: „Kannst du auch in ganzen Sätzen reden?" Der Gnom blickte immer noch ins Leere:

„Kann ich. Will nicht!" Mirco zog seinen einzigen Stuhl zu sich heran, und setzte sich behutsam: „Also nochmal, wieso sehe ich dich? Ich denke, Kobolde sind unsichtbar". Der Wicht winkte patzig ab: „Menschengedanken. Pah!" Mirco war sich immer noch nicht ganz sicher, ob der Kerl tatsächlich echt war, oder lediglich die Folge seines kleinen Schwipses darstellte. Er beschloss, weiter mit dem Ding zu reden. Vielleicht würde ja im Laufe der Zeit sein Rausch und damit auch das Trugbild verschwinden. Er hielt seinem Gast die Hand hin: „Mein Name ist Mirco Hartwaldt-Heimschütz, und wie heißt du?" Der Kobold wandte ihm sein zerknittertes Gesicht zu, übersah aber respektlos die ausgestreckte Hand: „Blöder Name. Viel zu lang. Werde dich Mihahei nennen. Ist Abkürzung. Ich heiße Meckheck". Mirco zog seine Hand zurück: „Dann wünsche ich einen guten Abend, werter Herr Heckmeck!" Die Augen des Kobolds blitzten gefährlich auf: „Meckheck. Wenn du noch einmal Heckmeck zu mir sagst, dann verzaubere ich dich in eine schleimige Kröte!" Mirco hatte inzwischen seinen Mut wiedergefunden, und entgegnete selbstbewusst: „Schau an, du kannst ja doch im ganzen Satz sprechen. Aber auch zaubern? Wo hast du denn deinen Zauberstab?" Der Spitzohrige wurde verlegen: „Den habe ich … der ist … ach was solls! Uns ist es verboten einen Zauberstab zu besitzen. Das dürfen nur Magier. Wir Kobolde haben das Recht darauf im Jahr 1620 verwirkt. Wegen unserer verlorenen Rebellion gegen die Zauberer. So, nun weißt du's!" Mirco war erstaunt: „Also kannst du gar nicht zaubern. Und wie, bitte schön, wolltest du mich dann in eine Kröte verwandeln?" Der Kleine entgegnete erzürnt: „Ich würde dir raten, den Mund nicht zu voll zu nehmen! Die Magie von uns Kobolden steckt nämlich in den Fingern. Oder was glaubst du, warum die sonst so hässlich lang sind? Also nimm dich in Acht! Sonst bist du noch schneller eine Kröte, als du dreimal ‚Schwarzwaldkuckucksuhrfabrikeingangstorschlüssel' sagen kannst!" Schmunzelnd entgegnete Mirco: „Mal abgesehen von der Tatsache, dass du lustige Wörter kennst, solltest du mir nun doch endlich verraten, wieso du eigentlich hier bist!" Der Kleine drehte erneut den Kopf zur Seite: „Kobolde sind zum großen Teil Hausgeister. Und das hier ist doch wohl ein Haus!" Mirco wurde hellhörig: „Nein, nein! Hier stimmt etwas nicht. Du kannst mich ja vor Verlegenheit nicht einmal ansehen. Also raus mit der Sprache! Wieso bist du plötzlich hier?" Der Wicht drehte den Kopf zurück: „Strafversetzt. Ich hab meinem irischen Cousin Leprechaun etwas Gold geklaut. Nur ganz wenig. Außerdem braucht der sowieso sein Gold nicht. Der Geizkragen hat doch gar keine Zeit, welches auszugeben. Den ganzen Tag tut er nichts weiter, als Schuhe für Feenfüße anzufertigen. Aber ich brauchte die drei Goldstücke wirklich dringend". „Und wofür?" fragte Mirco. „Hättest du dir nicht die Goldstücke einfach herzaubern können?" Meckheck zog die Nase kraus: „Das Einzige, was ich dummerweise nicht durch Zauberei erlangen kann, ist Gold. Und ich hatte Schulden bei einem fiesen Zauberer. Wegen einer verlorenen Wette. Aber ich verrate dir nicht, worum es dabei ging. Bist du nun zufrieden?" Mirco stand auf und schob den Stuhl beiseite: „Nur, wenn du mir verrätst, wie lange du zu bleiben gedenkst!" Das Männchen blickte zu Boden: „Bis ich meine Strafarbeit erfolgreich geleistet habe. Es ist die schlimmste Strafe, die einem Kobold auferlegt werden kann. Eigentlich möchte ich ja am liebsten, wie alle Kobolde, immer nur Schabernack treiben. Aber jetzt muss ich einem Menschen zu seinem Glück verhelfen. Und ausgerechnet dir!" Mirco musste wider Willen gähnen: „Weißt du was? Das verschieben wir auf morgen! Und jetzt mach dich runter vom Tisch! Ich muss abends nämlich immer meinen Tisch mitsamt dem Kühlschränkchen beiseite schieben, sonst kann ich die Liege nicht ausklappen. Übrigens, wo schläfst du eigentlich?" Meckheck zuckte mit den Schultern: „Werde irgendwo im Haus schon etwas finden!" Dann verschwand er, einfach so, von einer Sekunde auf die andere. Kopfschüttelnd verschob Mirko den Tisch, klappte die Liege aus, legte sich auf die Seite, und schlief trotz des Erlebten augenblicklich ein.

Am nächsten Morgen war weit und breit kein Meckheck mehr zu sehen, falls man in dem Zimmer überhaupt von so etwas wie Weite oder Breite reden konnte. Gott sei Dank war also der Alltag wieder in Mircos Leben eingezogen. Das folgende Silvester verbrachte er, wie schon so oft, allein vor dem kleinen Fernsehgerät mit einer billigen Dose Bier. Am zweiten Januar fand er sich dann pünktlich auf seiner neuen Arbeitsstelle ein. Die Belegschaft bestand aus sieben jungen Frauen und einer älteren Chefin. Mirco war somit der Hahn im Korb. Eines der Mädels hatte es sofort auf ihn abgesehen. Sie hieß Inga, und drängelte sich bei jeder Gelegenheit in seine Nähe. Wenn er mit verschiedenen Dingen noch nicht so ganz klar kam, dann half sie ihm auffällig leidenschaftlich.

Natürlich schmeichelte das unserem Helden, und bereits nach einigen Tagen waren die zwei nahezu unzertrennlich. Mirco, der bisher noch nie eine Freundin gehabt hatte, brauchte allerdings eine geraume Weile, bevor er sie endlich zum Essen einlud. Am Samstag sollte also ihr erstes Date sein.

Bereits am Morgen war Mirco unsäglich nervös. Er hatte nämlich festgestellt, dass er eigentlich gar keine entsprechende Kleidung für so einen wichtigen Anlass besaß. Die Jeans waren sicherlich angemessen, aber die Frage war, was oben herum anziehen? Ein Arbeitshemd kam wohl kaum in Frage. Er zählte wiederholt sein Geld, um abzuschätzen, ob es immer noch die abendliche Zeche abdecken könnte, wenn er sich jetzt schnell noch ein neues T-Shirt kaufen würde. Da klopfte jemand mehrfach an seine Tür. Noch nie zuvor hatte er Besuch bekommen. Hastig ließ er das Geld in seiner Hosentasche verschwinden und öffnete. Auf dem Gang stand ein älterer, seltsam gekleideter Herr. Er trug einen Zylinder, einen braunen Gehrock und grüne Schnallenschuhe. In der Hand hielt er einen Spazierstock mit gläsernem Griff. Es sah aus, als wäre er direkt aus einem Museum entlaufen. Die Gestalt zog den Zylinderhut vom Kopf und sagte leise: „Der werte Herr möge mein unangekündigtes Erscheinen bitte freundlichst entschuldigen! Aber es handelt sich um eine äußerst dringliche Wichtigkeit. Darf man eintreten?" Verdattert ließ Mirco den Fremden in die Wohnung, und bat ihm höflich seinen Stuhl an. Er selbst musste natürlich stehen bleiben, da ja ein zweiter Stuhl nicht zur Wohnungseinrichtung gehörte. Sein Gast legte den steifen Hut auf den Knien ab und räusperte sich: „Ist vielleicht ein gewisser Herr Meckheck bekannt? Ich verfolgte nämlich seine Spur bis an diesen Ort, und hoffte, den Gewünschten hier anzutreffen!" Mirco antwortete mit gemischten Gefühlen: „Er war an einem Abend hier. Ich habe ihn aber seitdem nicht mehr gesehen". Der Mann nickte bedächtig: „Um der Situation einiges an Klarheit zukommen zu lassen, darf ich berichten, dass mich der Genannte betrog, und nicht nur mich. Er entwendete seinem Cousin drei Goldstücke, da er mir desgleichen schuldete, behielt sie aber für sich, und überstellte mir drei gefälschte. Nun wäre es für mich ein Leichtes, auf die ordnungsgemäße Zahlung zu verzichten, aber es geht um Ehre und Prinzip. Des Weiteren argwöhne ich auch noch, das er gewillt ist, Euch mein Herr, einen seiner böswilligen Streiche zu spielen. Dieses ist der eigentliche Anstoß meines Hierseins. Da ich einen gewissen Groll gegen jenen Kobold hege, würde ich ihm gern einen Strich durch seine hinterhältige Rechnung gemacht haben. Aus diesem Grunde sollten Sie wissen, dass es ein seltsam Wort gibt, welches, wenn man es in seiner Gegenwart äußert, die Zauberkräfte dieses Kobolds bricht. Dieses befremdliche Wort lautet fürwahr ‚Fitzlebur'. Merkt es Euch gut. So Ihr seiner ansichtig werdet, so sprecht es aus. Ich würde Euch hernach dafür auch fürstlich belohnen! Somit darf ich mich ergeben verabschieden. Lebet denn wohl!" Der Bursche setzte seinen Zylinder wieder auf, erhob sich, stampfte mit dem Stock auf den Boden, und war augenblicklich verschwunden. Wenn Mirco nicht gerade diese wichtige

Verabredung vor der Brust gehabt hätte, wäre er wahrscheinlich schreiend zum nächsten Psychiater gelaufen.

Er hatte sich für ein neues T-Shirt entschieden, und damit seinen bereits angekratzten Überziehungskredit nun doch fast gänzlich ausgeschöpft. Als er vor dem Restaurant eintraf, wartete Inga schon auf ihn. Das war peinlich. Er hatte es sich so schön ausgemalt, wie er galant ihre Verspätung übersehen würde. Nun war er seinerseits der Saumselige. Hatten nicht immer alle gesagt, dass sich Frauen prinzipiell verspäten würden? Na gut, er hatte wieder etwas über das weibliche Geschlecht dazu gelernt. An der Tatsache, dass er ihr die Tür aufhielt und sie als erste das Lokal betreten ließ, war ablesbar, dass er auch von Höflichkeitsformen keine Ahnung hatte. Schließlich war es die Aufgabe des Mannes zuerst einzutreten, um die Frau mit seiner Körperfläche vor den lüsternen Blicken der anderen zu schützen. Aber was solls. Schließlich legen moderne Frauen nicht immer Wert auf derartige Umgangsformen. Die zwei kamen anfangs etwas zögerlich ins Gespräch, aber nach dem Essen erhöhte sich dann zumindest der Redefluss bei Mirco. Er erzählte unter anderem, dass er am Vormittag ein seltsames Wort zu Ohren bekommen hatte, nämlich ‚Fitzlebur‘. Als Inga das Wort hörte, riss sie entsetzt die Augen auf, aus ihren Ohren kräuselten sich kleine, blaue Rauchwölkchen, und ihr Körper schrumpfte nach und nach zusammen. Im Endergebnis saß Kobold Meckheck vor einem völlig verdutzten Mirco. Der Kleine hämmerte mit beiden Fäusten auf den Tisch: „Das kann dir doch nur ein Zauberer gesagt haben. Ich hasse euch! Magier und

Menschen, alles das gleiche Gesocks!" Dann hastete der Wicht in Windeseile aus der Gaststube. Den Leuten an den Nachbartischen erschien es, als wäre ein unartiges Kind nach draußen gelaufen. Mirco wusste es besser.

Angeblich hätte Inga nie in dem Blumenladen gearbeitet. Keiner konnte sich an eine junge Frau mit diesem Namen erinnern. Man sah Mirco noch eine ganze Weile seltsam an, aber mit der Zeit normalisierte sich alles. Langsam aber sicher beherrschte Mirco alle anfallenden Arbeiten in Perfektion. Inzwischen gehörte sogar die tägliche Abrechnung zu seinen Aufgaben. Hin und wieder erhielt er auch von den Kunden ein gut bemessenes Trinkgeld. Sein Leben verlief nun in geordneten Bahnen, und er hätte sich eventuell eine andere Wohnung leisten können, wollte das aber aus Gewohnheit nicht. Die Zeit verging, und es wurde wieder Weihnachten. So etwas wie eine zweite Inga gab es nicht in seinem Leben, und deshalb saß er wie üblich am Heiligen Abend wieder allein vor dem kleinen Fernsehapparat, als es klopfte. Erstaunt öffnete er die Tür, und sah sich diesem seltsamen Kerl mit dem steifen Zylinderhut gegenüber. Der grüßte freundlich: „Diesesmal begehre ich keinen Eintritt, sondern möchte vielmehr nichts anderes, als meinen angekündigten Dank aussprechen! Da ich versprach, Euch zu belohnen, so dürft ihr hiermit wählen. Entweder werdet ihr im folgenden Jahr einiges an Reichtum erwerben, oder ich werde Euch zu ungewöhnlicher Anziehungskraft für die holde Weiblichkeit verhelfen. Sagt an, was ist Euer Begehr?" Angesichts seines Single-Daseins wählte Mirco das letztere, was er später dann doch etwas bereute. Er hätte sich nämlich nie vorstellen können, einmal zwölf Kinder mit vier Frauen zu haben.

Abgefärbt

Es ist um aus der Haut zu fahren. Ich habe verfärbte Fußsohlen. Normalerweise hätte ich das gar nicht bemerkt, denn wer schaut schon ohne Not auf die Sohlen seiner Füße. Aber dann entdeckte ich einen leicht undeutlichen, menschlichen Fußabdruck auf meinem Teppich. Voller unangenehmer Ahnung begutachtete ich daraufhin mittels eines Handspiegels die abschließende Fläche meiner unteren Extremitäten. Haselnussbraun. Das ist für einen sonst eher blassen Mitteleuropäer nicht unbedingt sexy zu nennen. Ich schwor mir, nie wieder eine Textilie in Eigenverantwortung einzufärben, schon gar nicht einen weißen Teppich, und schon dreimal nicht in braun. Das Experiment, mit Seife und Wasser dem Dilemma beizukommen, erzielte ungefähr genauso viel Erfolg, wie der Versuch, einer toten Kuh Hochsprung beizubringen. An diesem Tag fühlte ich mich auf der Fahrt ins Büro wie ein altes Klavier, nämlich ziemlich verstimmt. Dort angekommen, holte ich erstmal meinen Seelentröster auf den Schreibtisch. Aber auch die Tradition, vor Büroöffnung ein Schlückchen Bourbon zu trinken, besserte meine Laune nicht. Dabei waren doch verfärbte Sohlen eigentlich überhaupt kein Beinbruch. Kein Schwein konnte sie sehen, nicht mal ich selber. Aber ich musste trotzdem ständig daran denken. Um mich abzulenken, klappte ich den Laptop auf, und surfte etwas im Internet. Jedoch verschlechterte das meine eh schon kränkelnde Stimmung sogar noch um einiges mehr. Fast jede aufgerufene Seite verlangte von mir, meine Zustimmung zum Speichern von spionageverseuchten Cookies auf meinem Computer zu erteilen. Meistens mit der stark verhöhnenden Ankündigung: „Ihre Privatsphäre ist uns wichtig". Wenn diesen schlecht abgewischten Arschlöchern meine Privatsphäre wirklich wichtig wäre, dann würden sie ja wohl auf diese völlig beschissenen Cookies verzichten. Also klappte ich ziemlich wütend, und auch übertrieben kräftig, meinen Laptop wieder zu. Im gleichen Moment flog schwungvoll meine Bürotür auf, und eine zwei Meter große, stark muskelbepackte Erscheinung drang in mein Refugium ein. Ich Dödel musste an diesem Tag aufgrund meiner ausgesucht blendenden Gemütsverfassung vergessen haben, die Bürotür abzuschließen. Denn obwohl ich stets um neun in meinem Büro eintraf, begann meine Arbeitszeit immer erst um zehn. Was übrigens auch draußen an der Tür zu lesen war. Ich brauche halt eine Stunde für mich, um richtig auf Arbeitstemperatur zu kommen, beziehungsweise, um den leidigen Papierkram zu erledigen. Also schmetterte ich dem Eindringling fröhlich entgegen: „Meine Bürozeit beginnt erst um zehn, verdammt noch mal! Können Sie nicht lesen?" Mein zarter Gemütsausbruch berührte ihn etwa genauso viel, als würde sich in Andalusien eine Katze die Pfoten einklemmen. Er fläzte sich auf meinen Besucherstuhl und blickte in die Runde, als würde nicht mir, sondern ihm neuerdings mein Büro gehören. Außerdem schien er ein glühender Anhänger des Piercings zu sein. Ihm sprießte Metall aus Stellen, an denen würde ich mich aus Angst vor Schmerzen nicht einmal zwicken lassen. Oberlippe, Unterlippe, Nasenscheidewand, Zunge, Augenbrauen und sogar Kinn. Natürlich hatte er auch in beiden seiner Ohrläppchen diese lustigen Double Flared Tunnel. Ein Kabarettist hat einmal gesagt, solchen Menschen sollte man einen Schlüsselbund ins Gesicht werfen, um zu sehen, wo dieser hängenbleibt. Aber ich bin Profi genug, um derartige Verschönerungen einfach zu ignorieren. Vorurteile und Ausgrenzungen sind nämlich nicht besonders gut fürs Geschäft. Und nebenbei bemerkt, wer braune Fußsohlen vorzuweisen hat, der sollte gefälligst die Schnauze halten. Da ich nicht gewillt war, weitere Worte an meinen unerwünschten Besucher zu richten, begann nun dieser zwangsläufig das Gespräch. Allerdings nicht so, wie ich das erwartet hatte. Er zeigte auf die immer noch verräterisch auf dem Tisch stehende Bourbonflasche: „Kriege ich auch einen?" Nun kann man mir ja so einiges nachsagen, aber bestimmt nicht, dass ich knausrig wäre. Also fischte ich ein zweites Glas aus dem Schreibtisch, und goss meinem Besucher einen nicht gerade unwesentlichen Schluck ein. Er schüttete sich das Zeug mit einem Hieb in den Hals. Nachdem er sich die Tropfen von den Metallknuppeln gewischt hatte, sagte er: „Also, ich werde von irgendeinem Unbekannten zur Weißglut getrieben. Mal liegt ein Hundehaufen vor der Tür, mal ist meine Hauswand mit Graffiti besprüht, und ein anderes Mal ist der Lack meines Autos zerkratz. Und jetzt kommts. Auf den Aufzeichnungen der Überwachungskamera ist nichts und niemand zu sehen. Glaubst du, dass es vielleicht unsichtbare Wesen gibt?"

Ich knurrte: „Mein Glaube spielt hier kaum eine Rolle. Sie sollten erst einmal sagen, was Sie eigentlich genau von mir wollen!" Er lehnte sich etwas zurück: „Das ist doch wohl klar. Nachdem die Polizei nichts weiter tut, als jedes Mal genervt meine Anzeige zu protokollieren, brauche ich jetzt einen Privatdetektiv. Du hältst dich doch für einen, oder?" Meine Laune hatte sich durch seine provokante Bemerkung irgendwie nicht gebessert. Von einer professionellen Freundlichkeit leicht abweichend antwortete ich: „Verarschen kann ich mich alleine! Und wenn Sie mir weiterhin so dumm kommen, dann setze ich Sie vor die Tür!" Er grinste von einem Ohr zum anderen: „Du Würstchen willst mich rausschmeißen? Allerhöchstens, wenn du so groß wärst wie deine Klappe. Aber Eier hast du in der Hose, das muss man dir lassen! Also willst du den Auftrag? Ich meine, würdest du nachts mein Anwesen überwachen?" Ich goss mir noch etwas Bourbon nach und blickte ihn diesbezüglich fragend an. Er nickte. Also befüllte ich widerwillig auch sein Glas: „Eine Security-Firma wäre da garantiert viel billiger". Er pfiff sich wieder den Bourbon rein, als wäre es Wasser: „Habe ich schon versucht. Die Burschen schlafen bloß, bekommen nichts mit, und verlangen trotzdem ihr Geld. Du bist somit meine letzte Hoffnung. Also, nimmst du an? Ich zahle ziemlich gut". Das Geldzentrum in meinem Gehirn schrie deutlich „Ja", aber der Bereich, der für Sympathie reserviert war, sträubte sich noch ganz leicht: „Warum legen Sie sich nicht selbst auf die Lauer?" Er schob mir auffordernd sein leeres Glas zu: „Weil ich meinen Schönheitsschlaf brauche. Und weil ich es mir leisten kann, dafür jemanden zu mieten. Kriege ich noch einen Schluck?" Ich verzog den Mund: „Vielleicht, wenn Sie das Zauberwort mit den zwei ‚t‘ sagen". Er zog die Augenbrauen hoch: „Meintest du ‚flott‘?" Autsch, Humor hatte er auch noch. Also goss ich erneut ein: „Zweihundert pro Tag, genauer gesagt, pro Nacht, und eventuelle Spesen. Wenn es länger dauert als einen Monat, was sehr unwahrscheinlich ist, dann nur noch einhundert. Aber ein Vorschuss ist Voraussetzung!" Er griff in die Jacke, holte eine Brieftasche heraus, die so dick war wie ein mittleres Mastschwein, legte zwei Hunderter auf den Tisch, und steckte seinen ledernen Tresor wieder ein: „Dann sind wir uns ja einig". Ich konterte: „Moment, ich weiß ja noch nicht mal Ihren Namen, von der Adresse ganz zu schweigen". Er zückte erneut seinen Geldspeicher, und brachte aus einem anderen Fach eine schmucklose Visitenkarte hervor: „Hier! Ich erwarte dich heute Abend bei Einbruch der Dunkelheit!" Dann verschwand er ohne zu grüßen. Das hatte er übrigens mit meinem Bourbon gemeinsam. Ich warf die leere Flasche in den Papierkorb, schloss das Büro ab, und begab mich zu meinem roten Flitzer, um eben mal Nachschub zu holen. Aber erstens kommt es anders, und zweitens, als man denkt. Nach dem Drehen des Zündschlüssels verbreitete mein Anlasser das, was man normalerweise dem Wald zuschreibt, nämlich angenehme Stille. Das Öffnen der Motorhaube brachte mir genauso viel Erkenntnis, wie die Mathematikaufgaben meiner Schulzeit. Der herbeigerufene Serviceman, der sich tatsächlich schon nach eineinhalb Stunden bei mir einfand, hatte eine gute und eine schlechte Nachricht parat. Die gute war, dass meine Batterie volle Power hatte; die schlechte, dass der Anlasser verreckt war, und mein Auto in die Werkstatt musste. Freundlicherweise nahm mich der Mechaniker in seinem Wagen mit bis zum nächsten Autoverleih. Ohne fahrbaren Untersatz konnte ich leider nicht fristgemäß zu meinem Auftragsort gelangen. Und schon wieder hielt das Schicksal für mich eine gute und eine schlechte Nachricht bereit. Die gute war, ein einziges Auto stand noch zur Verfügung; die schlechte, es handelte sich um eine Luxuskarosse. Nachdem ich unter Tränen den horrenden Preis von meiner Kreditkarte abhobeln ließ, setzte ich mich in den sofaartigen Fahrersitz, und suchte das Zündschloss. Es war keines vorhanden. Nun bin ich ja kein Dummer. Es handelte sich hier zweifellos um die sogenannte ‚Keyless Go Funktion'. Der Wagen erkennt selbständig, ob man den Schlüssel bei sich trägt, und schaltet dadurch automatisch die Zündung frei. Man braucht dann nur noch auf den Startknopf zu drücken. Ich drückte. Es folgte angenehme Stille. Da hätte ich auch in meiner kaputten Karre sitzen bleiben können. Der inzwischen aufmerksam gewordene Autoverleiher kam mit einem diabolischen Grinsen zu mir herüber: „Sie müssen zuerst auf die Bremse treten, und dann den Starter drücken!" Welches Rindvieh latscht denn auf die Bremse, wenn er losfahren will? Beim Beruf des Fahrzeugentwicklers handelt es sich wahrscheinlich um ein ungelerntes Gewerbe. Also trat und drückte ich gleichzeitig. Der Wagen sprang trotzdem nicht an. Mein freundlicher Helfer beäugte mich kritisch: „Haben Sie heute vielleicht schon etwas getrunken? Dann aktiviert sich nämlich die eingebaute Alkohol-Zündsperre". Ich entgegnete verzweifelt: „Aber das ist doch schon eine ganze Weile her". Der Mann ging mit Abscheu im Gesicht zurück an seinen Computer: „Ich storniere die Abbuchung, und Sie geben mir bitte die Schlüssel zurück!"

Als ich aus dem Bus stieg, war es bereits stockdunkel. Wie ich am Morgen wieder nach Hause kommen sollte, stand in den Sternen. Dort konnte ich es aber leider auch nicht herauslesen, denn der Himmel war an diesem Abend bedeckt. Mein Klient war leicht angesäuert: „Wieso kommst du erst jetzt? Ich will ins Bett. Nochmal so ein Ding, und es gibt keine Gage!" Dann ließ mich der blöde Kerl einfach vorm Haus stehen. Na gut, wenn ich schon nichts weiter zu tun hatte, als dumm in der Gegend herumzustieren, dann könnte ich ja wohl auch etwas Organisatorisches in die Wege leiten. Ich wollte Hartmut anrufen, um ihn zu bitten, mich am nächsten Morgen abzuholen. Sollte er ablehnen, konnte ich es immer noch mit einem Taxi versuchen. Nachdem Hartmuts Nummer gewählt war, schepperte und krachte es in meinem Smartphon, als würde ein Eimer voll leerer Konservendosen die Treppe herabkullern. Jeder andere hätte jetzt vielleicht vermutet, dass sein Handy defekt wäre. Nicht aber ein erfahrener Privatdetektiv. Mir war sofort klar, dass es sich hier um einen Störsender handelte. Ich drückte einen Finger auf den Knopf der Türklingel. Nach einer Weile kam mein Klient im Schlafanzug herausgestürmt: „Hast du den Kerl erwischt?" Ich verneinte: „Aber ich weiß, warum Ihre Überwachungskameras nicht funktionieren. Vorschlag zur Güte: Sie ziehen sich an und fahren mich zu meinem Büro. Dort hole ich das entsprechende Equipment, wir kommen zurück und finden definitiv die Störquelle. Und damit haben wir dann auch den Burschen". Er schwankte zwischen den Optionen, mir einfach eine zu ballern und wieder ins Bett zu gehen, oder den Vorschlag anzunehmen. Er entschied sich für letzteres. Nachdem wir dann beide gähnend eine geschlagene Stunde lang im näheren Umkreis seines Hauses hin und her getappt waren, hatte ich die Störungsquelle zweifelsfrei ermittelt. Die Signale kamen direkt aus dem Haus seines Nachbarn. Ich wollte mir den Kerl sofort zur Brust nehmen, aber mein metallbehangener Freund hielt mich davon ab. Er beabsichtigte, sich den Burschen am nächsten Tag selber vorzuknöpfen. Allerdings verweigerte mir dieser fiese Mensch, die zu erwartenden Reparaturkosten meines kleinen, roten Autos als Spesen abzurechnen. Dafür fuhr er mich aber wenigstens nach Hause.

Am nächsten Morgen hatte ich kaum die Bürotür aufgeschlossen, als ein äußerst aufgeregter Mann eintrat: „Ich brauche Personenschutz. Die Polizei hat es abgelehnt, und einen professionellen Bodyguard kann ich nicht bezahlen. Könnten Sie das übernehmen? Und würde das viel kosten?" Ich bot ihm Platz an: „Erzählen Sie doch erstmal etwas Genaueres!" Er rutschte nervös auf seinem Stuhl herum: „Naja, es ist so, ich hatte Streit mit meinem Nachbarn. Wegen der Grundstücksgrenze. Und da habe ich ihm manchmal ein paar kleine Streiche gespielt. Jetzt hat er herausbekommen, dass ich das alles war. Vorhin bin ich ihm gerade noch so entwischt. Der ist nämlich ziemlich groß und brutal". Ahnungsschwanger fragte ich nach Namen und Adresse dieses Aggressors. Nachdem der Mann meine Befürchtung bestätigt hatte, gelang es mir aufgrund meiner Charakterstärke, den Mann abzuweisen und den Drang nach Honorar in meinem Gehirn abzuschalten. So etwas geschah außerordentlich selten. Ein seriöser Detektiv wechselt eben nicht einfach von einem Klienten zu seinem Gegner. Es könnte natürlich auch sein, dass ich den Auftrag deshalb abgelehnt habe, weil einer der beiden zwei Meter groß und ziemlich muskelbepackt ist.

Über den Autor

Als Johann Wolfgang von Goethe den erhabenen Satz "Zwei Seelen wohnen, ach, in meiner Brust" zu Papier brachte, hätte er theoretisch den Verfasser dieses Buches vor Augen haben können. Einerseits zeigt nämlich dieser Schreiberling eigenbrötlerische Tendenzen, demgegenüber kann er jedoch ohne soziale Kontakte zu anderen Menschen einfach nicht leben. Er liebt Tiere, würde sich aber ums Verrecken kein eigenes Haustier zulegen. Er regt sich teuflisch darüber auf, wenn jemand Genetiv und Dativ verwechselt, kann aber im Gegenzug seine eigenen Sätze nicht immer fehlerfrei formulieren. Gelegentlich glaubt er, die Weisheit mit Löffeln gefressen zu haben, ärgert sich aber im nächsten Moment über seine mangelnde Intelligenz. Er ist halt nur ein Mensch.